잃어버린
대지

잃어버린
대지

제1판 1쇄 2024년 6월 20일

지은이 오세영
펴낸이 이경재
책임편집 비비안 정

펴낸곳 도서출판 델피노
등록 2016년 8월 11일 제2020-000082호
주소 서울시 양천구 신정중앙로 86, 덕산빌딩 5층
전화 070-8095-2425
팩스 0505-947-5494
이메일 delpinobooks@naver.com
ISBN 979-11-91459-84-5 (03810)

잃어버린 대지

오세영 역사소설

델피노

차례

동쪽에서 온 지리학자

　구내식당에서 허겁지겁 식사를 마친 윤성욱은 서둘러 운터덴린
덴 거리를 가로질러 연구실로 향했다. 논문 심사 기일이 코앞으로
다가오면서 일분일초가 아쉬웠던 것이다. 독일로 유학 와서 훔볼트
대학에서 박사 과정을 밟기 시작한 지 벌써 5년째다. 그럼에도 여
전히 베를린 지리가 익숙지 못한 이유는 강의실과 연구실, 도서관
그리고 숙소를 다람쥐 쳇바퀴 돌 듯 오가는 생활이 이어졌기 때문
이다. 카를 마르크스와 프리드리히 엥겔스를 배출한 훔볼트 대학은
사상과 철학 분야에서 명망이 높지만, 윤성욱이 전공하고 있는 역
사지리학도 세계적으로 경쟁력을 갖추고 있었다.
　논문이 통과되어야 할 텐데. 깐깐하기로 소문난 베른하르트 교
수가 심사를 담당하는 것도 적지 않은 부담이다. 그래도 이번에는
반드시 통과해야 한다. 유학 생활이 예정보다 길어지면서 이런저
런 어려움이 더해지고 있었다. 제일 큰 문제는 역시 경제적인 어려
움이지만 때가 되니 귀국 후의 일도 점점 신경 쓰였다. 대학 강단에
서는 게 갈수록 어려워지고 있었다.

"여전히 바쁘군. 준비는 잘 돼 가고 있나?"

연구동 행정을 담당하고 있는 쾨퍼가 웃으며 손을 흔들었다. 냉정하고, 이지적인 이미지의 독일인과는 달리 소탈한 인상에 심성도 넉넉한 그는 틈나는 대로 윤성욱의 발음을 교정해 주었던 고마운 사람이다.

"열심히 준비하고 있는데 그래도 걱정이 됩니다."

윤성욱은 마주 손을 흔들고는 자기 방으로 걸음을 재촉했다. 처음 독일에 왔을 때는 언어 때문에 고생이 많았다. 그렇지만 2년 정도 지나자 일상생활에서는 별 불편함을 느끼지 않게 되었지만, 전공과 관련해서는 여전히 긴장되었다. 외국인은 쉽게 이해하기 힘든 묘한 뉘앙스를 제대로 알아채지 못해서 엉뚱한 답변을 했던 게 한두 번이 아니었다. 디펜스 때 그런 일이 생기면 큰일이다. 당황해서 페이스를 놓치기라도 하면 순식간에 엉망이 될 것이다.

그런 일이 생기지 않으려면 준비를 철저히 해야 한다. 방으로 돌아온 윤성욱은 오전에 대출했던 자료들을 차례로 살피기 시작했다. 윤성욱은 논문의 주제를 「리히트호펜이 동양지리학에 끼친 영향에 대해서」로 정하고 있었다. '실크로드'라는 용어를 처음 사용한 것으로 유명한 독일 지리학자 리히트호펜은 1860년대 초반에 독일 경제사절단의 일원으로 동북아시아를 방문하고서 상세한 기록을 남겼고, 귀국해서는 여기 훔볼트 대학에서 연구를 계속했었다.

중앙아시아를 가로질러서 고대 중국과 로마제국을 연결했던 실크로드는 바닷길이 열리고, 하늘길이 뚫리면서 세인들의 기억에서 멀어졌지만 21세기로 접어들면서 다시 주목받기 시작했다. 유라시아 대륙을 가로지르는 철로와 함께 '신실크로드 프로젝트'가 활발하게 추진되고 있기 때문이다.

시의적절한 주제를 선택했고 나름대로 열심히 준비했지만, 윤성욱은 그래도 불안감을 떨쳐버리지 못했다. 방법은 하나. 살피고 또 살피는 것이다. 윤성욱은 대출한 자료들을 차례로 펼쳐 들었다. 오전에 대출한 책은 모두 5권. 3권은 이미 검토를 마쳤는데 나머지 2권도 철저히 검토해야 베른하르트 교수의 허를 찌르는 기습적인 질문에 당황하지 않고 답할 수 있다.

윤성욱은 「현대 지리학의 과제와 방법」 그리고 「'중국, 그 여행의 결과와 그에 기반한 연구'와 관련된 문제점」을 차례로 펼쳐 들었다. 전자는 리히트호펜의 저술로 현대 지리학의 바이블로 통하는 책이고 후자는 리히트호펜의 제자가 리히트호펜의 논문을 보충한 자료집이다.

「현대 지리학의 과제와 방법」 검토를 마친 윤성욱은 「'중국, 그 여행의 결과와 그에 기반한 연구와 관련된 문제점」으로 눈길을 돌렸다. 그리고 미리 체크해 놓았던 부분을 살피기 시작했다. 보충자료집은 추후에 보충한 내용과 리히트호펜이 생략한 주석에 대해서 근거를 밝히고 있었다.

"……!"

자료를 살피던 윤성욱은 고개를 갸우뚱했다. 리히트호펜보다 먼저 일대를 상세히 조사한 사람이 있다는 것과 그 자료의 방대함과 과학적인 조사에 리히트호펜이 크게 놀랐다는 내용이 눈길을 끈 것이다. 리히트호펜은 동북아시아 조사 때 '동쪽에서 온 지리학자(Ein Geographi Gelehrter aus dem Osten)'로부터 큰 감명을 받았음을 밝히고 있었다.

동쪽에서 온 뛰어난 지리학자라니. 그가 누굴까. 당연히 서양학자는 아닐 것이다. 그렇다고 문맥으로 봐서 중국인도 아닌 것 같았다. 하면 일본인? 하지만 자료에 적힌 1864년은 일본이 아직 중국에 진출하지 못했을 때다. 그럼 조선인? 윤성욱은 설마 하면서 자료로 눈길을 돌렸다.

동쪽에서 온 지리학자가 동북 3성 중에서 길림성 일대를 집중적으로 탐사하고서 상세한 기록을 남겼는데 그의 세밀한 조사와 과학적인 기법에 경탄했음을 리히트호펜은 생생하게 기록하고 있었다. 그는 누구며 무슨 목적으로 길림성 일대를 탐사했을까. 리히트호펜이 감탄을 아끼지 않은 걸로 봐서 예사 인물이 아닐 것이다. 혹시 자세한 내용은 없을까. 강한 호기심을 느낀 윤성욱은 서둘러 자료를 살펴보았다.

⁂

윤성욱은 누가 깨우기라도 한 듯 깜짝 놀라며 눈을 떴다. 언제 잠이 들었을까. 아무튼 여전히 흥분이 가시지 않고 있었다. 리히트호펜이 만났던 동쪽에서 온 지리학자는 조선 사람이었으며, 자기 나라 영토를 지키기 위해서 국경 일대를 돌아다니며 정확한 경계선을 찾고 있었다고 밝히고 있었다.

하면 리히트호펜이 뛰어난 지리학자라고 경탄했던 조선인이 누구란 말인가. 리히트호펜을 전공하고 있는 윤성욱으로서는 정신이 번쩍 드는 대목이었다. 그래서 기록을 샅샅이 살폈지만 아쉽게도 그 이상의 사실을 알아낼 수 없었다. 당시 조선과 청나라의 국경을 분명하게 정하기 위해서 애를 썼던 조선인이 누굴까. 역사지리를 전공한 윤성욱도 퍼뜩 떠오르는 인물이 없었다.

1860년대 초기는 서구 열강국들이 물밀듯이 동양으로 진출하던 시기로 리히트호펜은 그때 독일 경제사절단의 일원으로 극동을 탐방했었다. 극동 진출을 노리는 독일은 사전에 현지의 지리와 기후, 풍토를 살피기 위해서 사절단에 지리학자를 포함시켰던 것이다.

당시 극동 일대는 커다란 격랑에 휩싸여 있었다. 세상의 주인을 자처하던 청나라는 아편전쟁에서 패하면서 서구열강들의 먹이로 전락했고, 러시아가 그 틈에 극동의 연해주를 차지하고 나섰다. 그렇게 되면서 조선은 두만강 하구에서 러시아와 국경을 접하는 일이 벌어졌다. 당시 많은 조선인들이 북간도에서 경작을 하고 있었다. 그렇다면 두만강 너머 북간도 땅의 주인이 누구인가를 분명하게 밝힐 필요가 있었다.

그렇게 중요한 시기에 국경 일대를 탐사한 조선인 지리학자가 있었다니. 더구나 리히트호펜이 감탄을 마지않은 인물이라니. 도대체 그는 누구일까. 그리고 리히트호펜은 무엇을 보고 과학적 탐사라고 극찬을 했을까.

그렇지만 리히트호펜은 그의 신상에 대해서는 더 이상의 기록을 남기지 않고 있었다. 다른 자료들을 검색하면 그와 관련된 단서를 얻을 수 있지 않을까. 마음은 굴뚝 같았지만 디펜스를 앞두고 있는 지금, 도저히 시간을 낼 수 없었다. 그야말로 일분일초를 아껴 써야 할 처지였다.

윤성욱이 아쉬운 마음을 달래며 자료를 덮는데 휴대폰이 울렸다. 발신자는 베른하르트 교수의 조교인 균터였다.

"방인가?"

"그래, 무슨 일인데?"

"디펜스를 미뤄야겠어. 베른하르트 교수가 프랑크푸르트로 가게 되었거든. 학장에게 갑자기 일이 생기는 바람에 대신 학회에 참석하게 되었어."

균터는 조심스러웠다. 잔뜩 긴장해 있던 사람이 갑자기 맥이 풀리면 짜증을 내게 마련이다.

"얼마나?"

"출장은 5일이야. 그런데 이후의 교수님 스케줄이 빡빡해서 디펜스 일정을 잡기 힘들어. 스케줄을 새로 잡으려면 한 달 이후여야 하는데…… 그 전에라도 시간이 비면 내가 어떻게 해볼게."

갑자기 이런 일이 생길 줄이야. 허탈감에 이어서 왈칵 짜증이 났다. 다들 디펜스 자체보다는 디펜스에 임하기 직전이 더 긴장된다고 한다. 권투선수도 링에 오르기 전이 더 초조하다고 하지 않는가. 하지만 윤성욱은 곧 냉정을 되찾았다. 현실을 받아들이는 것 외에는 달리 도리가 없다.

"알았어. 확실한 날짜를 잡아서 알려줘."

기왕 이렇게 된 마당에 새로 컨디션을 조절한 후에 차분하게 임하는 것이 좋을 것이다. 언제 닥칠지 모를 디데이보다는 확실한 날짜에 대비하는 것이 편하다.

"잘 생각했어. 그게 좋을 거야."

윤성욱이 순순히 받아들이자 균터의 목소리가 밝아졌다. 이쪽 세계에서는 일은 교수가 벌이고 욕은 조교가 먹는 게 불문율이다.

"내가 뭐 도울 일은 없을까?"

"아니, 그동안에 한국에 다녀오겠어."

이제 와서 괜히 이것저것 들춰봐야 득보다 실이 클 수 있다. 답을 고를 때도 처음에 생각했던 답이 정답일 확률이 높다고 하지 않던가. 윤성욱은 뜻밖에 얻은 시간을 디펜스 이후의 일에 투자하기로 했다.

"그래? 그것도 좋겠군. 베른하르트 교수가 아무리 깐깐해도 너는 별문제 없이 통과할 거야."

균터가 밝은 목소리로 전화를 끊었다.

혼자가 되자 다시 허탈감이 밀려왔다. 온몸에서 맥이 빠져나가면서 아무런 생각이 들지 않았다. 윤성욱은 마음을 추스르며 차분하게 대책을 강구해 보았다. 방금 별문제 없이 통과할 거란 균터의 말은 꼭 빈말만은 아닐 것이다. 베른하르트 교수 밑에서 오랫동안 조교로 지내면서 터득한 나름의 감각이 있을 것이다.

그렇다면 귀국 후의 일에 신경을 써야 할 것이다. 해외 유명 대학에서 박사 과정을 마쳤다고 금의환향하던 시절은 오래전에 지나갔다. 모교 강단에 서는 게 목표지만 우선은 지방대학 시간강사도 감수할 생각이다. 윤성욱은 귀국하는 대로 최성식 교수를 찾아가야겠다고 생각했다.

학부 은사인 최성식 교수는 역사학계에서 상당한 영향력을 지니고 있으며 베른하르트 교수와도 친분이 깊다. 윤성욱이 베른하르트 교수 밑에서 연구하게 된 것도 최성식 교수가 손을 써준 덕분이다. 다른 데도 마찬가지지만 학계는 인맥이 대단히 중요하다. 윤성욱은 틈틈이 최신 자료들을 구해서 최성식 교수에게 보냈고, 최 교수가 유럽에 왔을 때는 가이드 노릇을 하면서 존재를 각인시키고 있었다. 최성식 교수는 야심이 큰 사람이다. 그리고 베른하르트 교수는 세계 역사지리 학계에서 영향력이 막대한 사람이다. 그런 베른하르트 교수의 제자라는 사실은 윤성욱에게 큰 자산이었다.

마음을 정했으면 미룰 이유가 없다. 짐을 꾸리려고 주변을 살피던 윤성욱의 눈에 어제 읽던 리히트호펜의 자료가 눈에 들어왔다. 그러면서 어쩌면 한국에서 이와 관련된 자료를 찾을 수 있을지 모른다는 생각이 들었다. 리히트호펜의 기록은 내용이 간략한 데다 현지명을 독일 발음으로 옮기는 과정에서 정확한 장소를 특정짓기 힘들었다. 그렇지만 시간을 가지고 면밀히 살피면 뭔가 건지는 게 있을지 모른다.

윤성욱은 어제 체크해 두었던 부분을 다시 살피기 시작했다. 우선 눈길을 끄는 부분은 조선인 지리학자가 송화강의 지류에 관심을 보였다는 사실이었다. 리히트호펜도 그가 송화강의 지류를 밝히는 데 크게 공을 들였다고 했다. 리히트호펜이 언급한 조선인 지리학자는 누구길래 왜 중국 땅까지 들어가서 탐사를 했을까. 윤성욱은 1864년과 조선의 국경, 그리고 송화강을 키워드로 추적을 시작하기로 했다.

❧

1864년, 한성.

김정호가 솟을대문을 들어서자 청지기가 달려오더니 안채로 안내했다.

"오랜만입니다."

기다리고 있던 최병대가 반갑게 웃으며 김정호를 맞았다. 재작년 (1862년) 대과에 급제한 최병대는 전에 비해 한결 의젓해 보였다.

"혜강(惠岡) 대감께서도 무고하신지요."

김정호가 허리를 굽혀 예를 올리며 최병대 부친의 안부를 물었다.

"여전히 서양 학문에 많은 관심을 보이고 계십니다. 지구전요(地球典要)를 보충할 필요가 있다고 하시면서."

실학자인 혜강 최한기는 일찍이 '지구전요'를 저술해서 만국의 지리와 역사, 특산물 그리고 풍습을 소개한 바 있다. 김정호가 대동여지도와 대동지지를 편찬한 데는 그의 도움이 컸다. 최한기와 김정호는 신분은 다르지만, 서로의 실력을 인정하면서 교분을 나누고 있었다.

　"고산자와 긴히 상의할 일이 생겼다고 하셨습니다. 그런데 제자를 두셨습니까? 꽤 영특해 보이는 젊은이로군요."

　최병대가 김정호 뒤에 서 있는 양기문에게 시선을 돌렸다.

　"길눈이 밝은 데다 붓을 놀리는 재주도 있기에 곁에 두기로 했습니다. 기문이는 인사를 올리거라."

　김정호가 지시를 내리자 양기문이 성큼 앞으로 나서며 고개를 숙였다.

　"양기문이라고 합니다."

　"고산자가 제자로 거두었다면 어련하겠소. 아무튼 반갑네."

　최병대가 흐뭇한 표정을 지었다. 대과에 급제한 명문가의 자제지만 중인을 대함에 교만함이 없었다.

　"기다리고 계실 테니 사랑으로 드시지요."

　최병대가 앞장을 섰다.

　"너는 여기서 기다리고 있거라."

　사랑에 이르자 김정호는 양기문에게 밖에서 기다릴 것을 이르고는 조심스레 계단을 올랐다.

　"고산자가 왔습니다."

　"들어오너라."

　안에서 중후한 목소리가 들렸다. 최병대가 앞으로 나서며 문을 열었다.

"오랜만에 뵙겠습니다."

김정호는 최한기에게 큰절을 올렸다. 김정호는 올해 환갑을 앞두고 있는데 나이는 최한기 쪽이 한 살 위다.

"대동지지(大東地志) 마무리는 잘 돼 가고 있는가?"

최한기가 읽고 있던 책을 한쪽으로 밀어놓으면서 물었다. 친근감 가득한 얼굴이었다.

"원려로 별 어려움 없이 마무리를 짓고 있습니다."

대동여지도는 조선 팔도를 상세히 기록한 지도고 대동지지는 각 지역의 산수(山水)와 풍물, 연혁을 기록한 지리서인데 둘이 한 쌍이 되어야 완전한 지리서(地理書)를 이룬다. 대동여지도 제작을 마친 김정호는 계속해서 대동지지 저술에 전념하고 있었다.

"팔도 구석구석을 누비면서 지형을 살피고, 거리를 실측한 고산자에 비하면 내가 한 게 뭐가 있단 말인가."

최한기가 손사래를 쳤다.

"아둔한 재주로 대동여지도를 제작할 수 있었던 것은 읍지(邑誌)를 마음껏 살필 수 있었기 때문입니다."

숲에 들어가면 나무는 자세히 살필 수 있지만, 숲 전체는 볼 수 없다. 김정호가 조선 팔도의 지형을 상세히 그릴 수 있었던 것은 각 고을의 읍지를 바탕으로, 실측을 통해서 잘못된 부분을 고치고 오차를 수정하면서 하나로 연결시켰기 때문이다. 그런데 읍지는 아무나 보는 게 아니다. 최한기의 도움이 없었다면 대동여지도를 쉽사리 완성하지 못했을 것이란 김정호의 말은 공연한 공치사가 아니었다.

"아무튼 고산자의 공이 컸어. 나는 대동여지도를 볼 때마다 고산자의 혼이 실렸다는 걸 느껴. 조선에 이렇게 우수한 지도가 있다는 사실이 한없이 자랑스러워."

"보잘것없는 것을 그리 칭찬해 주시니 몸 둘 바를 모르겠습니다."

김정호가 거듭 감사를 표하면서 최한기의 표정을 살폈다. 왠지 단순히 치하하려고 보자고 한 것은 아닐 것이다. 뭔가 일이 생긴 것 같았다. 슬쩍 고개를 돌려 최병대의 눈치를 살폈지만, 그도 이유를 모르고 있는 것 같았다. 뭔지 몰라도 긴히 이를 말이 있는 것 같았다. 김정호는 신경을 집중하고서 최한기의 다음 말을 기다렸다.

"일전에 운현궁에 들렀었네."

잠시 침묵이 흐른 후에 최한기가 정색하고 말을 꺼냈다. 김정호와 최병대는 표정이 굳어졌다. 운현궁이라는 말이 갖는 무게가 그만큼 컸던 것이다. 흥선대원군은 보위에 오른 어린 주상을 대신해서 국정을 통괄하고 있었다. 자연스럽게 그의 거처인 운현궁은 국정의 중심이 되어 있었다. 그러니 운현궁에 들렀다는 것은 예삿일이 아니다.

"무슨 일로 대원위(大院位)를…… 혹시 출사하실 생각이십니까?"

최병대가 조심스럽게 물었다. 나라를 다스리려면 뜻을 함께할 측근과 손발이 되어줄 사람들이 필요하다. 흥선대원군은 불과 얼마 전까지만 해도 시정의 파락호로 통하던 사람이다. 세도를 부리던 안동 김씨는 그를 '상갓집 개'라고 조롱하기도 했다. 그런 그가 창졸간에 국정을 장악했으니 인재가 필요할 것이다.

그런데 정치는 위험하다. 당장은 흥선대원군의 세상이지만 앞으로 또 어찌될지 모른다. 60년이 넘게 세도정치를 이어오고 있는 안동 김씨의 뿌리는 깊다. 그들이 언제 어떤 수단으로 반격을 할지 모른다. 그런 이유로 최병대의 표정이 밝지 못했던 것이다.

"평생 책이나 보며 산 내가 이 나이에 무슨 욕심이 있다고 벼슬을 바라겠느냐."

최한기는 고개를 가로저었고, 김정호는 잠자코 두 부자의 대화에 귀를 기울였다.

"하면……?"

그러면 무슨 이유로 은밀히 호출했단 말인가. 그리고 왜 이런 얘기를 김정호를 부른 자리에서 하신단 말인가. 최병대는 쉽게 이해가 되질 않았다.

"대원위께서 고심이 깊으시더구나."

최한기가 짧은 한숨을 내뱉고는 말을 이었다.

"청나라가 영길리(英吉利, 영국)에 패한 후로 서양의 열국(列國)들이 앞다투어 청나라로 몰려들고 있다고 한다."

"속히 대비책을 마련하지 않으면 저들은 조선에도 밀려올 것입니다. 걱정입니다. 세상이 하루가 다르게 변하고 있는데 조정 신료들은 여전히 우물 안 개구리에 불과합니다."

최병대가 걱정을 했다.

"그런데 아라사(俄羅斯, 러시아)는 영길리와 불국(佛國, 프랑스)과 달리 바다가 아니고 대륙을 통해서 동진을 하고 있는데 머지않아 두만강 너머까지 진출할 거라고 한다."

최한기가 한숨을 내쉬고 말을 이었다.

"어쩌면 직접 국경을 맞대게 될지도 모른다. 서둘러 대책을 마련하지 않으면 저들이 강을 건너 조선으로 밀려들어 올지도 모른다고 합하(閤下)께서 염려하고 계신다."

최한기가 비감한 표정으로 두 사람에게 차례로 시선을 주었다. 거센 파도가 발끝까지 밀려왔는데 조선은 천하태평이었다. 그나마

다행인 것은 국정을 장악하고 있는 흥선대원군이 사태를 명확하게 인식하고 있다는 사실이다.

"하면 그 일로 운현궁을 다녀오신 것입니까? 대원위께서 외부 정세에 그토록 해박한 지식을 가지고 계신 줄 몰랐습니다."

최병대가 감탄을 했다. 흥선대원군은 불과 얼마 전까지만 해도 시정잡배 행세를 하던 그였다. 그런데 거기까지 내다보고 있었단 말인가. 가히 잠룡이었다.

김정호는 입을 굳게 다문 채 두 부자의 말에 귀를 기울이고 있었다. 김정호는 최한기로부터 '해국도지(海國圖志)'와 '영환지략(瀛環志略)'을 얻어서 읽어본 적이 있었기에 서양의 여러 나라에 대해서 상당한 지식을 가지고 있었다. 청나라 사람 위원(魏源)과 서계여(徐繼畬)가 저술한 두 책은 서양에 대해서 상세하게 기술하고 있었다.

"큰일입니다. 우물쭈물하다가는 삼천리금수강산이 서양 열국들의 먹이가 될지도 모릅니다."

최병대가 분개했다. 격랑이 조선을 송두리째 날릴 기세로 밀려오고 있었던 것이다.

"함경도 관찰사가 올린 장계에 따르면 아라사의 관헌이 청나라 관헌과 함께 두만강 하구에 나타나서 지형을 측정하고 돌아갔다고 한다."

최한기가 사태가 급박하게 돌아가고 있음을 전했다.

"벌써 그리되었습니까?"

최병대가 화들짝 놀랐다. 놀라기는 김정호도 마찬가지였다. 듣던 것보다 상황이 훨씬 심각하게 돌아가고 있었다.

"지금 많은 조선 백성들이 간도에서 살고 있다. 연전의 관북 대기근 때 먹고살 길을 찾아서 두만강을 건넌 사람들이지. 그렇지 않아도 간도가 누구 땅인가를 놓고 청나라와 분쟁이 일고 있는 판에 아라사까지 몰려오고 있다. 신속하게 간도가 조선의 영토임을 밝혀서 그곳에 사는 백성들이 억울한 일을 겪지 않도록 해야 할 것이다."

최한기가 비감한 표정으로 말을 마쳤다.

철종 11년(1860년)에 북경조약을 통해서 연해주를 차지한 러시아는 두만강 하류까지 진출했고, 조선은 얼떨결에 막연하게 먼 나라라고만 알고 있던 러시아와 국경을 맞대게 되었다. 청나라만 하늘같이 믿고 지냈던 조선은 날벼락을 맞은 셈이다. 이미 많은 조선 백성들이 간도 땅에서 살고 있었다.

"일전에 두만강을 답사했을 때 녹둔도가 연륙(連陸)되어 있는 것을 목도했습니다. 신속하게 대책을 마련하지 않으면 녹둔도를 아라사에게 빼앗길지 모릅니다."

김정호는 퍼뜩 연전의 일이 떠올랐다. 두만강 하구의 작은 섬 녹둔도는 이순신 장군도 주둔했던 적이 있는 국경방어의 요충지다. 그런데 세월이 흐르면서 바닥이 퇴적되고, 강줄기가 마르면서 북쪽 강안에 붙어버린 것이다.

"두만강 너머의 간도는 본시 고구려와 발해의 땅입니다. 그리고 녹둔도는 북방을 지키는 전초 기지입니다. 절대로 잃어서는 안 되는 땅입니다."

김정호는 사태가 얼마나 심각한지 절감했다.

"그렇습니다. 간도는 고려의 윤관 장군이 9성을 쌓고, 아조(我朝)로 들어와서는 김종서 장군이 6진을 개척하면서 지킨 우리의 땅입니다."

최병대가 말을 받았다.

"어찌 모르겠느냐, 그런데 땅을 지키려면 감히 넘보지 못할 힘이 있어야 한다. 하지만 힘은 하루아침에 길러지는 것이 아니니 그 전에 우선 해야 할 일이 있다."

"그것이 무엇입니까?"

최병대가 물었다. 김정호는 최한기의 답에 귀를 기울였다.

"간도가 우리 땅임을 분명히 밝혀서 청나라와 아라사가 체결한 국경조약이 조선과는 무관하다는 것을 저들에게 알려야 한다."

최한기가 김정호를 부른 이유를, 그리고 대원군과 은밀히 회동했던 이유를 밝혔다.

간도는 청나라 황실의 발흥지다. 그래서 청나라 황실은 그곳을 봉금(封禁)의 땅으로 정하고 사람의 출입을 금지시키면서 간도는 사람이 살지 못하는 땅이 되었고, 조선과 청나라 모두 특별히 신경을 쓰지 않고 있었다. 그러다 1860년 관북에 대기근이 발생하자 함경도 백성들이 간도로 이주를 하면서 문제가 발생하기 시작했다. 그런 판에 러시아가 북쪽에서 밀려 내려온 것이다.

"대원위께서 그 일을 심려하고 계셨군요. 땅을 살피는 일이라면 고산자가 적임자일 것입니다."

최병대가 김정호를 쳐다보았다.

"나도 그리 생각하고 있다."

최한기가 비로소 김정호를 부른 이유를 분명히 했다.

"무슨 말씀인지 잘 알겠습니다. 그렇지 않아도 두만강 너머의 땅에 대해서 살펴볼 요량이었습니다."

김정호가 차분하게 대답했다. 간도가 누구 땅이냐에 대해서는 아직 분명하게 매듭이 지어져 있지 않다. 숙종 때 정한 국경이 애매한데다 그동안에는 굳이 따지고 들 필요가 없었던 것이다.

"허! 벌써 마음에 두고 있었단 말인가! 하면 뭘 어떻게 할 요량인가?"

최한기가 환해진 얼굴로 물었다.

"정계비를 살피는 일부터 시작할 생각입니다."

김정호가 마음에 두고 있던 계책을 밝혔다. 조선과 청나라는 숙종 38년(1712년)에 정계비를 세우고 동쪽으로는 토문강, 서쪽으로는 압록강을 두 나라의 국경으로 정했다. 그 후로 150여 년 동안 별 탈 없이 지냈지만 이제 사정이 바뀌었다.

압록강을 경계로 하는 서쪽 국경은 큰 문제가 없다. 문제는 토문강을 경계로 정한 동쪽 국경이다. 조선은 토문강을 송화강의 지류라고, 청나라는 두만강이라 주장하고 있는데 누구의 주장이 옳으냐에 따라서 간도는 조선 땅이 될 수도 있고, 청나라 땅이 될 수도 있다. 토문강이 송화강의 지류냐, 두만강이냐. 김정호는 이 기회에 그것을 분명하게 밝히기로 했다.

"토문강이 두만강이 아니고 송화강의 지류라는 명확한 증좌를 확보하지 못하면 아라사는 북경조약을 근거로 간도를 자기에 땅이라고 주장할 것입니다."

최병대가 우려를 표명했다.

"당연히 그렇겠지. 그러니 청나라는 물론 아라사도 다른 말을 못하도록 간도는 조선 땅임을 분명하게 밝혀내야 할 것이네."

최한기가 김정호의 손을 덥석 잡으며 당부의 말을 전했다.

"그렇지 않아도 대동지지의 변방고(邊方考)를 보완하려던 참이었습니다. 좋은 기회로 알고 전력을 다하겠습니다."

김정호가 결연한 어조로 대답했다. 변방고는 변경의 지리를 다루는 항목이다.

"간도는 고구려의 개마무사들이 말을 달리며 개척한 땅이며, 지금은 조선 백성들이 황무지를 개간하고 있는 분명한 조선의 땅이네. 이 기회에 고산자가 정계비의 미비점을 분명히 밝혀서 그 누구도 넘보지 못하게끔 해 주게."

덥석 잡은 최한기의 손에서 뜨거운 열기가 전해졌다.

"미력하나마 심혈을 기울이겠습니다."

"도울 수 있는 것은 뭐든지 도울 테니 서슴없이 말하게. 이 일은 대원위께서도 큰 관심을 가지고 계시네."

흥선대원군이 관심을 가지고 있다는 말이 김정호의 가슴 깊이 각인되었다.

"합하께서는 강토를 보존하고, 백성들의 안위를 지키는 것이야말로 치자의 제일 덕목이라고 하셨소. 고산자라면 꼭 이 일을 성사시킬 수 있을 것이오."

최병대가 김정호의 손을 힘 있게 잡았다.

"명심하겠습니다."

"고산자가 맡아주겠다니 더없이 든든하네. 그런데 여건이 그리 좋은 편이 못되네."

최한기가 어두운 표정을 지었다. 여건이 좋지 못하다니. 그게 무슨 소리일까. 김정호가 조심스럽게 최한기를 살펴보았다.

"대원위를 음해하려는 세력이 만만치 않네."

오랜 세월 대를 이어가며 세도정치를 펼쳤던 안동 김씨의 뿌리는 깊다. 당장은 숨을 죽이고 있지만 호시탐탐 대원군의 허점을 노리며 복권의 기회를 노리고 있는 중이다. 사대주의를 숭상하고 있는 그들에게 청나라와 맞서려는 것은 좋은 반격의 실마리가 될 수 있을 것이다.

"무슨 말씀인지 잘 알겠습니다. 은밀히 행동하면서 명확한 증좌를 확보하겠습니다.”

김정호가 비감한 표정으로 대답했다. 변방고가 부실한 게 마음 쓰이던 차에 최한기로부터 당부를 받게 된 것이다. 더구나 홍선대원군의 뜻이라고 했다. 김정호는 어쩌면 이 일은 피할 수 없는 운명일지 모른다는 생각이 들었다.

그렇지만 쉬운 일이 아닐 것이다. 압록강은 백두산 천지에서 발원해서 줄기차게 흘러 서해로 이르지만 두만강은 흐름이 복잡하다. 우선 발원지부터 확실치 않은 데다 땅속으로 스며들고, 다시 지상으로 솟아 나오기를 거듭하기에 본류를 정하는 게 쉽지 않다. 큰 지류만 따져도 북쪽부터 홍토수(紅土水), 석을수(石乙水), 홍단수(紅丹水) 그리고 서두수(西豆水)가 있는데 어느 것이 본류인지는 여전히 미정인 채 남아 있었다.

정계비를 세울 당시 조선의 접반사 박권과 청나라 오라총관 목극 등이 경계로 삼았던 토문강은 어디일까. 청나라는 두만강이라고 우기고 있지만 김정호는 고문헌을 두루 살펴본바 토문강은 두만강이 아니고 그보다 훨씬 북쪽에 자리한 송화강의 지류라고 진작부터 믿고 있었다.

우리 땅을 찾는 사람들

명함을 살피던 고대사연구재단 강윤배 사무국장이 얼굴을 찡그 렸다. '우리땅찾기본부'라면 이미 한차례 마주친 적이 있는 사람들 이다.

"무슨 일인가?"

강윤배 사무국장은 성가시다는 표정을 감추지 않은 채 홍보실장 에게 물었다.

"탐원공정(探源工程) 중단을 요청하는 서한을 UN에 제출하려고 하 는데 우리 재단에서 동참해 달라는 겁니다."

홍보실장이 눈치를 살피며 대답했다.

"그 일이라면 이미 공식 입장을 발표했잖아."

강윤배 사무국장이 짜증을 냈다. 적당히 돌려보낼 것이지 뭘 이 런 걸 일일이 보고한단 말인가.

"면담을 거절하면 피켓을 들고 건물 앞에서 시위를 하겠답니다."

홍보실장이 난처한 표정을 지었다. 매스컴을 타게 되면 고대사연 구재단으로서는 좋을 게 없다. 대중은 감성적이다. 당연히 저들 편을 들 것이고, 재단은 여론의 뭇매를 맞게 될 것이다.

"곧 회의에 들어가야 하니까 짧게 끝내겠다고 해."

강윤배 사무국장이 짜증 가득한 얼굴로 면담을 수락했다. 걸핏하면 물고 늘어지는 귀찮은 자들이지만 그렇다고 무시해버리면 뒤끝이 좋지가 않다.

중국 사회과학원은 동북공정을 추진하면서 지금의 중국 영토에서 일어났던 모든 역사는 중국의 역사라고 주장하고 나섰다. 그렇게 되면 고구려와 발해의 역사도 중국의 역사가 된다. 그래서 그에 대응하기 위해서 설립된 특수법인이 고대사연구재단이다.

고대사연구재단은 외교부와 교육부의 지원으로 운영되기에 외교부와 교육부에서 퇴직한 공무원들이 이사장과 사무국장을 맡고 있다. 외교를 중시하는 외교부 출신들은 당연히 중국과 마찰을 빚는 것을 꺼렸고, 강단사학계와 가까운 교육부 출신들은 그들의 주장에 동조하면서 고대사연구재단은 동북공정에 대해서 어정쩡한 태도를 보였기에 재야사학계와 시민단체들은 강력하게 반발하고 있었다.

귀찮지만 NGO의 영향력을 무시할 수 없다. 물고 늘어지면 입장이 곤란해진다. 외교관 출신인 강윤배 사무국장은 저들이 외국에서 '독도는 우리 땅' 퍼포먼스를 강행하면서 야기되었던 곤욕을 치른 적이 있었다. 동북공정도 마찬가지다. 괜히 중국을 자극해서 얻는 것은 없고, 잃는 것만 생기는 어리석은 짓은 피해야 한다.

"강윤배 사무국장님입니다."

시민단체 운동가 세 사람을 대동하고 들어선 홍보실장이 강윤배 사무국장을 소개했다.

"우리땅찾기본부 간사 함윤희입니다."

함윤희가 자리에 앉으며 자기소개를 했다. 나머지 두 사람이 차례로 자기소개를 했다.

"예전에 당신네 대표를 만난 적이 있소만."

강윤배 사무국장이 못마땅한 표정을 감추지 않았다. 그래도 전에
는 동년배의 대표가 찾아왔는데 오늘은 그보다는 훨씬 젊은 사람들
이다. 함윤희는 서른 살 안팎이었고 남자 두 명은 그보다는 10년 정
도 연상으로 보였다.

"대표님은 건강이 안 좋으셔서 간사인 제가 단체를 이끌고 있습
니다."

그러나 함윤희는 조금도 주눅 들지 않았다.

"그래 나를 보자고 한 이유는 무엇이오?"

강윤배 국장은 몸을 한껏 뉘어서 등을 등받이에 붙이고, 팔을 팔
걸이에 걸친 채 선심을 쓰듯 물었다.

"고대사연구재단에서 제작을 주도하고 있는 '한국의 강역' 초안
을 보니 고구려의 강역이 한반도에 국한되면서 형편없이 축소되어
있습니다. 시정해 주십시오."

함윤희가 찾아온 이유를 당차게 밝혔다. 고대 한국의 영토를 표
기한 지도 '한국의 강역' 제작은 현직 대학교수들이 주축인 강단사
학계에서 주도했는데 낙랑군의 위치를 대동강 유역으로 비정하고
있었다. 이렇게 되면 중국의 동북공정을 추인하는 셈이 된다. 당연
히 재야사학계와 관련 시민단체에서 강하게 반발하고 나섰다.

"낙랑군의 위치를 평양 일대로 비정한 것은 일제강점기의 식민
사관에서 비롯된 잘못된 주장입니다. 낙랑군이 지금의 북경 일대에
위치했다는 것은 각종 사료와 출토된 유물로 입증되고 있습니다.
고대사연구재단은 중국의 동북공정에 대응하기 위해서 설립된 기
관인데 어떻게 이렇게 왜곡된 연구를 진행할 수 있습니까! 시정을

강력하게 요구합니다!"

함윤희가 언성을 높였다. 사학을 전공한 함윤희는 박사과정 중에 시민운동에 뛰어들었고, 우리땅찾기본부의 간사로 일하고 있었다.

"왜곡된 연구라고 했는데 고대사 연구에는 아직 정설로 확립되지 않은 부분이 많다는 것은 당신들도 잘 알 것이오."

강윤배 사무국장이 손을 내저으며 함윤희의 말을 가로막았다.

"당신들은 중국이 일방적인 주장을 펼치고 있다고 하는데 저들을 논리적으로 제압하려면 그에 따른 합리적인 증거를 제시해야 할 것이오. 재단은 그리고 재단으로부터 연구를 의뢰받은 전문가들은 철저한 사료 비판과 유물 고증을 통해서 객관적인 사실을 도출하려고 노력하고 있소. 그리고."

강윤배 사무국장은 손을 들어 반론하려는 함윤희를 제지했다.

"국제관계는 살아 있는 생물과도 같은 것이오. 수시로 변하기에 영원한 적도, 동지도 없다는 말이 있소. 그리고 역사는 싫든 좋든 정치와 연관이 될 수밖에 없소. 또 정치는 현실이고. 중국이 왜 새삼 동북공정을 들고나오는지 당신들도 잘 알 것 아니오? 그렇다며 그에 걸맞게 우리의 국익이 무엇인지를 먼저 고려한 후에 그에 따라 대응해야 할 것이오."

강윤배 사무국장은 외교관 출신답게 세련된 매너와 달변으로 역사는 정치와 무관할 수 없으며 정치는 냉혹한 현실임을 강조했다. 물론 함윤희도 왜 중국이 새삼 이제 와서 그 문제를 끄집어내고 있는지 잘 알고 있었다. 그리고 이천 년도 더 전의 역사를 가지고 이제 와서 중국과 다투는 것이 국익에 도움이 되지 않는다는 사실도 잘 알고 있었다. 동북공정은 중국이 소수민족의 이탈을 막기 위한 궁여지책이지만 그렇다고 우리의 역사를 왜곡하는 것을 지켜보고만 있을 수는 없다. 중국은 동북공정을 통해서 고구려와 발해의 역사를 자신들의 역사로 편입시키려 하더니 이번에는 한 걸음 더 나아가서 탐원공정을 내세우며 고조선의 역사도 중국사에 편입시키려 하고 있었다. 그런데 고대사연구재단과 재단으로부터 연구 지원을 받고 있는 대학교수들을 주축으로 하는 강단사학계의 대응은 너무 소극적이었다.

"고대사연구재단의 설립 목적은 중국의 역사 왜곡에 대응하기 위한 것이 아닌가요? 그런데 지난번에 UN에 제출한 답변서는 마치 중국의 입장을 대변하는 것 같았습니다."

강윤배 사무국장이 요리조리 본론을 피해가자 함윤희가 다시 원론을 파고들었다.

"그렇게 말하면 섭섭하지요. 우리는 나름대로 최선을 다하고 있소."

강윤배 사무국장도 언성을 높였다.

"중국은 우리의 역사는 물론 영토까지도 본래는 자기네 것이었다고 우기고 있습니다. 신속하게 그리고 적절하게 대응하지 못하면 우리는 역사에 더해서 영토마저 빼앗기게 될 것입니다."

동석한 우리땅찾기본부 협동간사 심병준이 탐원공정의 심각함을 부연했다. 동북공정이 우리의 역사를 중국의 것으로 편입시키는 작업이라면 탐원공정은 아예 우리의 땅을 중국의 것으로 바꿔버리려는 프로젝트다.

"얘기했잖소! 국제문제는 그렇게 간단한 게 아니라고. 그렇게 일방적으로 우리 주장만 내세우면 외교 분쟁만 야기될 뿐이오."

짜증을 내는 강윤배 사무국장의 얼굴에 엘리트 외교관의 자부심이 가득했다. 국제관계는 하나를 주고, 하나를 받는 것이다. 그리고 주는 것보다 더 큰 걸 받는 게 외교의 본질이다. 그런데 아마추어들은 일방적으로 자기주장만 내세우고 있었다. 되로 주고 말로 받아야 하는데 저들이 설쳐대는 통에 말로 주고 되로 받은 경우도 종종 있었다.

"나 혼자 사는 세상이 아니라는 사실쯤은 당신들도 알고 있을 것 아니오! 학계에서는 대동강변에서 고조선이 시작되었다는 학설을 정설로 받아들이고 있소."

강윤배 사무국장이 공세로 전환했다.

"고조선의 영역에 대해서는 여전히 논쟁이 진행되고 있지만 출토된 유물과 유적을 감안하면 요동설이 더 설득력이 있습니다. 요하문명이 모습을 드러내면서 중국은 큰 충격을 받았고, 그에 대응하기 위해서 동북공정과 탐원공정을 추진하고 있는 것입니다. 따라서 탐원공정 자체가 고조선은 요동 일대에 자리를 잡고 있었고, 중원보다 뛰어난 문명을 구가하고 있었다는 방증입니다."

함윤희는 전혀 밀리지 않았다. 그동안 황하 유역이 이집트와 메소포타미아, 인더스강과 더불어 4대 문명의 발상지라고 자랑하던 중국은 만리장성 밖에서 그보다 더 오래된 문명 유적지가 발굴되자 큰 혼란에 빠졌다. 오랑캐 땅으로 치부하던 땅에 중원의 문명보다 더 오래된 문명이 존재했음이 확인된 것이다. 입장이 난처해진 중국은 무리해서 만리장성을 늘리고, 탐원공정을 추진하면서 요하문명도 한족이 이룩했던 문명이라고 억지를 늘어놓고 있었다.

"그렇다면 잘못 찾아왔소. 우리 재단은 학자들의 연구를 돕는 곳이지, 학설을 발표하는 곳이 아니오. 관련 학자를 찾아가서 토론을 하던지, 학회에서 논문을 발표하던지 하시오."

노련한 외교관은 상대의 페이스에 쉽게 말려들지 않았다.

"중국이 무리해서 동북공정과 탐원공정을 추진하는 이유가 꼭 역사에 국한되었다고 보는 겁니까?"

이번에는 심병준이 나섰다. 그는 재야학자로는 드물게 박사학위를 가진 전공자로, 교양 역사서를 여러 권 저술한 베스트셀러 작가이기도 하다.

"무례한 질문에는 답변하지 않겠소! 재단의 활동 목적이 궁금하면 홈페이지에 들어가서 확인하시오!"

강윤배 사무국장이 버럭 소리를 질렀다.

"기분 나쁘셨다면 사과드리겠습니다. 우리는 중국이 무리를 하면서 동북공정과 탐원공정을 추진하는 것은 남북통일에 대비해서 미리 안전판을 깔려는 속셈으로 보고 있습니다. 그러니까 통일에 대비해서도 그에 적절히 대응해야 합니다."

다시 함윤희가 나섰다. 외교 문제를 거론하면 강윤배 사무국장이 빠져나가지 못할 것이다.

"그 얘기는 서면 답변에서 우리 재단의 입장을 충분히 밝혔다고 생각하고 있소. 당신들은 남북한이 통일되면 동북 3성의 조선족들이 중국에서 독립해서 통일대한민국에 합치려 할 것이고, 다른 소수민족들도 그에 영향을 받아서 독립을 추진할 것을 우려해서 중국이 동북공정과 탐원공정을 추진하고 있다고 하는데 오랫동안 외교관으로 활동했던 내 판단으로는 논리 비약이 심한, 근거 없는 주장일 뿐이오."

화제가 외교로 넘어가자 강윤배 사무국장이 자신감을 보였다.

"논리 비약은 중국 땅에서 벌어졌던 모든 역사는 중국의 역사라는 탐원공정이 더 심합니다. 신속히 저지하지 못하면 사실로 굳어질 수 있습니다."

짜증을 내는 강윤배 사무국장과 차분함을 잃지 않고 있는 함윤희. 함윤희는 어려서부터 당돌하다는 소리를 들을 만큼 옳다고 믿는 바는 끝까지 밀고 나가는 성격이다.

"그래서 뭘 어떻게 하자는 말이오? 중국 정부에 동북공정과 탐원공정을 중단하라고 요청하란 말이오? 그것은 엄연한 내정간섭이오!"

강윤배 사무국장이 빈정거렸다. 거시적으로, 그리고 종합적으로 살펴서 국익에 부합되도록 하는 게 외교다. 그런데 아마추어들이 여기저기서 설쳐대는 통에 애를 먹은 게 한두 번이 아니었다.

"말이 나온 김에 하는 건데 일전에 시민단체에서 국제사법재판소에 간도 반환 소송을 냈던데 그게 가당키나 한 소리요! 당신들은 정말 중국이 간도를 돌려주길 바라고 그런 일을 벌인 것이오? 그렇게 따지면 이 세상은 영토 분쟁이 아닌 곳이 없을 것이오!"

우리땅찾기본부는 연전에 다른 시민단체와 연대해서 간도 반환 소송을 냈던 적이 있었다. 당시 현직 외교관이었던 강윤배 사무국장은 그 일로 인해서 여기저기 불려 다녔던 적이 있었다.

"물론 이제 와서 간도를 돌려받는 게 현실적으로 불가능하다는 사실은 우리도 잘 알고 있습니다. 그렇지만 통일에 대비해서 사실관계를 분명히 해 놓을 필요가 있습니다. 간도는 지금은 중국 땅이지만 언젠가는 돌려받아야 할 우리 땅입니다. 우리 것을 되찾는 것과 남의 것을 빼앗는 것은 엄연히 다릅니다. 그때를 대비해서 사실관계를 분명히 해두자는 것이었습니다. 그런데 고대사연구재단의 연구는 간도를 되찾기는커녕 도리어 더 어렵게 하고 있습니다."

"그렇습니다. 1909년의 간도협약은 원천무효입니다. 당시 중국과 협약을 체결했던 일본의 통감부는 대한제국의 영토를 청나라에 넘겨줄 권한이 없었습니다."

심병준이 거들고 나섰다.

"당신들은 하나만 알고 둘은 모르고 있소. 1960년대 초반에 중국과 북한은 정식으로 국경조약을 체결했소. 그것으로 간도협약은 효력을 상실했소."

강윤배 사무국장이 눈을 부라리며 말을 이었다.

"그리고 국제사법재판소도 그 사실을 인정했고."

"북한과 중국 사이의 국경체결은 간도협약이 합법이라는 전제하에서 이루어진 것입니다. 그런데 간도협약은 애초부터 불법이었으니 1964년의 북한과 중국의 국경체결도 원천무효가 되어야 합니다. 간도는 고조선 시절부터 우리의 땅이었고 고구려와 발해, 고려와 조선을 거치면서 우리의 선조들이 지켰던 땅입니다. 일본이 저들 마음대로 넘겨줄 수 없습니다."

함윤희가 목소리를 높였다. 여기서 기가 꺾이면 안 된다.

"세상일이 다 내 뜻대로 된다면 얼마나 좋겠소! 하지만 현실에는 각자의 이해가 얽히고설켜 있게 마련이오! 당신들은 자꾸 간도협약이 무효라고 하는데 그렇다면 중국은 당신들의 주장을 반박할 자료와 근거가 왜 없겠소? 서로 자기만 옳다고 주장하면 싸움밖에 되지 않소. 그걸 평화적으로 해결하는 것이 외교고! 당신들은 당신들 보고 싶은 것만 보고, 믿고 싶은 사실만 믿으면 그만이지만 우리 재단은 거국적인 차원에서 국가이익과 결부해서 일을 처리하고 있소!"

강윤배 사무국장의 얼굴이 벌겋게 달아올랐다. 함윤희가 직업 외교관의 권위를 무시하고 든다고 생각했던 것이다. 외교는 현실이다. 줄건 주고 받을 건 받아야 한다. 중국과의 외교 문제와 국민 정서 등을 종합적으로 고려해서 대응 수위를 조절해야 하는데 시민단체에서 자꾸 감정에 소구해서 일을 크게 벌이려 하고 있었다.

"동북공정과 탐원공정을 주도하고 있는 중국 사회과학원에 대응하기 위해서 조직된 재단이 그들의 주장을 대변하고 있는 게 외교적으로 무슨 도움이 되는지 모르겠습니다."

여태 아무 말이 없던 윤지호 간사가 강하게 항의했다. 재작년 총선 때 국회의원에 출마했던 적이 있었던 그는 낙선 후에 시민운동에 뛰어들어서 활발하게 활동하고 있었다.

"말 함부로 하지 마시오! 당신들은 책임질 일이 없는 임의단체지만 우리는 대한민국을 공식으로 대표하는 기관이오!"

강윤배 사무국장이 눈을 부라렸다.

"그리고 이 문제는 북한도 당사자의 일방인데 그들은 단군릉을 대동강변에서 발견했다고 하면서 고조선의 영역을 대동강 일대로 지정하고 있소."

강윤배 사무국장이 연구용역 보고서 내용을 인용했다.

"당신들 주장대로라면 대한민국과 북한이 공동 당사자가 되어 중국을 상대해야 하는데 공동 당사자들 사이에서 의견이 충돌하는 마당에 국제사회가 귀를 기울여주겠소? 일방적으로 자기주장만 내세우면 그에 따른 피해가 부메랑이 되어 돌아올 것이오."

강윤배 사무국장이 잡아먹을 듯 세 사람을 쏘아보았다.

"우리도 가만히 있는 게 아닙니다. 그렇지만 섣부른 대응은 저들에게 반격의 빌미를 제공할 수 있는 만큼 확실한 증거를 확보할 때까지 대응을 미루고 있는 겁니다."

분위기가 험악해지자 배석을 한 사무국 직원이 진화에 나섰다.

"중요한 약속이 있어서 그만 일어서겠소."

강윤배 사무국장이 몸을 일으켰다.

세 사람은 허탈한 심정으로 고대사연구재단을 나섰다. 큰 기대를 했던 것은 아니지만 그래도 너무 실망스러웠다. 교육부와 외교부의 퇴직 관료들이 주축을 이루고 있는 고대사연구재단은 애초부터 동북공정에 대응하는 데 한계가 있었다.

"더 기대할 게 없습니다. 그렇다면 우리끼리 일을 밀어붙이는 수밖에."

윤지호가 나섰다. 정치 지망생답게 머리 회전이 빨랐다.

우리끼리 뭘 어떻게 한다. 거리에서 캠페인을? 크게 기대할 바 못된다. 사람들이 모이는 곳은 어디나 여러 종류의 선전과 호소가 난무하게 마련이다. 그들 틈에 묻혀 버릴 공산이 크다. 그리고 사람들은 자신들의 이익과 직접 관련이 없는 일에는 관심을 보이지 않는다.

"매스컴을 타는 게 좋을 겁니다."

윤지호가 방송을 거론하고 나섰다. 그게 제일 유용한 수단이기는 한데…… 함윤희는 자신이 없었다. 일전에 동북공정으로 한차례 매스컴을 탔던 적이 있었다. 그런데 방송국에서 또 편성을 잡아줄까. 방송은 영향력이 강하지만 일회성인 데다가 당시 시청률이 별로 높지 않았다. 그것은 방송국 입장에서는 중요한 고려 사항일 것이다.

"안 PD에게 연락해 보지요."

함윤희가 망설이고 있는데 심병준이 전에 함께 일했던 안철준 다큐멘터리 PD를 거명했다. 당시 프로그램을 기획하면서 정계비에 새겨진 토문강이 두만강이냐 송화강의 지류냐를 밝히려 했지만, 북한에 들어가는 걸 허락받지 못하면서 프로젝트는 흐지부지 끝나고 말았다. 목적을 이루지는 못했지만, 아무튼 안철준 PD는 뜻이 통하는 사람이다.

그렇지만 안철준 PD의 윗선에서도 흥미를 가질 만한 아이템을 가지고 가야 할 것이다. 한차례 방송되었던 아이템을 재탕하는 꼴이 되어서는 승인을 얻지 못할 것이다. 함윤희는 맥이 빠졌다.

"어쨌거나 매스컴에서 취재할지 모른다는 말이 돌면 재단에서 가만히 있지 못할 겁니다."

여전히 정치에 뜻을 두고 있는 윤지호는 거기까지 내다보고 있었다. 권모술수 냄새가 났지만 그렇다고 쥐가 고양이 생각을 해줄 필요는 없을 것이다.

❧

"베른하르트 교수에게서 연락을 받았네. 칭찬이 대단하더군. 베른하르트 교수는 웬만해서는 칭찬을 하는 스타일이 아니거든."

최성식 교수가 환한 얼굴로 윤성욱을 맞았다. 2년 전에 일시 귀국했을 때 잠깐 들렀던 연구실은 달라진 게 별로 없었지만 느낌일까, 긴박감이 느껴졌다. 독일에 있을 때는 오로지 논문 디펜스만이 관심사였는데 귀국하니 냉혹한 현실이 피부에 닿은 것이다. 솔직히 학위는 어느 정도 자신하고 있지만, 과연 대학에서 자리를 얻을지 자신이 없었다.

"4년 만인가? 베른하르트 교수 밑에서 4년 만에 박사 학위를 받은 건 쉬운 일이 아니야."

유학을 주선했던 최성식 교수가 크게 흡족해했다.

"아직 디펜스를 통과하지 못했습니다."

"얘기했잖아. 베른하르트 교수는 칭찬에 인색한 사람이라고. 그가 칭찬했다는 것은 윤 선생에게 거는 기대가 크다는 뜻이지."

최성식 교수는 자신이 베른하르트 교수와 가까운 사이라는 사실을 거듭 강조했다. 베른하르트 교수는 국제역사지리학회에서 영향력이 큰 사람인데 최성식 교수는 그와 비슷한 시기에 같은 대학에서 학위를 받았으니 선후배 사이인 셈이다. 윤성욱은 '윤 선생'이라는 호칭에서 달라진 자신의 위상을 실감하게 되었다.

"역사지리는 국내에서는 생소한 분야니까 전도가 밝아. 그리고 트렌드도 좋고, 신실크로드가 강조되고 있거든."

최성식 교수는 거듭 흡족해했다. 전공 분야가 블루 오션이고, 테마가 시의적절하다는 점은 윤성욱도 자부하고 있었다. 그렇지만 대학, 특히 인문학 전공은 수요가 갈수록 줄어들고 있는 판에 학위소지자는 늘어나고 있다. 전에는 외국의 유명 대학에서 박사 학위를 받고 귀국하면 전임강사는 쉽게 얻었지만 지금은 꿈같은 얘기다. 시간강사도 얻기 힘든 게 현실이다. 초빙교수니 겸임교수니 하면서 용어는 그럴듯하게 바뀌었지만, 시간강사의 삶이 고달프고 앞날이 막막하기는 예전과 조금도 다를 바 없었다.

바쁜 유학 생활 중에서도 최성식 교수에게 늘 신경을 쓰고 있었지만 이렇게 환대를 하는 것은 베른하르트 교수가 뒤에 있기 때문일 것이다. 세계역사지리학대회를 한국에서 개최하려는 최성식 교수에게 베른하르트 교수는 절대로 놓칠 수 없는 끈이다.

"그래 귀국하면 어디서 지낼 건가?"

"작은 오피스텔을 하나 얻을 생각입니다. 이제 와서 부모님 집에 들어가기도 뭣해서……"

윤성욱은 풀이 죽었다. 부모님은 금의환향을 기대하고 계신다. 그렇지만 현실은 부모님의 바람과는 한참 차이가 있다.

"한 2년 지방에 내려가 있어. 그때 가서 어떻게 자리를 알아볼 테니까.”

윤성욱은 귀가 번쩍 띄었다. 지옥에서 부처를 만난다는 게 이런 걸까. 지방대학은 당연히 감수할 생각이었다. 그런데 최성식 교수가 보증을 하고 나섰다. 그리고 2년이라면…… 그때쯤 퇴임하는 이용식 교수의 후임자로 추천하겠다는 의미다.

심장이 쿵쿵 뛰는 소리가 들릴 것 같았다. 2년 만에 본교 전임이 된다는 것은 상상도 못했던 일이다. 요행히 시간강사 자리를 얻더라도 지방을 전전하면서 기약 없는 세월을 보내는 게 현실이다. 그런데 본교 전임이라니.

학과장을 맡고 있는 최성식 교수는 마당발이다. 대외활동도 활발하게 하고, 매스컴에도 자주 출연하면서 학계에서 상당한 영향력을 행사하고 있었다. 대학에서 그의 권위는 절대적이었다. 그러니 그가 적극적으로 밀어주면 이용식 교수 후임 자리도 불가능하지 않을 것이다.

최성식 교수는 야심이 큰 사람이다. 학장과 처장을 이미 역임했으니 다음 목표는 당연히 총장이다. 뜻을 이루기 위해서는 밖에서 지명도를 높이고, 안으로는 자기 사람을 심어야 한다. 윤성욱도 조직에서 줄서기가 얼마나 중요한지 잘 알고 있었다. 윤성욱은 최성식 교수가 내민 손을 꽉 붙잡기로 했다. 최 교수 라인은 누구라도 쥐고 싶어 하는 단단한 동아줄이다.

“열심히 하겠습니다.”

윤성욱은 저도 모르게 목소리가 커졌다.

“그래, 잘 해봐.”

최성식 교수가 등을 두드리며 격려를 했다.

들어올 때와 나올 때가 이렇게 다를 수 있을까. 연구실을 나선 윤성욱은 하늘을 날 것만 같았다. 그동안 최성식 교수에게 나름 신경은 쓰고 있었지만 이렇게까지 일이 잘 풀릴 줄이야. 최성식 교수의 눈에 들려고 앞다투어 충성을 다하고 있는 사람들이 부지기수다. 그런데 그들을 물리치고 낙점을 받은 것이다.

"형!"

뒤에서 누가 부르기에 고개를 돌리니 신중배가 서 있었다. 학부 1년 아래인 신중배는 석사에 이어서 박사과정도 본교에서 하고 있었다.

"소식 들었어요. 축하해요."

신중배가 다가오며 악수를 청했다. 표정으로 봐서 최성식 교수로부터 무슨 말을 들었는지 짐작하고 있는 것 같았다.

"그래, 고맙다. 논문은 잘 돼가고 있냐?"

윤성욱은 얼떨결에 신중배의 손을 잡았다. 그와는 학부와 석사과정을 같이 다녔지만, 특별히 가까운 사이는 아니었다. 여러 면에서 잘 맞지 않은 스타일이었다.

"형도 잘 알잖아요. 교수님 깐깐한 거."

"논문자료들이야?"

신중배는 제법 두툼해 보이는 서류 가방을 들고 있었다.

"아니요, 고대사연구재단과 관련된 자료들이에요. 교수님은 요즘 그쪽 일을 하고 계시거든요."

신중배는 그 말을 마치고 연구실로 들어갔다. 허탈해하는 표정으로 봐서 그도 이용식 교수의 자리를 마음에 두고 있었던 모양이다. 윤성욱은 괜히 미안한 생각이 들었다. 신중배는 그동안 최성식 교수에게 물불을 가리지 않고 충성을 다하고 있었다.

그래도 어쩔 수 없다. 사는 것은 어차피 경쟁의 연속이다. 내게는 최성식 교수가 필요로 하는 베른하르트라는 든든한 배경이 있다. 윤성욱은 조금은 씁쓸한 마음을 달래며 택시에 올랐다.

"여의도 KBC 본관이오."

방송국 교양 PD로 일하고 있는 안철준과 약속이 있다. 사학과 동기인 안철준은 학부를 졸업하고 방송국에 취직을 했는데 윤성욱이 보기에도 안철준은 아카데믹한 면보다는 저널한 쪽에 재능이 있었다. 안철준은 귀국하거든 꼭 연락을 하라고 신신당부를 했다. 신실크로드 프로그램을 제작할 때 출연시켜 줄 거라며 부탁인지 미끼인지 구분이 되질 않는 이유를 늘어놓았는데 전공이 전공이니만큼, 정식으로 요청이 들어오면 출연까지는 아니더라고 자문에는 응할 생각이다.

이런저런 생각을 하는 사이에 택시가 KBC에 도착했다. 방송국은 대학과는 다른 세상이었다. 다양한 부류의 사람들이 정신없이 드나들면서 입구에서부터 다이내믹한 분위기를 물씬 풍겼다. 새로 데뷔한 걸그룹일까. 날렵한 의상에 짙은 화장을 한 젊은, 어찌 보면 아직은 어린 여자아이들이 우르르 몰려왔다. K팝 프로그램 녹화가 있는 날은 방송국 입구가 팬들로 인산인해를 이룬다는 말을 들었다. 한류의 영향으로 동남아는 물론 멀리 남미에서 온 팬들도 있다고 했다.

출입증을 걸고 찾아간 교양국도 분주하기는 마찬가지였다. 간이 휴게실에 앉아서 기다리자 안철준이 헐레벌떡 달려왔다.

"어 미안해, 출입구에서 영접했어야 했는데 갑자기 위에서 호출하는 바람에."

안철준이 자판기 커피를 뽑으며 사과의 말을 꺼냈지만, 표정은 전혀 미안해하지 않았다.

"방송국 사람들은 아무나 필요하면 제 스케줄에 맞춰서 오라 가라 하나?"

"왜 또 이래, 이 바닥 사정 잘 알면서. 뭐야? 벌써부터 교수 티 내는 거야? 나 안 보고 싶었냐? 나는 너 많이 보고 싶었는데."

넉살 좋은 안철준이 가볍게 받아쳤다.

"그래, 뭐래?"

안철준은 윤성욱이 학교에 들렀던 사실을 알고 있었다.

"한 2년 지방에 내려가 있으라는데."

"그래? 그럼 2년 후에 본교로 부르겠다는 말이잖아! 야, 너 정말 교수 되는구나!"

안철준이 커다란 제스처를 써가며 호들갑을 떨었다. 흔히 교수가 되면 사람이 달라진다고 한다. 자기는 가만히 있어도 주위 사람들이 유난을 떤다고 하는데 농으로 흘려들었던 얘기가 그리 과장이 아닌 것 같았다.

"쓸데없는 소리! 그쪽 일이 언제 어떻게 바뀔지 모른다는 건 너도 알잖아. 그래, 왜 보자고 했는데?"

윤성욱은 짐짓 신중한 표정을 지어 보였지만 흐뭇한 기분까지 감출 수는 없었다.

"중국이 일대일로(一帶一路)를 내세우면서 실크로드가 새롭게 주목받기 시작했어. 신실크로드는 통일과 관련해서 우리에게도 지대한 관심사지."

일대는 고대의 실크로드를 바탕으로 새로운 육상 동서 교역로를 확대하는 것이고 일로는 해상 교역로를 확장하는 것을 뜻한다. 그렇다면 동서 교류사가 전공인 윤성욱과는 밀접한 관계에 있는 아이템이다. 최성식 교수는 매스컴에 자주 등장해서 지명도를 높이는 대표적인 텔레페서다. 그리고 학교 당국에서도 그것을 권장하고 있다. 대한민국을 대표하는 지상파 프로그램의 자문을 맡는다면 최성식 교수는 크게 흡족해할 것이고 학교도 쌍수를 들고 환영할 것이다. 윤성욱은 관심이 동했다.

"언제 시작하는 건데?"

"어, 관심이 있다는 얘기네. 지금 컨셉을 잡는 중인데 곧 구체적인 기획안이 나올 거야."

안철준이 큰소리를 쳤지만, 방송 쪽 일이야말로 언제 어떻게 변할지 모른다. 성사 직전에 엎어지는 게 다반사다.

"신중배 만나봤어?"

갑자기 안철준이 화제를 바꿨다.

"아까 연구실에서 잠깐 봤는데 왜?"

"최 교수 일로 몇 번 봤거든. 실망이 크겠는데. 꽤나 기대를 걸고 있던 것 같던데. 너한테 밀린 꼴이 되었잖아. 그건 그렇고 오랜만에 귀국했으니 애들 만나봐야지. 내가 자리를 마련해 볼게."

안철준이 휴대폰을 들여다보며 스케줄을 확인하고 있는데 직원이 다가왔다. 안철준 밑에서 일을 배우고 있는 AD 같았다.

"여기 계셨군요. 손님이 찾아왔습니다."

"손님? 누구?"

"우리땅찾기본부 간사라고 합니다. 약속을 했다고 하는데요."

"아, 참 그렇지. 사무실에 있어?"

안철준은 그제야 생각이 났다는 듯 고개를 끄덕였다.

"네."

"그럼, 이리로 데리고 올래? 선객이 있어서 말이야."

"바쁜 모양인데 나는 그만 가볼게."

윤성욱이 몸을 일으켰다.

"아니야, 그냥 있어. 어쩌면 네가 관심을 가질 얘기일지도 모르니까."

안철준이 손을 내저었다. 우리땅찾기본부라면 아마도 시민단체 같은데, 방송국에 있다 보면 여러 분야의 사람들이 다 찾아올 것이다.

"오랜만이네요."

함윤희가 안철준을 알아보고 성큼 다가왔다.

"그렇군요. 앉으시죠."

함윤희는 동북공정을 다룬 프로그램을 제작할 때 자문을 했던 적이 있었다. 그리고 동행한 심병준은 저명한 역사 저술가로 얼굴이 알려진 사람이다.

"윤성욱 박사는 역사지리를 전공하시는 분인데 추진 중인 프로그램 자문을 맡아주시기로 했습니다."

안철준이 윤성욱을 소개했다. 윤성욱은 아직 학위를 받은 건 아니라는 말을 하려다 말았다.

"함윤희예요. 우리땅찾기본부 간사를 맡고 있어요. 그리고 심병준 선생님은 우리를 많이 도와주고 계시지요."

함윤희가 심병준을 소개하며 자리를 잡았다. 안철준의 태도로 봐서 나이 지긋한 사람은 아닐 거라 짐작했지만 그래도 이렇게 젊은 여인일 줄은 몰랐다. 윤성욱은 함윤희와 심병준에게 차례로 목례를 보냈다.

"그래 무슨 일로?"

"고대사연구재단에서 우리 고대사지도 초안을 공표했어요. 혹시 보셨나요?"

"얘기는 들었지만, 아직 보지 못했습니다."

"한반도 북부가 중국 영토로 표기되었어요. 중국 주장과 별반 다를 게 없어요."

"강단사학자들은 고조선의 위치를 대동강 유역으로 주장하고 있다고 하던데 그 사람들의 영향이 작용한 모양이로군요."

흥분을 감추지 못하고 있는 함윤희와는 대조적으로 안철준은 담담했다. 이미 알고 있는 사실이다. 그리고 지난번 프로그램 때 시민단체의 주장을 일방적으로 믿었다가 상대 진영에게 호되게 당한 적이 있었다.

윤성욱은 흥미를 느끼면서 대화를 지켜보았다. 주전공 분야는 아니지만, 고조선의 위치를 대동강 유역으로 볼 것인가 아니면 요동 지역으로 볼 것인가에 대해서 오래전부터 학계에서 논란이 컸고, 중국에서 동북공정을 주도하면서 다시 논쟁이 붙었다는 사실은 익히 알고 있었다.

"이대로 두면 간도를 되찾기는커녕 대동강 이북도 중국의 영토가 되고 말 거예요."

우리땅찾기본부는 간도를 우리 땅이라고 주장하는 사람들 같았다. 간도는 압록강 너머의 서간도와 두만강 너머의 북간도 나뉘는데 그중 문제가 되는 땅은 북간도로 옛날에는 고구려의 영토였고, 일제강점기에는 독립운동가들이 활약했던 곳이다. 대마도와 간도를 우리 땅이라고 주장하는 사람들도 이제 와서 일본이나 중국이 대마도나 간도를 넘겨줄 리 만무하다는 사실은 잘 알고 있을 것이다. 그런데 저들은 왜 현실성이 없는 주장을 하고 있는 걸까. 윤성욱은 흥미를 느끼며 대화에 귀를 기울였다.

"그렇다면 고대사연구재단에 항의해야 할 일 아닙니까?"

안철준은 냉정함을 유지했다.

"당연히 항의했지요. 그렇지만 전공자들의 자문을 구한 것이라며 막무가내였습니다."

심병준이 끼어들었다.

"해서 뭘 어떻게 하자는 겁니까?"

PD는 여러 사람을 상대하고 많은 사람들을 다루는 직업이다. 안철준은 능수능란하게 두 사람을 상대했다. 흔히 말하는 낄끼빠빠, 낄 때 끼고, 빠질 때 빠지는 데 능숙해야 한다. 안철준은 지금 빠지는 쪽에 스탠스를 취하고 있었다.

"매스컴에서 다루면 저들이 구렁이 담 넘어가듯 끝내지 못할 거예요."

함윤희가 말을 받았다.

"프로그램을 제작하는 것은 그렇게 간단한 일이 아닙니다. 정치적으로 예민한 부분인 데다 한번 다루었던 아이템이라서 위에서 쉽게 허가를 내줄 것 같지 않습니다."

안철준은 미리 답변을 준비해 놓은 것처럼 빠져나갔다. 솔직히 한번 실패한 아이템을 다시 손대기 싫었다. 안철준은 함윤희와 심병준이 채 반응을 보이기 전에 말을 이었다.

"아무튼, 고대사연구재단에서 정식으로 연구 결과를 공표하거든 보도국과 협의해서 검토해 보겠습니다."

이것은 방송국식 거절이다. 구미가 당기는 아이템이라면 절대로 다른 부서와 협의하지 않는다. 어쨌거나 알아보고 진행 여부를 결정하겠다는데 달리 할 말이 없었다. 함윤희와 심병준은 실망한 얼굴로 일어섰다.

"언제 동북공정을 다룬 프로그램을 제작했던 적이 있었어? 그런데 시청률이 별로였던 모양이네."

둘만 남자 윤성욱이 입을 열었다.

"그 일로 스트레스 많이 받았다."

안철준이 고개를 설레설레 저었다.

"시청률은 나오지 않는데 이의를 제기하는 사람들, 압력을 넣는 기관은 또 왜 그리 많던지."

그때 일이 떠오르는지 안철준이 상을 찡그렸다.

"이의를 제기하는 사람들 중에는 최성식 교수도 있었어."

"최 교수님이?"

"그래, 고대사연구재단의 자문 교수거든. 아마 이번 고대사지도 제작에도 관여를 했을걸?"

고대사전공이고 학계에서 명망이 높으니 그럴 수 있을 것이다. 그리고 외부 활동이 활발한 최성식 교수가 이른바 '돈'이 되는 일을 마다할 리 없을 것이다. 그러고 보니 신중배의 말이 떠올랐다. 그래도 여기서 최성식 교수의 얘기가 나올 줄이야. 새삼 세상이 좁다는 생각이 들었다.

"사실 무리했던 면이 있어."

안철준이 씁쓸한 표정을 지었다.

"시민단체에서 통감부는 협약의 당사자가 될 수 없다며 간도협약이 무효라고 국제사법재판소에 제소한 것도 꼭 잘한 것 같지는 않아. 제삼자의 입장에서는 억지라는 느낌도 들거든."

윤성욱이 솔직한 의견을 전했다.

"물론 그들도 국제사법재판소가 우리 손을 들어줄 것을 기대하지는 않았을 거야. 다만 문제 제기를 통해서 외부에 알리자는 게 주목적이었겠지. 간도협약이 국제법상으로 무슨 문제가 있는지 몰라도 정치는 현실이고 힘이야. 중국이 간도를 백 년 이상 실효 지배하고 있는 마당에 달라질 것은 없겠지. 중국과의 관계를 고려해 볼 때, 득보다 실이 많아."

안철준은 실패의 원인을 다각도로 분석했던 모양이다.

"신실크로드 프로그램은 곧 구체적인 기획에 들어갈 거야. 동북공정에 비하면 팩트도 분명하고 여건도 좋으니까 성공할 거야."

안철준이 새 프로그램에 자신을 비쳤다. 그러면서 침통했던 표정도 환해졌다.

토문강

계절은 초여름으로 접어들었건만 백두산 기슭은 아직도 등골이 서늘할 만큼 공기가 차가웠다. 김정호는 잠시 숨을 돌리기로 하고 걸음을 멈추었다. 고지대로 갈수록 숨이 점점 가빠졌다. 환갑을 넘긴 나이에 높은 산에 오르자니 숨이 넘어갈 듯 힘들었지만 그래도 한가로이 피어 있는 짙푸른 빛의 비로용담과 눈처럼 하얀 가는오이풀, 나비가 날아와 앉은 것 같은 착각을 일으키는 구름범의귀 등 백두산의 들꽃들을 마음껏 감상할 수 있어 좋았다.

"선생님, 괜찮으십니까?"

양기문이 김정호의 안색을 살폈다.

"걱정할 거 없다. 잠시 숨을 고르는 것뿐이다."

김정호가 손을 내저었다. 땀이 비 오듯 흘러내렸지만 아직까지는 그런대로 참을 만했다.

"조금만 더 가면 정계비가 나옵니다."

김우식이 김정호를 안심시켰다. 현지 길잡이로 고용한 함경도 종성(鍾城) 청년 김우식은 백두산 산꾼으로 백두산 산줄기를 제 손금보듯하고 있었다.

잠시 쉬었던 김정호와 양기문, 김우식 세 사람은 백두산 기슭에 세워진 정계비를 향해 다시 걸음을 재촉했다. 조선과 청나라는 두 나라의 국경을 정하기 위해서 152년 전인 숙종 38년(1712년)에 백두산 천지에서 동쪽으로 십 리(4km) 떨어진 곳에 정계비를 세웠다. 그후로 별 탈 없이 지냈는데 세월이 흐르고 여건이 바뀌면서 문제가 생기기 시작한 것이다.

"저기입니다."

앞장서서 걷던 김우식이 빨리 오라고 손짓을 했다. 서둘러 오르니 산기슭에 우뚝 서 있는 돌비석이 눈에 들어왔다. 저게 정계비란 말인가. 김정호는 가벼운 흥분을 느끼며 정계비로 다가갔다. 두만강 일대를 한 차례 답사했지만, 그때는 아쉽게도 정계비를 그냥 지나쳐야 했었다. 초로에 겨울철의 백두산에 오르는 게 쉬운 일이 아니고, 시일도 촉박했기 때문이다.

양기문이 재빠른 손놀림으로 잡초를 걷어내고 비문의 이끼를 닦아냈다. 김정호는 비문에 새겨진 글자에 눈길을 주었다.

서위압록(西爲鴨綠) 동위토문(東爲土門)

여덟 글자가 선명하게 눈에 들어왔다.

"접반사 박권은 성실하지 못했던 사람 같습니다. 기왕에 정계비를 세울 것이면 천지까지 오를 것이지. 이렇게 중턱에 세우다니. 후일에 분란이 일 것을 어찌 예측하지 못했을까요?"

양기문이 혀를 찼다. 정계비는 조선 접반사 박권이 청나라의 오라총관 목극등과 공동으로 세운 것인데 박권은 중도에 산행을 포기하고 말았다.

"그 일로 해서 접빈사는 나중에 큰 곤욕을 치르지 않았더냐. 접반사 박권과 함경감사 이선부는 소임을 게을리했지만 그래도 당시 수원(隨員)중에는 성실한 사람도 있었을 것이다. 그러니 잘 살피면 토문강의 위치를 비정할 수 있는 단서를 찾을 수 있을 것이다."

정계비를 여기에 세웠을 때는 그만한 까닭이 있었을 것이다. 김정호는 그렇게 믿고 있었다. 그렇다면 이제부터 철저히 살피고 따져서, 단 한 뼘의 땅이라도 남의 수중에 넘어가는 일이 없도록 해야 한다. 김정호는 정신을 집중시키고서 주변을 찬찬히 살폈다.

백두산 대연지봉 기슭의 석을수에서 시작하는 두만강은 동쪽으로 흘러서 함경북도 서수라에 이르러 바다와 합류한다. 그런데 정계비는 강의 원류인 석을수에서 수십 리나 떨어진 곳에 자리하고 있었다.

"여기는 석을수로부터 한참 떨어진 곳입니다."

김우식이 조심스럽게 말했다. 통상 경계를 정하는 표지를 세울 때는 분계를 이루는 강이나 산에서 멀지 않은 곳에 세운다. 그렇지만 정계비는 분수령에서 너무 멀리 떨어져 있는 곳에 서 있었다.

과연 두만강이 정계비의 토문강일까. 청나라는 백두산 동쪽 가장 낮은 곳에서 동쪽으로 흐르는 물줄기가 토문강이며 만주지명고에 두만강이 고려강(高麗江), 도문강(圖們江) 또는 토문강(土們江) 등으로 표기된 것을 들어 토문강을 두만강이라고 주장하고 있었다.

그렇지만 두만강에 관한 기록은 만주지명고에만 있는 게 아니다. 명나라 때 발간된 요동지에는 토문강과 두만강은 다른 강으로 석을수에서 발원해서 동해로 흘러 들어가는 두만강과는 별개로 백두천에서 발원해서 송화강의 지류인 흑석하로 흘러 들어가는 강을 토문강이라고 분명하게 기록하고 있었다.

이제 시비를 분명하게 가릴 때가 되었다. 아무도 부인하지 못할 명백한 사실을 밝혀내고, 확실한 증좌를 손에 넣어야 한다. 김정호는 걸음을 옮길 때마다 어깨가 무거워졌다. 요동지에 기재된 강이 토문강이라는 사실을 밝혀야 할 텐데 오랜 세월이 흐르면서 지형이 바뀌었기에 쉽지 않을 것이다.

김정호는 온 신경을 집중시키며 주위를 살펴보았다. 대동여지도를 만들면서 조선 팔도 누벼보지 않은 땅이 없고 기이한 지형지물을 수도 없이 목도했지만, 신비하다고 해야 할지 낯설다고 해야 할지 아무튼 이렇게 묘한 느낌은 처음이었다.

김정호는 기록을 떠올려 보았다. 중도에서 산행을 포기한 접반사 박권과 함경감사 이선부와 달리 중인 역관 김경문은 끝까지 목극등을 따라가서 현장을 입회했다. 그렇다면 정계비는 나름 근거가 있는 곳에 세워졌을 것이다. 그리고 당시의 기록을 보면 목극등은 권위를 내세울지언정 경우에서 벗어나는 사람은 아니었다.

"혹시 이 부근에 물줄기가 있었단 소리를 들어보지 못했느냐?"

"소인은 들어보지 못했습니다. 하산하는 대로 마을 어른들에게 여쭤보겠습니다."

김우식이 금시초문임을 밝혔다. 두만강은 물줄기가 여럿인 데다 땅 아래로 스며들며 복류천(伏流川)을 이루는 곳이 많아서 본류를 정하는 게 간단치 않았다. 아무튼, 경계를 정할 때는 근거가 있어야 하니 부근 어딘가에 복류천이 있을지도 모른다. 김정호는 자세를 낮추고 지형을 살피기 시작했다.

"부근을 샅샅이 뒤져봐야겠군요."

양기문이 힘들게 지고 온 함을 펼치자 기리고차(期里鼓車)의 부품들이 모습을 드러냈다. 결합하면 거리를 정확하게 잴 수 있는 기구가 완성된다. 김우식의 짐에는 줄자와 높낮이를 측정할 수 있는 도구가 들어 있었다.

고문헌을 바탕으로 추론해 보면 정계비의 토문강은 백두산 동변 낮은 곳에서 발원해서 동쪽으로 흘러 들어가는 물줄기일 것이다. 그런데 숙종실록 권52에는 천지에서 흘러내린 물줄기 중에서 땅속으로 스며드는 물줄기가 있는데 땅속으로 스며드는 곳에 석퇴(石堆)를, 다시 솟아오르는 곳에 토퇴(土堆)를 쌓았다는 기록이 있다. 그렇다면 토문강은 숙종실록에 기재되어 있는 복류천일 가능성이 크다. 하지만 아직은 단언할 수 없다. 김정호는 우선 석퇴와 토퇴를 찾아보기로 했다.

그런데 150년 전에 세운 돌무더기와 흙무더기는 여전히 남아 있을까. 비바람에 무너져 내리고 씻겨가지 않았을까. 김정호는 오늘따라 유난히 파란 하늘을 올려다보며 절대로 포기하지 않기로 다짐했다.

～～～

윤성욱이 들어서자 최성식 교수는 앉으라는 손짓을 하고는 통화를 계속했다.

"꼭 내가 나가야 합니까?"

"국회에서 출석을 요구하는 바람에 어쩔 수 없게 되었습니다. 수고스럽더라도 교수님께서 직접 출석하셔서 그간의 활동과 우리의 입장을 명확하게 밝혀주셨으면 좋겠습니다."

강윤배 사무국장은 풀 죽은 목소리로 당부를 했다.

"허 참, 국회는 정치하는 곳인데 왜 역사적 팩트를 따지겠다는 건지 모르겠소."

최성식 교수가 짜증을 냈다. 물론 왜 국회가 이 일에 개입했는지 잘 알고 있었다. 고대사지도 제작과 관련해서 적지 않은 예산이 집행되었다. 시민단체와 세칭 재야사학자들이 그것을 물고 늘어진 것이다.

"알겠소. 일단 사람을 보내겠소."

최성식 교수는 어쩔 수 없다는 표정으로 통화를 끝냈다. 그리고 소파로 자리를 옮겼다. 조심스럽게 앉아 있던 윤성욱은 엉거주춤 몸을 일으키는 시늉을 했다.

"독일에 언제 돌아간다고 했지?"

"한 달 정도 머물 계획입니다."

"잘 됐군. 그럼, 그동안에 내 일 좀 도와줘."

최성식 교수가 선심을 쓰듯 말했다.

"알겠습니다."

윤성욱이 지체 없이 대답했다. 무슨 일인지 몰라도 그만큼 최성식 교수가 신임을 한다는 의미다.

"고대사연구재단이라고 들어봤나?"

윤성욱은 최성식 교수가 그 일에 깊이 관여하고 있다는 사실도 알고 있었다.

"네."

"거기서 주관하고 있는 고대사지도 제작에 자문을 하고 있는데 주변에서 시끄럽게 구는 자들이 있어. 일하다 보면 꼭 그런 자들이 설치게 마련이지. 무슨 눈먼 돈이라도 굴러다니는 줄 아는 모양이야."

안철준은 고대사지도 발간에 상당한 규모의 예산이 책정되면서 자문위원 경쟁이 치열했다고 했다. 그리고 최성식 교수가 위촉을 받았고, 자문위원회를 주도하고 있다고 했다. 학계 파워로 봐서 당연한 일일 것이다. 그러니 최성식 교수가 재야사학자나 시민단체들을 껄끄러워하는 건 당연하다. 윤성욱은 문득 함윤희가 떠올랐다. 간단하게 인사만 하고 헤어졌는데 행여 다시 마주치게 된다면 반대편에 서 있게 될 공산이 크다.

"찾으셨습니까?"

문이 열리면서 신중배가 들어섰다.

"그래, 재단 일, 윤 선생에게 넘겨. 윤 선생은 신 조교를 따라가서 인수받고."

갑작스러운 지시에 신중배는 당황스러운 표정을 지었지만, 최 교수의 지시에 토를 달지는 않았다.

"알겠습니다."

신중배는 걸음을 돌렸고 윤성욱은 최 교수에게 인사하고 그의 뒤를 따랐다. 신중배는 제 방으로 가자 서둘러 관련된 책과 자료들을 골라냈는데 예상보다 자료가 방대했다.

"이건 심병준 씨 저서들이고, 이 스크랩은 그동안 매스컴에서 그 사람들이 떠들어댔던 것들입니다. 중요한 부분은 따로 밑줄을 쳐놓았으니까 검토한 후에 대응책을 마련하면 큰 문제 없을 겁니다."

자료를 보니 신중배가 얼마나 최 교수에게 충성했는지 절로 느껴졌다.

"괜히 너한테 미안하네. 힘들게 준비해 놓았을 텐데."

윤성욱은 남의 공을 가로챈 것 같아서 마음이 편치 않았다.

"아닙니다. 골치 아픈 일에서 해방된 느낌입니다."

말은 그렇게 했지만, 심정은 그렇지 않을 것이다. 그럼에도 별반 감정을 드러내지 않는 것은 이런 일로 최 교수의 눈 밖에 나는 게 얼마나 어리석은 짓인지 잘 알고 있기 때문일 것이다. 윤성욱은 최 교수와 베른하르트 교수를 연결하는 끈이다. 그렇다면 무리해서 맞서느니 다음 기회를 노리는 게 좋을 것이다. 시세 판단이 빠른 신중배는 상황을 그렇게 정리하고 있었다.

"심병준이라는 사람이 이 일을 주도하는 모양이네."

"네. 책도 여러 권 낸 제법 이름이 있는 재야사학자인데 외골수입니다. 한마디로 꼴통이지요. 교수님이 아주 성가셔 하십니다."

프로필을 보니 심병준은 역사를 전공했고, 박사 학위도 있는데 강단에 서는 대신에 교양 역사서를 통해서 대중과 소통하는 쪽을 택하고 있었다. 재야사학자들은 대부분 비전공자들로 제도권 사학계를 식민사관이라고 매도하면서 과도한 민족주의에 경도된 사람들로 알고 있었던 윤성욱은 뜻밖이라는 생각이 들었다.

～～～

벌써 사흘째 강행군인데 선생님이 힘드시지 않을까. 걱정이 된 양기문은 틈틈이 고개를 돌리며 김정호를 살폈다.

"나는 괜찮으니까 괘념치 말거라. 무거운 짐은 너희들이 다 지고 가는데 내가 힘들 게 뭐 있겠느냐."

김정호가 염려 말라는 듯 웃음을 지어 보였다. 그렇지만 이마가 흥건히 젖은 것으로 봐서 쉬었다 가는 게 좋을 것 같았다.

"험한 길은 거의 다 올라왔습니다. 잠시 쉬었다 가는 게 좋을 것 같습니다."

저만치 앞장서 가고 있던 김우식이 쉬어갈 것을 권했다. 천지로 가는 길은 크게 가파르지 않지만, 고지대여서 젊은 사람들에게도 쉽지 않은 산행이다. 그동안 날씨가 변덕을 부리지 않은 것과 백두산 일대를 제 손금보듯 하는 김우식을 길잡이로 만난 것은 큰 행운이었다. 김우식이 없었다면 기리고차는커녕 간단한 도구도 가지고 오지 못했을 것이다. 김우식은 김정호를 선생님, 양기문을 형님이라 부르며 잘 따르고 있었다.

"그런데 정말 여기가 건천(乾川)으로 변해버린 물길이 맞을까요?"

김우식이 양기문에게 다가오더니 소리를 죽이며 물었다. 세 사람은 지금 오래전에 말라버린 물줄기를 추적하며 산행을 이어가고 있었다. 세월이 흐르면서 바뀌어버린 물줄기를 찾아내서 비문의 토문강이 지금의 두만강과는 다른 강임을 입증해야 한다.

"그래, 우리들 눈에는 아무런 차이도 없어 보이지만 틀림없이 예전에는 물이 흘렀을 거야. 선생님은 우리와 달라."

양기문이 자신 있게 대답했다. 대동여지도를 만들 때부터 김정호를 따라서 조선 팔도를 누볐던 양기문은 스승 김정호를 철석같이 믿고 있었다.

"나도 선생님과 형님을 믿지만 이런 일은 처음이라서. 그런데 선생님은 뭘 저렇게 열심히 적고 계십니까?"

틈이 날 때마다 일대를 살펴보고, 주변을 조사해서 기록하는 김정호를 보며 김우식이 신기해했다.

"지도는 지지(地誌)와 하나가 되어야 완벽한 지리지를 이루는 법이지. 선생님은 지금 지지를 편찬하는 데 기초가 될 자료들을 기록하고 계시는 중이야."

양기문은 그렇게 대답하고는 몸을 일으키고서 김정호에게 다가

갔다.

"제가 할 일은 없는지요?"

"됐다. 필요한 것은 다 기록했다."

김정호가 하늘을 올려다보았다. 오늘따라 유난히 하늘이 맑은 것 같았다.

"하늘이 내려준 기회라고 생각하고 있다. 백두산에 오를 기회를 잡는 게 어디 쉬운 일이더냐."

간단한 약도라면 모를까 전국지도라면 발품을 파는 것만으로 제대로 된 지도를 제작할 수 없다. 읍지며 향토지를 참고해서 축적을 맞추고, 미흡한 부분은 실측으로 메꿔야 하는데 김정호는 대동여지도를 제작하면서 백두산 일대의 자료가 소략하다는 사실을 안타까워하고 있었다. 그런데 그것을 보충할 기회를 잡은 것이다.

"저도 여기 오기 전에는 막연하게 압록강과 두만강은 천지에서 발원해서 각각 서쪽과 동쪽으로 흘러, 바다에 이르는 줄로 알고 있었습니다."

"조정의 신료들도 크게 다르지 않을 것이다. 그러니 청나라에서 압록강과 두만강을 경계로 국경을 정해야 한다고 해도 반론을 제대로 제기하지 못하는 형편이 아니더냐."

예로부터 압록강과 두만강 그리고 송화강은 천지를 수원(水源)으로 하고 있다고 알려져 있었다. 그러나 실제로는 두만강은 천지가 아닌 정계비 부근의 대연지봉에서 발원했고, 두만강의 네 지류인 석을수와 홍토수, 홍단수 그리고 서두수 모두 천지에서 흘러내리지 않고 있었다. 그 사실을 고려해 보면 두만강과 토문강은 다른 강일 확률이 컸다.

현지를 답사하면서 차츰 여러 곳에 산재되어 있는 기록들이 가닥이 잡히기 시작했다. 정계비는 압록강과 토문강이 분수령을 이루는 곳을 양국의 국경으로 삼았다고 했다. 그리고 숙종실록은 정계비에서 멀지 않은 곳에 동쪽으로 흘러가는 물줄기가 있는데 그 물줄기가 땅속으로 스며드는 곳에 석퇴를 쌓고, 다시 지표로 솟구치는 곳에 토퇴를 쌓았다고 했다. 그런데 정계비 부근에는 물이 흐르지 않았다. 그렇다면 150여 년의 세월이 흐르는 동안에 물줄기가 말라버렸을 것이다.

그 물줄기를 찾아야 한다. 이전에 물이 흘렀다면 어떤 형태로든 생태계에 그 흔적을 남겼을 것이다. 김정호는 그렇게 추론하고서 부지런히 주변 생태계를 살폈다.

"지도는 지형을 기록하는 게 전부가 아니다. 자연이 새긴 흔적들을 더듬고, 선인(先人)들이 남긴 자취를 찾아서 사람과 자연이 어떻게 어우러져서 역사를 이어왔는지를 전달해야 한다."

김정호가 자신의 지리관을 밝히자 양기문은 숙연해졌다. 그런 결심과 부지런함이 있었기에 대동여지도라는 대작을 남길 수 있었을 것이다.

"그런데 저는 아무리 자세히 살펴도 뭐가 다른지 모르겠습니다."

양기문은 방금 전, 자신 있게 김우식을 상대할 때와는 전혀 다른 표정을 하고 있었다. 여기는 심마니나 사냥꾼들도 거의 다니지 않는 백두산 첩첩산중이다. 사람의 흔적을 찾는 게 쉬울 리 없을 것이다.

"물이 있는 곳에는 사람들이 모여들면서 마을과 길이 생기게 마련이다. 동물도 마찬가지지. 또 물은 토양에 영향을 주기 때문에 일대의 식물들도 그 영향을 받게 된다. 물길이 끊기면서 사람들은 떠나버렸고, 세월이 흐르면서 일대 지형도 바뀌었지만 그래도 자연이 만든 흔적은 남아 있을 것이다."

김정호의 눈빛은 확신으로 가득했다. 실개천에 불과했을, 그리고 오래전에 말라버린 발원지의 지류를 찾는 게 쉽지 않다. 그러나 물은 높은 곳에서 낮은 곳으로 흐르게 마련이고, 비록 지표면에서는 자취를 감추었을지라도 땅속에서는 여전히 흐르고 있을 것이다. 그렇다면 어떤 형태로든 지표에 영향을 미치게 될 것이다. 백두산 일대의 하천은 깊은 골짜기 사이를 흐르는 감입곡류(嵌入曲流) 형태를 이루고 있기에 가능성이 훨씬 크다. 김정호는 확신을 가지고 부지런히 계곡을 누볐다.

"확인해 보거라."

"이쪽입니다."

수평을 들고 높낮이를 잰 양기문이 오른쪽을 가리켰다. 골짜기를 오르고 내리다 보면 착시를 일으킬 때가 있다. 수평으로 그때그때 고저를 확인하지 않으면 엉뚱한 곳으로 향할 수 있다.

"그만 출발하자."

김정호가 몸을 일으켰다. 골짜기를 헤맨 지 사흘째다. 예상대로라면 지금쯤 돌무더기가 나타나야 한다. 그렇지만 아무리 주위를 살펴봐도 석퇴 같은 것은 보이지 않았다. 혹시 엉뚱한 곳을 헤매고 있는 것은 아닐까. 덜컥 겁이 났지만 여기서 흔들리면 안 된다. 양기문과 김우식은 나를 하늘처럼 믿고 따라오고 있다. 김정호는 밀려오는 불안감을 떨쳐내며 부지런히 주변을 살폈다.

"……!"

골짜기를 따라서 내려오던 김정호가 걸음을 멈추었다. 평지가 끊기면서 사방이 온통 바위투성이였다. 더 나갈 수 없게 된 것이다.

"서두르면 어제 야영을 했던 곳으로 돌아갈 수 있습니다."

김우식이 조심스럽게 고했다. 이대로 돌아가야 하나. 여기서 발길을 돌리면 여태까지의 추적은 헛일이 될 것이다. 허탈했다. 김정호는 주저앉을 듯 맥이 풀렸지만 포기하지 않고 주위를 다시 살펴보았다. 바위 너머로 만병초가 하얀 군락을 이루고 있었다. 그 뒤로 하얀색과 노란색이 어우러진 채 바람에 한들한들 흔들리고 있는 작은 꽃은 두메양귀비일 것이다.

"참으로 끈질긴 생명입니다. 저리 척박한 땅에도 뿌리를 내리는 꽃들이 있다니."

양기문이 혀를 내둘렀다. 김정호는 주변을 세밀하게 관찰했다. 군락을 이루고 있는 만병초와 그 뒤로 드문드문 피어 있는 두메양귀비가 없다면 그야말로 황량하기 이를 데 없는 고산지대 풍경이다.

"저리로 가자."

뭔가를 골똘히 생각하던 김정호가 만병초가 군락을 이루고 있는 쪽을 가리켰다.

"예? 거기는 맹수 사냥꾼들도 다니지 않은 길입니다. 사람이 다닌 자취가 전혀 눈에 들어오지 않습니다."

김우식이 깜짝 놀랐다. 고산에서의 야영에는 갑자기 변하는 날씨에다 맹수의 습격도 대비해야 한다. 그러니 이렇게 외진 곳은 피해야 한다. 양기문도 놀랐는지 눈을 휘둥그레 뜨고 김정호를 쳐다봤다.

그러나 김정호는 다른 말 없이 만병초 군락으로 향했다. 백두산의 겨울은 상상할 수 없을 정도로 춥다. 야생화의 생명력이 아무리 끈질기다고 해도 이렇게 바위틈의 척박한 땅에서 저리도 무성하게, 그리고 색깔 곱게 자랄 수는 없다. 그렇다면 땅속으로 소량이나마

물이 흐르고 있을 것이다. 김정호는 그렇게 추리한 것이다.

바위에 오르고, 틈을 헤치고 나가는 게 쉽지 않았지만, 김정호는 부지런히 걸음을 옮겼다. 숨이 점점 가빠지면서 힘이 부쳤지만, 김정호는 내색하지 않고 단숨에 바위에 올랐다.

바위 위에 서자 입에서 '아!' 하는 탄성이 절로 나왔다. 바위 지대 너머로 드넓은 초원이 펼쳐진 것이다. 백두산에도 이런 데가 다 있었나. 눈을 의심할 정도였다.

"저리로 가자!"

신록의 초지에서 하얀 꽃길을 찾는 것은 어렵지 않았다. 김정호는 피로도 잊고서 잰걸음으로 나갔다.

"저기 석퇴가 있습니다!"

양기문이 왼쪽을 가리켰다. 과연 사람이 쌓아놓은 게 분명한 돌무더기가 눈에 들어왔다. 마침내 찾은 것이다. 실개천을 이루며 흘러오던 물줄기는 여기에서 땅속으로 스며들었고, 복류를 한 끝에 송화강의 지류를 이루는 오도백하와 합류했을 것이다.

"지금도 물이 흐르고 있을까요?"

양기문의 목소리가 사뭇 떨렸다. 그것까지는 알 수 없지만, 물줄기를 찾는 게 한결 쉬워진 것은 사실이다.

"서두르면 해가 떨어지기 전에 토퇴를 찾을 수 있을 것이다."

김정호가 하늘을 올려다보며 시간을 가늠했다. 세 사람은 땀을 닦을 겨를도 없이 땅속의 물줄기를 더듬으며 앞으로 나갔다. 물이 흐르는 곳은 생태계가 확연하게 차이 나서 여태까지의 건천 추적보다는 한결 쉬웠다.

시간이 얼마나 지났을까. 주위가 어둑어둑해지기 시작했다. 그렇다면 더 어두워지기 전에 잠자리를 마련해야 한다. 김정호가 신호를 보내자 양기문과 김우식이 얼른 야영할 채비를 했다. 계절은 여름으로 접어들었지만, 백두산의 밤은 등골이 시릴 정도로 추웠다. 빨리 자리를 마련하고 불도 피워야 한다.

"나뭇가지를 구해오겠습니다."

김우식이 숲속으로 향했다.

"토문강이 두만강이 아니고 오도백하라는 사실을 밝히면 간도가 조선 땅이 되는 것입니까?"

"오도백하는 송화강의 지류이니 송화강 이동은 조선 땅이라고 봐야겠지. 석퇴를 찾아서 다행이지만 아직 마음을 놓을 수는 없다. 토퇴를 찾고, 땅 위로 솟구치는 물줄기를 확인해야 토문강은 송화강의 지류라는 사실이 분명해질 것이다."

"선생님! 형님!"

김정호와 양기문이 대화를 나누고 있는데 숲속에서 김우식이 소리쳤다.

"무슨 일이냐!"

양기문이 얼른 몸을 일으켰다.

"물입니다! 물 흐르는 소리가 들립니다!"

물이라는 말에 김정호도 벌떡 몸을 일으켰다. 그리고 양기문과 함께 숲으로 달려갔다. 사방은 이미 어두웠다. 숲으로 들어가자 앞이 제대로 구별되지 않았다.

"여기입니다."

김우식이 가까운 곳에서 소리쳤다. 귀를 기울이자 과연 물 흐르는 소리가 들렸다. 세 사람은 더 생각하지 않고 소리가 들리는 곳으로 향했다. 숲이 깊으면 어떻게 하나 걱정을 했는데 다행히 곧 평지가 나왔다.

"개울입니다!"

앞장서서 숲을 헤치던 김우식이 큰소리를 질렀다. 달려가 보니 제법 큰 폭의 개울이 콸콸 소리를 내며 시원스럽게 흘러가고 있었다. 땅속으로 흐르던 물줄기가 다시 땅 위로 솟구친 것이다.

"저기 흙무더기가 있습니다."

양기문이 토퇴를 찾아냈다. 비바람에 씻기면서 많이 허물어졌지만, 사람의 손으로 쌓아올린 게 분명한 흙무더기가 멀지 않은 곳에 묵묵히 서 있었다. 저 물은 힘차게 흘러서 오도백하에 이르고, 마침내 송화강과 합류할 것이다.

마침내 찾았다! 김정호는 형용하기 힘든 희열에 휩싸였다.

"선생님!"

김우식이 다급한 목소리로 흥분을 감추지 못하고 있는 김정호를 불렀다. 또 무슨 일이……? 고개를 돌리니 한 무리의 횃불이 어지럽게 춤을 추며 이쪽으로 다가오고 있었다. 저들은 누구일까. 여기는 산적도 나타나지 않는 깊은 산중이다.

"청나라 관헌들 같습니다."

현지 실정을 잘 아는 김우식이 경계의 빛을 띠었다. 횃불은 어느틈에 세 사람에게 다가왔고 어리둥절해서 서 있는 세 사람을 포위했다.

"너희들은 누구며, 여기서 뭐 하고 있냐고 묻습니다."

청나라 말을 할 줄 아는 김우식이 통변했다. 김우식의 말대로 청나라 관헌인 것 같았다.

"우리는 조선 조정의 명을 받고 토문강의 위치를 살피고 있는 중이오."

김정호가 침착하게 답변했다.

"여기는 국경에서 한참 떨어진 곳이다. 너희들은 무단으로 우리 땅을 범했다. 총관부로 끌고 가서 엄히 심문하겠다!"

큰일이다. 청나라는 토문강을 두만강이라고 우기고 있으니 저들 주장대로라면 여기는 청나라 땅이고 세 사람은 무단 월경을 한 꼴이다.

"나는 현지 조사를 통해서 토문강은 두만강이 아니고 송화강으로 흘러 들어가는 오도백하임을 밝혀냈소! 따라서 여기는 청나라 땅이 아니고 조선 땅이오! 무단으로 월경을 한 것은 우리가 아니고 당신들이니 우리가 총관부로 연행될 이유가 없소!"

김정호가 강하게 버텼다. 간도는 엄연히 조선 땅이다. 우리 땅에서 조선 사람이 청나라 관헌에게 조사를 받을 이유가 없다. 바로 이 문제를 확실히 하기 위해서 풍찬노숙을 하며 여기까지 온 것이다.

"끌고 가라!"

관헌이 소리치자 지켜보고 있던 관병들이 일제히 세 사람을 향해 창을 겨누었다. 그들 중에는 총을 소지하고 있는 자도 있었다. 큰일이다. 끌려가면 틀림없이 그동안에 현지를 답사하고, 지형을 측정했던 기록들을 모조리 빼앗길 것이다. 어쩌면 중죄인으로 몰려서 다시는 조선 땅을 밟지 못하게 될지도 모른다.

"선생님!"

양기문이 덜덜 떨면서 김정호의 앞을 가로막았다. 행여 저들이 김정호를 해치면 몸으로라도 막을 요량이었다. 김우식은 사시나무 떨듯 덜덜 떨었다. 청나라 관헌들을 여러 차례 상대했기에 여차하면 저들이 정말로 죽일 수도 있다는 사실을 잘 알고 있었다. 그렇지 않아도 청나라는 러시아 때문에 신경이 곤두서 있는 마당이다. 당연히 변경기찰을 강화했을 것인데 토문강을 밝히는 일에 정신이 팔리면서 그만 그 사실을 망각했던 것이다.

"무슨 일이냐!"

호통이 들리더니 키가 훤칠한 사람이 이쪽으로 다가왔다. 청나라 관헌과 관병들이 일제히 고개를 숙이는 것으로 봐서 오라총관부의 고관 같았다. 김정호 일행을 체포하려던 관헌이 뭐라고 설명하자 고관이 김정호에게 힐끗 시선을 주더니 고개를 끄덕였다. 꼼짝없이 끌려가게 된 것이다.

관병들이 달려들더니 짐을 빼앗고 문건을 압수했다. 김정호는 하늘이 무너지는 것 같았다. 변방고를 쓸 소중한 자료들을 빼앗긴 것이다. 하면 간도는 청나라 땅이 되고 마는 것인가. 대동지지를 완성하지 못하고, 최한기 대감과의 약속도 수포로 돌아가는 것인가.

"이게 무엇인가?"

청나라 관헌이 소형 기리고차를 가리키며 물었다.

"거리를 재는 도구요. 바퀴가 톱니바퀴와 연결되어 있어서 끌고 다니면 일정 거리를 지날 때마다 북이 울리게 되어 있소."

김정호는 자포자기의 심정으로 대답했다. 그러자 통변인 듯한 자가 고관의 뒤에 있는 사람에게 알아들을 수 없는 말로 부지런히 설명했다. 자세히 살펴보니 양인(洋人)이 호기심 가득한 눈길로 기리고차를 쳐다보고 있었다.

양인이 뭐라고 하자 통변이 총관부 고관에게 그 말을 전했고, 총관은 마땅치 않은 표정을 지으며 고개를 끄덕였다. 그러자 통변이 양인을 대동하고 세 사람에게 다가왔다.

"이분은 덕국(德國, 독일)에서 오신 학자시다. 너희들에게 물어볼 것이 있다고 하니 하나도 빠뜨리지 말고 이실직고하거라."

이제 와서 감출 것이 없었다. 김정호가 고개를 끄덕이자 양인이 기리고차를 가리키며 입을 열었다.

"당신이 이 도구를 만들었나?"

"그렇소."

청나라 관헌의 통변은 즉시 김우식에 의해서 조선말로 옮겨졌다. 양인은 김정호를 유심히 쳐다보고는 횃불을 비추며 기리고차를 세밀히 살폈다.

"자동으로 거리를 측정할 수 있는 도구가 있다니. 놀랍군."

리히트호펜은 감탄을 금치 못했다. 영국이나 프랑스에 비해서 후진국이었던 프로이센의 비스마르크가 독일을 통일하면서 빠른 속도로 양국을 따라잡고 있었다. 그래서 독일 당국은 뒤처졌던 식민지 경쟁을 만회할 요량으로 경제사절단을 극동에 파견했다. 식민지 쟁탈전에 뛰어들려면 현지 지리를 잘 알아야 한다. 그렇게 칼스루헤 출신의 젊은 지리학자 리히트호펜은 독일 경제사절단의 일원으로 극동에 오게 되었고, 오라총관부의 관헌들과 함께 러시아와 청나라의 국경을 살피던 중이었다.

"당신은 국경을 살피기 위해서 현지를 조사 중이라고 했다. 그렇지만 국경은 이미 오래전에 양국의 협의로 정해지지 않았나?"

"당시 국경으로 정한 강은 지금 청나라에서 주장하고 있는 강이 아니다. 표지판을 세운 곳부터 흘러내리던 물줄기가 따로 있었다. 나는 당시 양국이 정한 국경을 확인하기 위해서 현지답사에 나섰고, 그동안에 말라버린 물줄기를 찾아냈다."

양인이 왜 이 일에 관심을 보이는지 몰라도 지리에 대해서 상당한 지식을 가지고 있는 것 같았다. 김정호는 성심껏 답변했다.

"오래전에 말라버린 물줄기를, 어쩌면 작은 개울에 불과했을 수도 있는 물줄기를 무슨 수로 찾았단 말인가? 국경을 정하는 일은 국가의 대사다. 일방적인 주장은 분쟁을 일으킬 뿐이다."

리히트호펜은 흥미를 느끼기 시작했다. 국경 너머에 코리아라는 나라가 있다는 사실은 알고 있었다. 그런데 이렇게 훌륭한 자동거리측정기를 가지고 있을 줄이야. 그리고 지금 상대하고 있는 자는 지리에 대해서 상당한 지식을 지니고 있는 것 같았다.

"당신 말대로 언제 말라버렸는지도 모르는 작은 개울을 찾는 것은 쉬운 일이 아닐 것이다. 그렇지만 지형을 살필 때는 눈에 보이는 것 외에도 여러 요소를 고려해야 한다. 고문헌을 살피고, 일대에서 자라는 꽃과 풀을 비롯해서 침식과 퇴적의 흔적, 산마루와 협곡의 형태를 종합해서 판정해야 한다. 나는 그런 요소들을 감안해서 말라버린 물줄기를 추적했고, 땅속으로 흐르기 시작한 곳과 다시 땅 위로 솟아나는 곳에 설치한 표지물이 기록과 일치함을 확인했다. 양국의 협약대로라면 여기는 조선 땅이며 불법으로 월경을 한 사람은 당신들이다."

김정호가 차분하게 답변했다. 양인이 왜 청나라 관헌들과 같이 있으며, 얼마나 중요한 인물인지는 알 수 없지만 사실은 분명히 해야 한다.

"하면 당신은 방금 얘기한 것들을 전부 확인했단 말인가?"

"그렇다. 하나도 빠뜨리지 않고 기록으로 남겼다."

김정호가 기록과 필기구가 담겨 있는 보따리를 가리켰다.

리히트호펜은 충격에 휩싸였다. 리히트호펜은 진작부터 지리학은 지리(Erdkunde)의 학문이 아니고 지구표면(Erdoberflache)의 학문이어야 한다고 주장하고 있었다. 그런데 코리아의 지리학자는 이미 그에 기반한 지형측정을 실행에 옮기고 있었던 것이다.

코리아는 차이나에 예속되어 있는 작은 나라라 들었다. 그런데 유럽 지리학계에서도 이제 막 이론이 정립되기 시작한 생태지리학의 이론을 실제로 적용하고 있는 이 남자는 누구란 말인가. 리히트호펜은 내가 지금 꿈을 꾸고 있는 게 아닌가 하는 착각에 빠져들었다.

"그만 끌고 가라!"

총관부 총독이 관병들에게 지시를 내렸다.

"잠깐!"

리히트호펜이 김정호 일행에게 다가가는 관병들을 제지했다.

"이들을 총관부로 끌고 갈 셈이오?"

"그렇소. 저자들은 무단으로 월경을 했소. 더구나 멋대로 우리 땅을 자기네 땅이라고 우기고 있소!"

"내가 보기에 멋대로 우기는 게 아닌 것 같소! 저 사람은 양국의 협약을 확인하기 위해서 현지를 실측한 것뿐이오. 저 사람의 주장을 반증하려면 그에 합당한 근거를 제시해야 할 것이오!"

"그것은 당신이 간여할 일이 아니오!"

리히트호펜이 항의를 하자 총관부 관헌이 못마땅한 표정을 지었다.

"당신네 정부는 서구열강들이 부당하게 청나라 영토를 침범하는 것을 막기 위해서 우리를 초청했소. 그런데 당신들이 이렇게 힘으로 국경을 정하고 있다는 사실을 열강국에서 알면 그들은 쌍수를 들고 환영할 것이오! 열강국들에게 땅을 빼앗기지 않으려면 합리적인 근거를 마련해야 할 것이오!"

리히트호펜이 눈을 부릅뜨자 총관부 관헌은 얼굴이 하얗게 질렸다. 정말로 그런 일이 벌어졌다가는 큰일이다. 목이 열 개라도 당해내지 못할 것이다. 지금 영국과 프랑스 그리고 러시아가 호시탐탐 영토를 노리고 있는 중이다.

"저들을 방면하라!"

총관부 관헌은 그 말을 남기고 등을 돌렸다.

"고맙소!"

말은 통하지 않지만, 양인의 도움으로 풀려난 것은 알 수 있었다. 김정호는 리히트호펜에게 사의를 표했다.

"당신과 많은 대화를 나누고 싶지만 그럴 형편이 안 되는군요. 꼭 지리서를 완성하십시오. 나중에라도 당신의 저술을 볼 수 있는 기회가 오면 좋겠습니다."

리히트호펜이 김정호의 손을 꼭 잡았다.

변방고

국회의사당 앞을 수도 없이 지나쳤지만, 안으로 들어가 보기는 처음이다. 사전에 지리를 충분히 익혀두었는지 신중배는 잘 아는 길을 가는 것처럼 능숙하게 차를 몰았다. 신중배가 그만큼 최성식 교수를 지극정성으로 모시고 있다는 증거일 것이다. 불만은커녕 섭섭하다는 내색도 하지 않는 그를 볼 때마다 윤성욱은 마음이 편치만은 않았다.

"다 왔습니다."

주차장에 차를 댄 신중배가 얼른 내려서 뒷좌석 문을 열었다. 윤성욱은 주춤했다. 조수석에 앉은 자신이 해야 할 일인데 아직 몸에 배지 않았던 것이다. 최성식 교수는 힐끗 주위를 둘러보더니 못마땅한 표정을 지었다.

"길이 막히지 않아서 예정보다 조금 일찍 도착했습니다."

신중배가 얼른 해명했다. 보좌관이 마중 나왔으리라 기대했을 최 교수의 마음을 읽은 것이다. 최 교수는 헛기침을 하고는 거만한 자세로 엘리베이터에 올랐고 윤성욱과 신중배가 재빨리 뒤를 따랐다.

재야사학계는 고대사연구재단에서 발간한 고대사지도에 강한 이의를 제기하고 있었다. 식민지 사관에 기초해서 한반도 북부를 중국의 영토로 표기를 했을뿐더러 독도도 빠졌다는 것이 주된 이유다. 그래서 국회 교육문화체육관광위원회에서 양 당사자를 초청해서 토론을 벌이기로 하고 최성식 교수가 고대사연구재단을 대표해서 토론회에 참석하게 된 것이다.

"어서 오십시오."

소회의실로 들어서자 소위원회 간사 구정회 의원이 최성식 교수를 맞았다. 소장파 국회의원인데 프로필에서 본 대로 엘리트다운 면모가 엿보였다. 오늘 토론회의 주제는 단군조선과 낙랑군의 위치에 대해서다. 사회는 구정회 의원이 맡고 강단사학계와 재야사학계에서 각각 3인이 패널로 참가해서 토론을 벌일 예정이다.

신중배는 예상보다 일찍 도착했다고 했지만, 최성식 교수가 패널 중에서 제일 늦게 도착한 사람이었다. 최성식 교수는 강단사학계의 패널들과는 미소로, 토론을 벌이게 될 3인의 재야사학자들과는 굳은 얼굴로 인사를 나누고 자리에 앉았다.

윤성욱은 청중석에 자리를 잡으며 패널석을 유심히 살펴보았다. 최성식 교수는 단군조선과 낙랑군의 위치를 대동강변이라고 주장하는 학설을 대표하고 있었고, 심병준은 줄기차게 낙랑군이 요동 일대에 존재했다고 주장하고 있었다. 오늘 토론회는 둘이 선봉을 맡게 될 것이다.

"또 뵙네요."

윤성욱이 청중석에 자리를 잡는데 누가 옆으로 다가왔다. 고개를 돌리니 함윤희였다.

"그렇군요. 이번 토론회는 우리땅찾기본부에서 주도한 것인가요?"

"다른 단체와 연합을 하고 있어요."

조금 어색한 재회였지만 함윤희는 전혀 개의치 않고 있었다.

"최 교수님이 재직하는 대학 출신이라서 짐작은 했지만, 토론회에도 참석할 만큼 가까운 관계인 줄은 몰랐어요."

"학부와 석사과정 때 지도교수셨습니다."

윤성욱이 대답을 하는데 토론회가 시작되었다. 먼저 심병준 박사가 고대사지도의 문제점을 제기하고 나섰다.

"고대사연구재단에서 발간한 고대사지도 초안에는 문제점이 많이 있습니다. 우선 독도가 표기되어 있지 않습니다."

심병준 박사가 포인터로 지도를 짚어 내려갔다.

"고대사연구재단에서는 실수라고 하지만 일본이 지속적으로 독도는 일본 땅 다케시마라고 주장하고 있는 마당에 그냥 실수로 치부할 수만은 없는 일입니다."

심병준 박사가 강단사학자 세 사람을 차례로 훑어보며 일갈했다. 그 문제는 초안 공개 초기부터 논란이 되었고, 고대사연구재단에서도 실수였음을 인정했다. 심병준 박사는 기선을 제압할 요량으로 오늘 논제와는 직접 관련이 없는 사안을 거론하고 나선 것이다.

이어서 심병준 박사는 벌레 씹은 표정을 하고 있는 3인의 강단사학자를 향해서 지도의 문제점을 조목조목 지적해 나갔다.

"단군조선과 낙랑군의 위치가 대동강 일대라는 것은 일제 강점기 때 일본학자들의 주장을 답습하는 것으로 우리나라 사학계가 여전히 식민사관에서 벗어나지 못했음을 보여주는 것입니다."

"대동강변에서 낙랑 시대의 유물들이 계속 출토되고 있고, 대동강변에서 단군릉이 발굴되면서 북한에서도 단군조선과 낙랑군의 위치를 대동강변으로 보고 있습니다. 자꾸 식민사학이라고 하는데 맹목적 민족주의를 내세우며 역사를 나 좋을 대로 해석하려는 태도야말로 배격해야 할 쇼비니즘입니다. 역사는 실증적이고 과학적인 방법으로 살피고, 해석해야 합니다!"

최성식 교수가 즉각 반격에 나섰다. 그동안 강단사학계는 재야사학계의 주장을 무시로 일관하고 있었다. 하지만 국회까지 나선 마당에 더 좌시할 수만은 없는 일이다. 그래서 최성식 교수가 총대를 메기로 한 것이다.

"원천사료에 근거한 주장이 어떻게 쇼비니즘입니까! 중국 사료에도 낙랑군은 요동 일대에 존재했다고 나옵니다!"

심병준 박사가 언성을 높이며 반격했다.

"사료는 여러 종류가 있습니다. 내게 유리한 사료만 선별해서 시류에 편승하는 주장을 펼치는 것은 진실을 추구해야 하는 학자로서 배격해야 할 태도입니다."

최성식 교수는 상대의 입장을 헤아리는 사람이 아니다. 재야사학계를 비하하는 발언을 서슴지 않았다. 학자로서 배격해야 한다는 것은 당신들은 정통 학자가 아니지 않느냐는 뜻과 다름이 없었다.

"지금 중국은 동북공정과 탐원공정을 통해서 우리 땅과 우리의 역사를 자기네 것으로 편입시키고 있습니다. 그것을 막기 위해서 설립된 것이 고대사연구재단 아닙니까! 그런데 지도는 중국의 주장을 고스란히 반영하고 있습니다. 고대사연구재단이 중국 사회과학원의 부속기관입니까? 아니면 조선 총독부의 후예입니까?"

심병준도 지지 않고 받아쳤다. 시류 편승과 인기 영합이 재야사학계를 비하하는 수단이라면 식민사관은 재야사학계가 강단사학계를 공격하는 전가의 보도다.

"말이 심하지 않소! 조선 총독부의 후예라니! 고대사연구재단은 대한민국의 역사를 바로 세우는 데 앞장서고 있소!"

최성식 교수의 얼굴이 벌겋게 달아올랐다. 누구도 최성식 교수에게 이런 식으로 말하는 사람이 없었다. 학계에서 직설적인 표현과 독설은 오로지 최성식 교수의 전유물이다. 최성식 교수를 맹종하는 후진들이 많이 있다. 최성식 교수를 궁지로 몰아넣었다는 사실이 알려지면 저들은 벌 떼처럼 들고 일어설 것이다.

"토론회는 각자의 의견을 기탄없이 개진하고, 합일점을 모색하는 데 목적이 있습니다. 이견은 있을 수 있지만 마땅한 근거 없이 상대편을 공격하는 것은 삼가 주시기 바랍니다. 방금의 조선 총독부 발언은 기록에서 삭제하겠습니다."

토론이 과열되자 구정회 의원이 끼어들었다. 사리 분별이 명확하고 장악력도 겸비하고 있기에 재선에 불과한데도 위원회 의장을 맡고 있었다.

잠시 냉각기를 가진 후에 토론이 계속되었지만, 내용은 새로울 게 없었다. 양측에서 제시하는 근거들 모두 기왕에 알려진 것들로 서로 자기주장을 되풀이하고 있을 따름이었다. 토론을 통해서 합일점을 찾고, 해결책을 모색하는 것은 애초부터 무리였을 것이다.

토론회는 심병준 박사가 공격을 하면 최 교수가 반박을 하는 형식으로 진행되었는데 여태까지의 아마추어 재야사학자들과 다르게 사료에 근거한 날카로운 질문이 이어지자 최 교수는 차츰 당황하기 시작했다. 학계에서 최성식 교수의 권위는 절대적이다. 자신의 주장을 정면으로 논박하고 드는 경우를 당해본 적이 없기에 최성식 교수는 차츰 페이스를 잃어갔다.

"잠시 휴식 시간을 갖도록 하겠습니다."

구정회 의원이 휴회를 선포했다. 자칫 분위기가 험악해질 것 같자 선수를 치고 나선 것이다.

"구체적인 사안에 일일이 대응하지 마시고 재야사학계가 일반인들의 관심을 끌기 위해서 어떻게 국수주의적인 주장을 펼치고 있으며, 그들은 고대사에 대해서 문외한임을 들어 반격하는 게 좋겠습니다. 여기 자료가 있습니다."

신중배가 최성식 교수에게 다가가서 자료를 내밀었다. 구체적인 논쟁을 피하고 우회적으로 반격하라는 뜻으로 내민 자료에는 재야사학계에서 그동안 주장했던 이런저런 주장들이 망라되어 있었다. 주로 흥미 위주로 진행하는 TV 프로그램에서 자주 다루던 아이템들이다.

"그리고 예산 때문에 저들이 괜히 트집을 잡으려 들고 있다는 암시를 은연중에 제시하십시오."

고대사지도 제작에 배정된 예산은 교수라면 모두 부러워할 정도로 상당한 액수에 달했다. 신중배의 조언은 재야사학계에서 행여 떡고물이라도 떨어질까 하는 심사로 벌 떼처럼 달려들고 있다는 인상을 풍기라는 것이다.

그런 것까지 내다보고 준비했단 말인가. 여전히 최 교수에게 충성을 다하고 있는 신중배를 보면서 윤성욱은 거듭 감탄했다. 그리고 추호도 미안한 기색이 없이 신중배를 여전히 손발처럼 부리고 있는 최성식 교수와 아무런 내색을 하지 않는 신중배를 보면서 윤성욱은 현실의 차가움을 절감했다. 그러면서 베른하르트 교수의 존재가 새삼 거대하게 느껴졌다.

짧은 휴식에 이어서 토론회는 속개되었다. 활발하게 논쟁이 이어졌지만, 여전히 서로의 주장을 되풀이할 뿐이었다.

"수고하셨습니다. 2차 토론회 일정을 따로 잡아서 연락드리겠습니다."

구정회 의원이 토론회를 종결시켰다. 성과는 애초부터 크게 기대한 바 없었다.

"가지!"

최성식 교수가 불쾌한 표정을 감추지 않으며 차에 올랐다.

"참!"

최성식 교수가 생각났다는 듯이 조수석의 윤성욱을 쳐다봤다.

"윤 선생은 여의도에 온 김에 방송국에 들러서 안철준에게 전에 얘기했던 거 어떻게 돼가고 있는지 알아봐. 신 조교는 그 일도 윤 선생에게 넘겨."

그러고 보니 안철준으로부터 최 교수가 프로그램을 제안했다는 얘기를 들은 적이 있었다.

"알겠습니다."

윤성욱이 짧게 대답하고 차에서 내렸다.

"자료가 정리되는 대로 넘길게요."

그 일까지 내게 넘겨주고 나면 신중배는 이제 연구실 잡일만 하게 될 판이다. 국회의사당에서 방송국은 멀지 않다. 그리고 날씨도 화창하다. 윤성욱은 천천히 걷기로 했다.

의사당을 나서려는데 입구에서 함윤희가 일행과 뭔가를 얘기하고 있었다. 아까 토론회에서 열띤 공방을 벌이던 심병준 박사도 눈에 들어왔다. 가서 알은체를 할까. 혼자도 아닌데 굳이 그럴 필요가 있을까 싶어서 그냥 걸음을 옮기려는데 함윤희가 불렀다.

"근처 커피숍에 가는 길인데 같이 가시죠. 소개시켜 드릴 분도 계시는데."

피할 일도 아니다. 그리고 안철준에게 들르는 건 천천히 해도 된다.

"그러지요."

윤성욱은 고개를 끄덕이고는 그들의 뒤를 따랐다. 함윤희 일행은 심병준 박사 외에 2명이 더 있었다.

"지난번에 방송국에서 잠깐 인사 드렸었는데, 정식으로 인사 드리겠습니다. 심병준입니다. 최성식 교수님의 제자라고 들었습니다."

자리를 잡자 심병준 박사가 악수를 청했다.

"학부와 석사과정 은사십니다. 박사는 독일 홈볼트 대학에서 했고 전공은 동서교류사입니다."

윤성욱은 최성식 교수의 제자지만 재단 일에는 관여하지 않음을 밝혔다.

"그렇군요. 아무튼, 반갑습니다."

나이가 열 살쯤 연상으로 보이는 심병준 박사는 아까 토론회에서 날카롭게 파고들던 때와는 달리 가까이서 보니 수더분한 인상이었다.

"안철준 PD와 일을 같이할 계획이라고 들었어요."

함윤희가 대화에 끼어들었다.

"아직 확정된 게 아닙니다."

"경주와 이스탄불에서 '실크로드 문명전'이 번갈아 열리면서 실크로드가 경주까지 연결되었다는 것이 널리 알려지게 되었으니 고대사 입장에서는 큰 수확을 거둔 셈이지요."

심병준 박사가 윤성욱의 전공과 연결 지어 화제를 이어 나갔다. 강단사학계와 재야사학계는 껄끄러울 수밖에 없는 사이다. 윤성욱은 처음에는 조금 어색했지만, 얘기를 나누다 보니 심병준은 크게 경계해야 할 사람은 아닌 것 같았다. 심병준 박사는 논쟁을 벌일 때는 한 치의 양보도 없이 파고들더니 사석에서는 싱딩히 포용적인 자세를 보였다.

"안 PD님에게 일전에 자료를 하나 보낸 적이 있어요. 혹시 만나거든 진행이 어떻게 돼가고 있는지 알아봐 주실 수 있어요?"

함윤희가 부탁을 했다. 그 일 때문에 나를 보자고 한 것인가. 무슨 자료인지 몰라도 어려운 부탁이 아니다.

"그러지요."

윤성욱은 간단히 승낙하고서 몸을 일으켰다. 그렇지 않아도 안철준에게 가는 길이다.

"또 봅시다."

심병준 박사가 웃으며 손을 내밀었다. 윤성욱은 함윤희에게 목례를 보내고는 커피숍을 나섰다.

방송국은 언제나 여러 부류의 사람들로 정신없이 돌아가고 있었다. 무슨 사건이 터졌는지 허둥대며 달려가는 기자들과 세상을 다 얻은 것처럼 거만한 자세로 활보하는 정치인들, 낯이 익은 연예인들. 그들 중에서 교양 PD를 찾는 일은 그리 어려운 일이 아니다. 면도도 안 한 피곤에 찌든 얼굴, 며칠째 갈아입지 않은 것 같은 옷차림. 하지만 눈동자만은 사냥감을 노리는 맹수의 그것을 하고 있는 사람들을 찾으면 된다.

"왔어?"

뭔가 바쁘게 통화를 하던 안철준이 윤성욱을 보고 손을 번쩍 들었다. 윤성욱은 소파에 앉아 통화가 끝나기를 기다렸다. 바쁘게 사무실을 오가는 사람들 누구도 윤성욱에게 신경 쓰지 않았다.

"최 교수 모시고 국회 다녀오는 길이야. 네게 제안한 프로그램 진행이 어떻게 되어가고 있는지 알아보라고 하던데, 무슨 내용인데?"

"뻔한 거 아냐? 재단 홍보해 달라는 거겠지 뭐."

안철준이 심드렁한 표정을 지었다. 세상일은 기브 앤 테이크가 기본이다. 서로가 필요로 하는 것을 주고받는 거다. 그런데 교수들은 그게 아닌 경우가 많다. 최성식 교수처럼 뭐든지 일방적으로 부탁하고 시키면 되는 줄 알고 있는 사람들이 많다.

"프로그램은 어떻게 돼가?"

윤성욱이 화제를 돌렸다. 최 교수가 제안한 프로그램은 신중배로부터 자료를 받아서 안철준에게 전달하는 선에서 마무리하면 될 것이다.

"위에서는 계속 검토 중이래. 예산이 만만치 않은 프로젝트라서 쉽게 결정하지 못하는 모양인데 내가 계속 푸시 중이야."

안철준은 염려 말라는 제스처를 써보였지만 어쩐지 지난번보다 자신이 떨어진 것처럼 보였다.

"참 그 여자 만났어. 왜 우리땅찾기본부 간사 있잖아."

윤성욱은 함윤희가 부탁했던 일이 떠올랐다.

"함윤희? 국회에서?"

"응. 그런데 너에게 맡긴 문건이 있는데 어떻게 되어가고 있는지 알아봐달라고 부탁하던데."

안철준은 고개를 갸우뚱하더니 생각이 났다는 듯 몸을 일으키고 캐비닛으로 향했다.

"이거로군. 다큐멘터리 소재로 추천을 했는데 검증이 안 된 자료를 가지고 기획할 수는 없어서 보류 중이야."

안철준이 건네준 자료는 영문으로 되어 있는데 제목이 '리뷰 오브 코리안 보더(Review of Korean Board)'였다.

"한국 국경에 관한 고찰이라…… 무슨 내용인데?"

윤성욱은 자료를 펼쳐 들며 물었다. 분량은 10페이지 내외여서 금방 읽을 수 있을 것 같았다.

"자세히는 보지 않았는데 한반도 북쪽 국경과 관련된 내용 같던데. 함윤희 말로는 미국 여자가 자기에게 보냈다는군. 일전에 독도 문제로 외신과 인터뷰를 했던 적이 있는데 그걸 보고 자기에게 보냈다는 거야."

미국 여자가 왜 한국 국경과 관련된 문건을 가지고 있었을까. 겉을 살피니 보낸 사람이 카렌 휘슬러로 되어 있었다. 윤성욱은 호기심을 느끼며 자료를 천천히 읽기 시작했다.

영문으로 작성된 자료는 백두산을 탐사한 내용을 담고 있었다. 누가 언제 무슨 목적으로 백두산을 탐사했을까. 그리고 언제의 기록이며 왜 카렌 휘슬러라는 미국 여인이 소지하고 있었을까. 윤성욱은 천천히 페이지를 넘겼다. 기록은 백두산 정상에서 발원해서 땅속으로 스며든 물줄기, 세월이 흐르면서 건천으로 변한 물줄기를 찾는 과정을 소상하게 기록하고 있었다.

언제의 기록인지는 어렵지 않게 확인되었다. 기록 중에 중국과 러시아가 국경조약을 체결한 지 4년 후라는 구절이 나온 것이다. 그렇다면 1864년의 일로 생각보다 오래된 자료다.

페이지를 넘기던 윤성욱은 고개를 갸우뚱했다.

'독일 지리학자?'

탐사자는 탐사 도중에 독일 지리학자를 만났다고 했다. 그렇지만 이름은 따로 적혀 있지 않았다. 다만 독일 지리학자는 청나라의 초청으로 동북아 일대를 탐사 중인데 생태계를 포함한 종합적인 탐사 방식에 관심을 보였으며 자동으로 거리를 재는 도구를 보고 크게 감탄을 했다고 적혀 있었다. 그리고 그의 도움으로 무사히 돌아올 수 있었음도 밝히고 있었다.

도대체 탐사자는 누구며 1864년에 백두산에서 뭘 하고 있었을까? 그 의문은 다음 장에서 풀렸다. 탐사자는 국경표지석에서 정한 동쪽으로 흘러 들어가는 강이 청나라가 주장하는 강이 아닌 훨씬 북쪽의 강이라는 사실을 확인했다고 적고 있었다.

1864년…… 백두산…… 국경표지석…… 하면 '리뷰 오브 코리안 보더'는 정계비에 새겨진 토문강의 위치를 추적하는 탐사를 말하는 것인가. 그런데 자동으로 거리를 측정하는 도구라면…… 아무래도 기리고차를 의미하는 것 같았다. 기리고차는 고산자 김정호가 대동여지도를 제작할 때 사용했던 도구로, 후일 실제 거리가 110.95km인 경도 1도의 거리를 108km로 측정했을 정도로 정확한 기구였다. 그리고 1864년은 김정호가 대동여지도와 짝을 이루는 대동지지를 저술한 해다. 하면 김정호가 토문강을 답사했단 말인가.

"……!"

윤성욱은 커다란 충격에 휩싸였다. 잊고 있었던 리히트호펜의 논문이 떠오른 것이다. 같은 시기에 동방의 지리학자를 만났던 리히트호펜과 독일의 저명한 지리학자를 만난 김정호. 하면 리히트호펜이 논문에서 거론했던 자동거리측정기(Automatishe Werkzeuge fur Entfernung Messen)가 바로 기리고차였단 말인가.

윤성욱은 숨이 막힐 것 같은 충격에 휩싸였다. 김정호와 리히트호펜이 만났다니. 사실이라면 엄청난 사건이다. 더구나 토문강 탐사와 관련된 일이다. 윤성욱은 호흡을 가다듬으며 밀려오는 흥분을 가라앉혔다. 이럴수록 냉정해야 한다. 윤성욱은 우선 리히트호펜의 경력을 떠올려 보았다.

리히트호펜은 1860년 초반에 중국의 초청과 독일 정부의 후원으로 동북아를 방문했던 적이 있었다. 그 후에 캘리포니아를 거쳐 귀국한 후에 「중국, 그 여행의 결과와 그에 기반한 연구(China, Ergebnisse eigener Reisen und darauf gegrundeter Studien)」를 저술했는데 그 책이 한반도 북부를 다루고 있어서 한때 한국 지리전공자들 사이에서 화제가 되었던 적도 있었다. 그런데 이런 비화가 있었을 줄이야.

1864년에 저술된 대동지지는 32권 15책으로 구성되어 있는데 무슨 이유에서인지 몰라도 권25 산수고(山水考)와 권26 변방고(邊方考)는 전하지 않고 있다. 그럼 낙질(落帙)된 변방고는 토문강과 관련된 내용을 담고 있으며, 카렌 휘슬러가 소장하고 있던 '리뷰 오브 코리안 보더'는 변방고를 의미한단 말인가. 추론이 맞다면 엄청난 사실을 발견한 것이다. 윤성욱은 손이 부들부들 떨렸다.

"야! 너 왜 그래?"

안철준이 놀란 표정으로 윤성욱을 불렀다.

"고산자가 토문강을 답사했어!"

"고산자? 김정호가 갑자기 왜?"

안철준이 뜨악한 표정을 지었다.

"그리고 리히트호펜을 만났어!"

"리히트호펜이라면…… 실크로드?"

실크로드라는 말이 나오자 안철준이 눈을 번쩍 떴다.

"함윤희가 이 문건을 넘기면서 무슨 말 안 했어?"

"얘기한 대로야. 보낸 여자가 남편이 죽고서 유품을 정리하던 중에 이전부터 전해져 내려오던 문건을 발견했고, 우연히 방송에서 함윤희가 독도와 관련된 인터뷰를 하는 걸 보고 수소문 끝에 함윤희에게 보냈대. 함윤희에게 물어봐도 그 이상 모를걸."

혹시 문건 어디에 단서가 있을지도 모른다는 생각이 들어서 윤성욱은 얼른 '리뷰 오브 코리안 보더'를 자세히 살펴보았다. 과연 문건 끝에 '1909년, 찰스 휘슬러'라는 서명이 있었다. 짐작건대 찰스 휘슬러는 휘슬러 부인이 언급한 남편의 선조일 것이다.

"야, 왜 그래? 리히트호펜이 여기에 왜 나와? 이거와 무슨 상관이 있는데?"

안철준이 호기심 가득한 눈길로 답변을 재촉했다.

"아직은…… 함윤희를 만나 봐야겠어."

안철준의 말대로 함윤희도 아는 게 없을 것이다. 그렇지만 찰스 휘슬러가 누구며, 왜 '리뷰 오브 코리안 보더'가 그의 손에 들어갔는지 대해서 실마리를 찾을 수 있을지 모른다. 도대체 누가 '리뷰 오브 코리안 보더'를 작성했을까. 영문으로 된 것으로 봐서 김정호 자신은 아닐 것이다.

낙질

"고개를 들라."

과히 멀지 않은 곳에서 지엄한 목소리가 들렸다. 부복해 있던 김
정호는 두근거리는 가슴을 진정시키며 조심스럽게 고개를 들었다.

"혜강으로부터 팔도를 유람하며 지도를 만들었다고 들었다."

대원군이 근엄한 목소리로 물었다.

"미천한 재주이옵니다."

김정호가 공손하게 아뢰었다. 김정호는 최한기, 최병대 부자를
따라서 운현궁에 들렀고, 작금 조선의 국정을 장악하고 있는 대원
군을 알현하고 있는 중이다. 진정하려고 해도 자꾸 떨렸다. 저 단신
의 남자가 60년 세도의 안동 김씨를 일거에 몰아낸 사람이란 말인
가. 최한기와 최병대의 맞은편에 시립해 있는 좌포도대장 이경하는
탑동의 염라대왕이라는 별명대로 험악하기 이를 데 없는 인상을 하
고 있었다.

"조선의 전역을 다룬 지도는 일찍부터 있었지만, 대동여지도만큼
상세한 지도는 없었습니다."

최한기가 거들었다.

"정계비를 살피고 돌아왔다고 하던데 토문강의 정확한 위치를 찾았느냐? 간도에는 조선 백성들이 여럿 건너가서 살고 있다. 그런데 청나라에서 주장하는 대로 토문강이 두만강이라면 그들은 불법으로 월경을 한 것이 된다."

대원군이 진지한 표정으로 물었다.

"소인이 면밀히 살펴본바, 토문강과 두만강은 다른 강이었습니다. 토문강은 정계비 부근에서 발원해서 지하로 흐른 후에 오도백하에서 땅 위로 솟아오르는 물줄기로, 양국의 협약대로라면 오도백하 이동의 땅, 즉 간도는 조선의 영토임이 분명합니다."

김정호가 답사했던 일들을 소상히 고했다. 그러자 대원군의 표정이 환해졌다.

"명나라 때까지는 누구도 간도가 조선 땅이라는 데 이견을 달지 않았다. 청조가 들어서면서 분란이 일었는데 네가 그것을 바로 잡았다고 하니 참으로 가상한 일을 했구나."

"고산자의 노고가 큽니다. 명백한 증좌에 기반한 대동지지가 나오면 청나라와 아라사도 간도를 넘보지 못할 것입니다."

최한기가 벅찬 표정으로 고했다.

"이제 간도로 옮겨간 조선 백성들을 보살필 수 있게 되었고, 선조들이 모진 고생을 감내하면서 지켰던 우리 강역을 보존할 수 있게 되었다. 서둘러 지지를 완성토록 하거라."

대원군이 크게 흡족해했다. 안동 김씨 세도 60년에 나라는 절단이 났다. 조정의 요직은 안동 김씨들이 독차지했고, 지방에는 탐관오리들이 날뛰었다. 조세와 군역, 양곡 대여의 삼정(三政)이 문란해지면서 백성들은 도탄에 허덕였다. 그런 마당에 먹구름이 밀려오고 있었다.

- 개혁!

대원군은 정권을 잡자 개혁을 몰아붙였다. 허물어진 기강을 속히 바로 세우고 도탄에 빠진 백성을 서둘러 구하지 않으면 사직은 종말을 고하게 될 것이다. 왕실이 백성을 제대로 보살펴야 백성이 왕실에 충성을 한다. 대원군은 개혁의 칼날을 거침없이 휘둘렀고, 부귀영화를 누리던 안동 김씨들은 추풍낙엽의 신세가 되었다. 백성의 고혈을 짜내던 탐관오리들이 된서리를 맞은 것은 물론이다.

간도로 이주를 한 조선 백성들이 청나라 관헌들에게 부당한 핍박을 받고 있었다. 간도는 우리 땅이다. 주인이 핍박을 받을 이유가 없다. 그래서 김정호를 간도로 보냈던 것인데 기대 이상의 성과를 거두고 돌아온 것이다. 대원군은 뛸 듯이 기뻤다.

기쁘기는 김정호도 마찬가지였다. 지도를 제작하고 지지를 저술하려면 적지 않은 경비가 소요된다. 그리고 사사로이 지리지를 만들었다가는 나라의 기밀을 밖으로 누설하는 것으로 오인을 받을 수도 있다. 그런데 국정의 최고 책임자로부터 격려를 받았고, 지원도 약속받았다.

"잠깐 좀 보세."

대원군에게 예를 표하고 물러 나오는데 좌포도대장 이경하가 김정호를 불렀다. 안동 김씨를 때려잡는 데 앞장을 섰던 사람답게 장대한 기골에 날카로운 눈매를 하고 있었다.

"합하를 음해하려는 세력들이 있네. 그들에게 조그마한 트집이라도 잡혀서는 안 되네. 그러니 이 일과 관련해서 밖으로 말이 새어 나가지 않게끔 각별히 주의해야 할 것이네."

"무슨 말씀인지 잘 알겠습니다. 매사에 각별히 유념하겠습니다."

충분히 이해가 가는 당부였다. 김정호는 이경하에게 예를 표하고 운현궁을 나섰다.

～⁂～

김병기는 부아가 치밀었다. 고요함이 이렇게 짜증 나는 일일 줄이야. 불야성을 이루던 필동 사저가 창졸간에 쥐새끼 한 마리 드나들지 않는 흉가로 변하고 말았다. 염량세태(炎凉世態)가 이처럼 비정할 줄이야. 1년도 채 안 되는 짧은 기간에 김병기는 천국과 지옥을 골고루 맛보고 있었다.

대원군이 집권하면서 안동 김씨는 된서리를 맞았다. 권세를 누리던 김좌근과 김홍근은 관직에서 쫓겨났고, 그 아래 항렬의 김병기와 김병익은 한직으로 밀려나고 말았다. 안동 김씨의 좌장 격인 김좌근의 양자로 한성판윤과 이조판서, 어영대장 등 요직을 두루 꿰찼던 김병기는 한직인 판돈령부사로 좌천되면서 졸지에 끈 떨어진 갓 신세가 되고 만 것이다.

권력은 손에 쥐었을 보다 잃었을 때 그 위력을 실감하게 된다. 박탈감은 사람을 폐인으로 만들기 십상이다. 김병기는 이를 악물며 끓어오르는 분노를 삭였다. 상갓집 개라고 놀려대던 흥선군에게 뒤통수를 제대로 맞은 것이다. 이대로 끝일 수는 없다. 김병기는 이를 갈았다. 안동 김씨의 뿌리는 깊다. 눈을 부릅뜨고, 귀를 기울여서 흥선군의 약점을 찾아내고, 물어뜯어야 한다.

"임방(任房) 행수가 들었습니다."

집사가 사람이 찾아왔음을 고했다.

"들이거라."

이전 같으면 한갓 등짐장수의 우두머리를 사랑채로 들이는 것은 상상하기도 힘든 일이다. 그렇지만 지금은 시정이 다르다.

"그래 이번에는 어디를 다녀왔느냐?"

김병기가 넙죽 절을 올리는 임방 행수를 지긋이 쳐다보았다.

"관북행을 해서 종성과 무산, 회령 일대를 다녀왔습니다."

임방 행수는 김병기와 대좌를 하는 게 황송한 듯 연신 고개를 조아렸다. 김병기는 수년 전에 팔도의 봇짐장수들과 등짐장수들이 모여서 보부상(褓負商) 연합체인 임방을 조직했을 때 관여했던 적이 있었다. 그런 연으로 임방 행수는 철마다 진귀한 물품을 김병기에게 상납하고 있었다.

사농공상의 위계질서에서 봇짐장수와 등짐장수는 최하천에 속한다. 얼굴을 맞댈 일이 없는 천한 것들이지만 팔도 곳곳에 뻗어 있는 조직을 통해서 봉수(烽燧)보다 빠르고, 파발보다 상세하게 정보를 손에 넣고 있다는 사실을 김병기는 그때 알게 되었다. 나를 알고 적을 알면 백 번을 싸워도 위태롭지 않다고 했다. 그래서 김병기는 임방 행수를 따로 불러서 팔도의 소식과 밑바닥 세상 돌아가는 얘기를 듣고 있었다.

"두만강 일대를 다녀왔군. 인삼 거래를 했느냐?"

"그렇습니다."

그렇다면 별로 기대할 만한 정보가 없을 것이다. 김병기는 심드렁한 표정을 지었다.

"대기근 이후로 간도로 건너간 조선인들이 인삼을 재배하면서 값이 많이 떨어졌습니다."

행수는 인삼 가격을 화제로 올렸지만, 김병기에게는 관심 밖의 일이다. 김병기가 시큰둥한 표정을 짓자 다급해진 행수는 이런저런 얘기를 두서없이 늘어놓았다.

"알았으니 그만 물러가거라."

김병기는 손을 내저었다. 하긴 애초부터 큰 기대를 하고 저들을 만나는 것은 아니다. 단지 언젠가는 쓸모가 있을 거란 생각에 참을 성을 가지고 상대하는 중이다.

"포교가 들었습니다."

쉬려고 하는데 집사가 이번에는 포교가 찾아왔음을 전했다. 어영 대장 시절에 부리던 자로 행동이 민첩한 데다 눈썰미가 깊어서 김 병기는 어영대장에서 물러난 후에도 가까이 두고 있었다.

포교가 조심스럽게 들어서더니 절도 있게 군례를 올렸다.

"여전히 운현궁은 문전성시를 이루고 있더냐?"

김병기는 그에게 운현궁을 드나드는 사람들을 감시하는 일을 맡 기고 있었다.

"아무래도……"

포교가 김병기 눈치를 보며 쭈뼛거렸다. 김병기의 입에서 '끙'하 는 소리가 새어 나왔다.

"좌의정도 찾아오더냐?"

"나흘간 지켜본 바 좌포도대장이 제일 자주 들락거렸고, 좌의정 대감은 한 차례 들렀습니다."

다른 안동 김씨들이 된서리를 맞은 것과는 대조적으로 본시부터 흥선대원군에게 우호적이었던 김병국은 도리어 좌의정으로 승차를 했다. 같은 항렬의 김병국을 저 아래로 내려다보던 김병기로서는 속이 뒤집힐 노릇이었다.

"또 누가 들렀더냐?"

흥선대원군의 오른팔인 좌포도대장 이경하가 수시로 운현궁을 찾는 것은 당연지사일 것이다.

"혜강 대감이 들렀습니다."

흥선대원군이 파락호 시절부터 가깝게 어울려 지내던 혜강 최한기는 서양 학문에 관심이 많은 데 비해서 벼슬에는 별반 욕심이 없는 인물이다. 그렇다면 특별히 경계하지 않아도 좋을 것이다.

"그런데 웬 중인을 대동하고 있었습니다."

포교가 생각났다는 듯이 말을 이었다. 중인이 운현궁을? 김병기가 고개를 갸우뚱했다. 만기(萬機)를 친람(親覽)하려면 몸이 열 개라도 모자랄 흥선대원군이 왜 중인을 운현궁으로 불렀던 말인가. 흥선대원군에게 시정 돌아가는 소식은 전하는 사람들은 많고, 그리고 거의 전부 이쪽에서 파악하고 있는 자들이다.

"그런데 좌포도대장도 같이 들렀습니다."

이경하가? 김병기는 머릿속으로 최한기와 이경하, 그리고 중인이 무슨 연관을 이룰지를 그려보았다.

- 무엇이 있다!

선뜻 떠오르는 건 없었지만 동물적 본능이 이상을 감지했다. 예측이 가능하지 않은 관계는, 비상식적인 조합은 위험을 의미한다. 한발 앞서 위험을 감지하는 능력이 있기에 난다 긴다 하는 안동 김씨의 인재들을 제치고 김좌근의 눈에 들었던 터였다.

"그자가 누구며, 무슨 일로 국태공을 만났는지 알아보거라."

"예."

"좌포청에서 감시의 눈길을 번뜩이고 있다. 사람들 눈에 띄는 일 없이 은밀히 움직여야 한다."

"염려 놓으십시오."

포교가 짧게 대답했다. 하긴 그런 일이라면 누구보다도 잘할 자다. 심상치 않은 예감의 정체는 뭘까. 또다시 폭풍이 몰려올 것인가. 아니면 반격의 실마리를 잡게 되는 걸까. 김병기는 눈을 가늘게 뜨고 천장을 응시했다.

༄༅

무산과 회령 관아에서 얻어온 읍지에 이번에 간도를 답사하면서 새로 실측한 지도들을 한 데 펼쳐놓으니 방안은 발을 디딜 틈도 없었다. 마치 하늘에 올라 백두산 일대를 내려다보는 기분이었다.

"물줄기의 흐름이 한눈에 들어옵니다. 청나라도 더 이상 토문강이 두만강이라고 우기지 못할 것입니다."

양기문이 환한 얼굴로 말했다.

"그래도 저들은 쉽게 인정하지 않을 것이다. 그러니 조그마한 꼬투리도 잡히지 않도록 산수(山水)와 지형을 철저히 확인하고, 일일이 고문헌과 대조를 해야 한다."

김정호는 긴장을 풀지 않고 있었다. 다툼이 있는 양국의 국경을 확정 짓는 일이다. 신중에 또 신중을 기해야 할 것이다.

"너는 당분간 여기서 먹고 지내거라."

"잘 알고 있습니다. 집에도 그리 얘기해 두었습니다."

"나는 실록 지리지를 비롯해서 중국 측 문헌을 다시 살펴볼 테니 너는 답사 기록을 정리하고, 혹여 지도에 표기가 잘못된 부분이 있는지를 살피거라."

"그리하겠습니다."

양기문이 호기 있게 대답했다. 이것으로 미완으로 남아 있던 산수고와 변방고를 완성할 수 있게 되었다. 대동지지가 완성되면 비로소 완벽한 지리지가 된다. 양기문은 자신이 대업에 일조했다는 생각만으로도 가슴이 벅차올랐다.

"작은 것에 연연해서 큰 흐름을 잃으면 안 된다."

지도는 단순히 지형을 종이에 옮긴 것이 아니라 자연, 그리고 자연과 더불어 사는 사람들의 이야기다. 따라서 나라를 다스리고 여항민들이 삶을 영위하는 데 도움이 되어야 한다. 그래서 김정호는 팔도의 지역별 지지에 산천과 강역, 국방과 관련된 주제들을 대동지지에 세밀하게 기술하고 있었다.

일에 매달려 있는 사이에 해가 저물었고, 주변이 어두워졌다. 양기문은 몸을 일으키고 호롱불 심지에 불을 당겼다.

"날이 저물었습니다. 그만 마치고 쉬는 게 좋을 것 같습니다."

스승 고산자는 며칠째 밤낮을 잊고 일에 매달리고 있었다. 양기문은 은근히 걱정이 되었다.

"호롱불 아래서 지도를 살피는 것은 쉽지 않지만, 문헌을 참조하는 일은 할 수 있다. 혜강 대감과 국태공 합하께서 노심초사하고 계시다."

김정호가 손을 내저었다.

❧

'읍지를?'

김병기가 고개를 갸우뚱했다. 은밀히 알아본 바, 최한기를 따라서 운현궁에 들렀던 중인은 김정호라는 자로 연전에 조선 팔도의 지도를 제작했던 적이 있다고 했다. 그리고 근자에 무산과 혜산, 회령의 관아에서 읍지를 얻어갔다고 했다. 읍지는 아무나 볼 수 있는 게 아니다. 아마도 흥선대원군이 주선했을 것이다.

그런데 흥선대원군이 왜 지도를……? 궁리를 해봐도 선뜻 떠오르는 게 없었다. 대체 무슨 생각을 하고 있는 것일까. 뭔가 일을 꾸미고 있는 게 분명한데 도무지 감이 잡히질 않았다. 그렇지만 흥선대원군이 뭔가 일을 꾸미고 있는 게 분명했다.

그게 뭘까…… 어쩌면 함정일 수도 있다. 섣불리 덤벼들다가는 말려들 수 있다. 털끝만한 허점이라도 보였다가는 탑동염라 이경하가 기다렸다는 듯이 칼을 뽑아 들고 달려들 것이다. 김병기의 입에서 '끙'하는 신음이 새어 나왔다. 안타깝게도 시간은 우리 편이 아니었다. 흥선대원군이 완전히 자리를 잡기 전에 반격을 개시하고, 그를 권좌에서 끌어내려야 한다.

"포교가 들었습니다."

사랑 밖에서 집사가 조심스럽게 고했다.

"들이거라."

김병기는 자세를 고쳐 앉았다. 곤경에 처했을지라도 아랫것들에게 흔들리는 모습을 보여서는 안 될 것이다.

"그래, 새로 알아낸 것이 있느냐?"

"그간 알아본 바, 김정호라는 자는 백두산 일대를 살피고 돌아왔다고 합니다."

백두산? 함경도로 간 것을 알고 있었는데 백두산이었단 말인가.

"백두산에는 왜?"

"지도를 제작하는 자이니, 현지를 살피러 갔을 것입니다. 그런데…… 백두산이라는 게 마음에 걸립니다."

포교가 시의심 가득한 눈길로 아뢰었다.

"무엇이 마음에 걸린다는 거냐?"

김병기가 관심을 보였다. 눈썰미가 영특한 자다. 그렇다면 반드시 뭔가 있을 것이다.

"위정자는 위민을 명분으로 내세우게 마련입니다. 그런데 지금 관북은 연전의 대기근으로 많은 백성들이 두만강을 건너 간도로 건너갔습니다."

알고 있는 사실이다. 김병기는 그게 어쨌냐는 표정으로 포교를 재촉했다.

"간도는 지금 조선과 청나라 백성들이 뒤섞여 살고 있습니다. 소인의 짐작으로는 아마도 대원위께서 그 문제를 해결하기 위해서 김정호라는 자에게 현지를 조사하라 명했던 것 같습니다."

듣고 보니 일리가 있는 분석이다. 간도는 오래전부터 양국 사이에서 다툼이 일고 있던 땅이다. 그래서 무산과 회령에서 읍지를 얻어갔단 말인가. 아귀가 맞아떨어졌다.

"⋯⋯!"

김병기의 눈에서 날카로운 빛이 발했다. 퍼뜩 잘하면 흥선대원군을 실각시킬 기회를 잡을 수 있을지 모른다는 생각이 든 것이다. 대국의 땅을 무단으로 범하는 것은 청나라 황제를 모욕하는 것으로, 이는 국왕을 보위에서 끌어내릴 수도 있는 중대사안이다. 병자년 이래 조선은 청에 사대의 예를 취하고 있다.

"다른 증좌는 없느냐?"

김병기가 바짝 흥미를 보였다.

"김정호라는 자는 필시 간도를 누볐던 것입니다. 그래서 현지인들을 통해서 자세한 정황을 수집 중입니다."

한갓 농사꾼이 아니고 이 나라 국정을 좌지우지하고 있는 흥선대원군의 밀명을 받은 자가 무단 월경을 했다면 청나라 조정은 그냥 넘어가지 않을 것이다. 그렇지 않아도 청나라는 서구열강들 때문에 골머리를 앓고 있는 마당이다. 행여 조선이 그 틈을 노려서 대국의 땅을 넘보려 한다는 사실을 알게 되면 절대로 가만히 있지 않을 것이다.

"그 김정호라는 자가 일전에 지도를 만든 적이 있다고 했느냐?"

"그렇습니다. 대동여지도라고 꽤나 자세하고 정확한 지도를 만들었다고 합니다. 본시 지도는 지지와 짝을 이루는 법, 그렇다면 금번의 일은 지지를 저술하는 일과 관련이 있는 듯합니다."

포교가 의견을 보탰다. 그 또한 일리가 있는 추측이다. 김병기가 관심을 보이자 포교는 신이 났다.

"지지를 손에 넣으면 그동안의 과정을 소상하게 알 수 있을 것입니다."

그렇다면 흥선대원군을 권좌에서 끌어낼 수도 있을 것이다. 흥선대원군이 도모한 일이라는 것은 함경도 관아를 통해서 확인할 수 있다. 김병기의 입가에 회심의 미소가 지어졌다.

꽃무늬

"우포청에 포교로 있던 자입니다. 눈썰미가 있는 데다 몸놀림이 민첩해서 한 번 눈독을 들인 먹이는 절대로 놓치지 않는 자입니다. 그렇지만 욕심이 과한 자여서 재물을 빼돌린 죄로 파직이 되었습니다."

좌포청 종사관이 보고했다. 이경하는 혹시나 해서 김정호의 집에 민완 포교를 잠복시켰는데 그 집을 은밀히 감시하고 있는 자가 있다는 보고를 받은 것이다. 전직 우포청 포교는 김병기의 저택도 수시로 드나들고 있다고 했다. 운현궁을 지켜보고 있는 눈은 많다. 그렇지만 벌써 한갓 중인의 집까지 감시의 눈길이 뻗칠 줄이야. 과연 김병기는 안동 김씨의 모사라 불릴 만했다.

대원군이 권력을 장악했다고 하지만 안동 김씨의 뿌리는 깊다. 지금도 조정 곳곳에 그들의 심복들이 포진하고 있다. 흔들리는 낌새라도 보였다가는 득달같이 달려들어서 물어뜯을 것이다. 그렇다면 미리 손을 쓰는 게 좋을 것이다.

"운현궁으로 가겠다. 혜강 대감에게 가서 김정호를 대동하고 속히 입궁하라고 전하거라."

이경하는 장대한 몸을 일으키더니 성큼성큼 당하로 내려섰다. 그리고 초헌 대신에 말에 올라탔다. 사저를 지켜보고 있는 눈이 많다. 그들에게 결전의 의지를 전할 필요가 있었다.

운현궁에 이르자 문전에 운집해 있던 사람들이 황급히 물러서며 길을 텄다. 이경하는 이런저런 청탁을 하러 온 자들에게 염라대왕과도 같은 존재였다. 그들 틈에는 염탐꾼도 섞여 있을 것이다. 이경하는 위압적인 자세로 일동을 훑어보고는 성큼성큼 안으로 들어섰다.

"무슨 일인가?"

기별도 없이 이경하가 들자 흥선대원군이 즉시 주위를 물리쳤다. 무슨 일인지 몰라도 예상치 못했던 사태가 벌어졌을 것이다.

"사영(思穎)이 간도 일을 눈치챈 것 같습니다."

사랑에 두 사람만 남자 이경하가 급히 찾아온 이유를 밝혔다. 사영은 김병기의 호다.

흥선대원군이 미간을 찌푸렸다. 그자가 벌써 눈치를 챘단 말인가. 그렇다면 절대로 그냥 넘어가지 않을 것이다.

"송구스럽습니다. 소장의 불찰입니다."

"그게 어떻게 포도대장의 잘못이란 말인가. 운현궁을 지켜보는 눈이 하나둘이 아니거늘. 그야말로 낮말은 새가 듣고 밤말은 쥐가 듣는 형국이네."

홍선대원군이 손을 내저었다.

"혜강과 김정호에게 즉시 들라고 연통을 했습니다."

홍선대원군이 고개를 끄덕이고는 대책을 묻듯 이경하를 주시했다.

"사영이라면 합하께서 간도를 품으려 하신다는 것을 어렵지 않게 눈치챌 것입니다. 어쩌면 벌써 함경도로 사람을 보냈을지도 모릅니다."

충분히 그럴 것이다. 홍선대원군이 침통한 표정을 지었다.

"사실이 파악되면 사영은 청나라 조정에 통고할 것입니다."

그렇게 되면 일이 커질 것이다. 지금 청나라는 어린 동치제(同治帝)를 대신해서 생모인 서태후가 섭정을 하고 있는데 성정이 포악하다는 소문이 조선 땅에도 자자했다. 서태후의 귀에 소문이 들어가면 일이 꼬일 수 있다. 어쨌거나 청나라는 아직은 대국이다.

일이 이렇게 꼬였단 말인가. 홍선대원군은 입맛이 썼다. 하면 청나라가 완전히 이빨 빠진 호랑이가 될 때까지 일을 미루는 게 좋을 것이다.

"합하, 일단 물러서는 것이 상책일 것입니다."

이경하가 진언을 하는데, 최한기가 들었음을 집사가 고했다.

"합하, 무슨 일입니까?"

최한기가 홍선대원군과 이경하를 번갈아 쳐다보며 물었다. 뭔지 몰라도 예삿일이 아닌 건 분명했다. 뒤따라 들어온 김정호도 잔뜩 긴장해 있었다.

"사영이 우리 일을 눈치챈 것 같습니다."

이경하가 간략하게 자초지종을 설명했다.

"큰일이로군요. 그렇다면 유야무야 넘어가지 않을 겁니다."

최한기가 어두운 얼굴로 답했다. 김정호는 가슴이 철렁 내려앉았다. 뭔지 몰라도 일이 잘못 돌아가고 있는 게 분명했다.

"변방고는 어떻게 되고 있는가?"

최한기가 김정호에게 고개를 돌렸다.

"다음 달 중순께면 마칠 수 있습니다."

밤낮을 가리지 않고 자료를 정리하고, 내용을 고치느라 진이 다 빠져나갔지만 김정호는 자긍심과 보람으로 버티고 있었다.

침묵이 흘렀다. 모두들 대원군의 눈치를 살폈다. 김정호는 불길한 예감이 휩싸였다.

"안타깝지만 변방고는 대동지지에서 빼는 게 좋겠습니다."

최한기가 조심스럽게 고했다.

"그렇습니다. 소나기는 피하는 게 상책입니다. 추세로 봐서 청나라는 머지않아 제 몸 하나 건사하기 힘들게 될 것입니다. 그때까지 기다리는 게 좋을 겁니다."

이경하가 찬동을 했다.

"그 틈에 아라사가 간도를 선점하지 않을까?"

대원군이 굳은 얼굴로 물었다.

"아라사는 영길리나 불국에 비하며 힘이 아직 미약합니다."

최한기가 대답했다. 이게 무슨 소리인가. 변방고를 대동지지에서 빼다니. 김정호가 사색이 되어 대원군과 최한기를 번갈아 쳐다봤다.

"어쩔 수가 없군."

홍선대원군이 잠시 생각하더니 침통한 표정으로 김정호에게 지시를 내렸다.

  "대동지지에서 일단 변방고를 빼거라. 그렇지만 잘 보관하고 있어야 한다. 머지않아 빛을 볼 날이 올 것이니까."

실효적 지배

북경의 중심가에도 이런 건물이 있나 싶을 정도로 낡고 허름한 3층짜리 붉은 벽돌집에 사람들이 수시로 드나들고 있었다. 초라한 건물과는 대조적으로 모두 건장한 체격에 세련된 옷차림을 하고 있었다.

중앙서기처는 일반인들에게는 잘 알려지지 않았지만 중국 공산당 권력의 핵심인 중국 공산당 정치국 상무위원회를 제일 가까이서 보필하는 실세 중의 실세 기관이다. 그런데 퇴청 시간이 지났는데도 소회의실에서는 불빛이 새어 나오고 있었다. 중앙서기처는 본래 경비가 삼엄하지만, 소회의실 입구에도 따로 경비병을 세운 것으로 봐서 중요한 안건이 논의되고 있는 듯했다.

"한국에서 고대사지도를 발간했다고 하던데 어떻게 되었소?"

서기처 판공주임이 자리를 한 다섯 사람에게 차례로 시선을 주고는 사회과학원 탐원공정소조주임을 지목했다.

"고대사연구재단에서 고대사지도 발간에 앞서서 초안을 공표했는데 특별히 문제 삼을 내용은 없습니다."

소조주임이 여유만만한 자세로 답변했다. 한국 고대사연구재단에서 최근에 고대사지도 초안을 공표했는데 논란이 되고 있는 고조선의 위치가 한반도에 국한되어 있었다. 동북공정을 추진하고 있는 사회과학원으로서는 만족스러운 결론이었다.

고구려와 발해가 중국의 역사라는 주장을 하고 나서자 한국은 펄쩍 뛰었다. 재야사학자들이 강력하게 반발하고 나서자 한국 정부 당국은 동북공정에 대응하기 위해서 고대사연구재단을 창설했는데 관주도의 단체여서 대응의 수위는 높은 편이 못됐다. 한국 정부로서는 외교를 무시할 수 없었을 것이다.

"외교부에서 강력하게 항의한 것이 효력을 발휘한 것 같습니다."

외교부 아주국장이 공치사를 하고 나섰다.

"탐원공정은 차질 없이 진행되고 있소?"

"그렇습니다. 요녕성과 내몽골 자치구에서 유적지 발굴을 계속하고 있으며 차례로 박물관을 건립하고 있습니다. 그리고 그와 관련된 학회와 세미나를 개최해서 홍보에 만전을 기하고 있습니다."

대국굴기를 내세우면서 세력을 뻗치고 있는 중국은 1996년에 하상주단대공정(夏商周斷代工程)을 통해서 유적으로만 존재했던 하왕조를 역사로 편입시켰고, 2001년에는 중화고대문명탐원공정(中華古代文明探源工程)을 추진하면서 그동안 신화로 치부되었던 삼황오제(三皇五帝)까지 역사로 끌어들였다. 그렇게 되면 중국 문명은 이집트는 물론 제일 오래되었다는 수메르 문명보다 오랜, 인류 최초의 문명이 된다. 동북공정이 중국의 지역을 넓힌 것이라면 탐원공정은 역사를 늘린 것으로 동북공정은 탐원공정의 예고편에 불과했다.

황하 문명은 이집트와 메소포타미아 그리고 인더스 문명과 더불어 세계 4대 문명에 꼽혔다. 그런데 나머지 3개 문명이 오래전에 소멸된 데 비해서 황하 문명은 여전히 존재하고 있어서 중국인들은 큰 자부심을 지니고 있었다. 한족에게는 동이(東夷)와 서융(西戎), 남만(南蠻) 그리고 북적(北狄) 사방이 모조리 미개한 야만인들이다.

그런데 그런 자부심을 일거에 무너뜨리는 일이 발생했다. 1980년대 들어서 황하 문명보다 더 오래된 고대문명이 요녕성과 내몽골자치구, 즉 만리장성 밖의 오랑캐 땅에서 발굴이 되기 시작한 것이다. 그곳은 한족이 동이라고 부르던, 지금 한국인의 선조들이 살던 땅이다.

중국이 세계의 중심이며 중화 문명이 제일이라는 주장이 일격에 설 자리를 잃게 되었다. 중국은 서둘러 대책 마련에 나섰다. 그래서 만리장성을 멋대로 늘리고, 다문명기원론을 내세우면서 요하문명도 중국의 문명이라고 주장하고 나선 것이다.

"일을 하다 보면 항상 예기치 못했던 변수가 생기는 법, 긴장을 늦추지 말고 매사에 신중해야 할 것이오."

판공주임의 번뜩이는 눈매에서 엘리트 공산당원의 자부심이 전해졌다.

"소계공정(小鷄工程)은 문제없이 추진되고 있소?"

판공주임이 이번에는 북부전구 참모장을 지목했다. 소계-병아리-는 북한을 의미한다. 어미 닭이 병아리를 품듯이 북한에 문제가 발생하면 북부전구의 17만 인민해방군이 즉각 출동해서 북한 피난민들이 중국 땅으로 밀려오는 것을 통제하고, 북한 전역이 미국과 한국의 수중에 떨어지지 않도록 대응하는 것이 소계공정의 요체다.

"80집단군은 쾌속반응부대로 편성을 완료했으며 79집단군 예하 77구륜화보병여단은 상륙전부대로 개편했습니다. 78집단군과 공군, 해군도 그에 맞춰서 쾌속반응훈련을 강화하고 있습니다."

북부전구 참모장이 절도 있게 답변했다. 한반도를 관할하는 북부전구는 길림성의 78집단군, 요녕성의 80집단군 그리고 산동반도에 주둔하고 있는 79집단군을 주축으로 하는데 그중에서 79집단군은 유사시 바다를 통해서 한반도에 상륙하는 것을 주임무로 하고 있다.

- 순망치한(脣亡齒寒).

입술이 없으면 이가 시리게 마련이다. 미국과 직접 국경을 맞대는 것을 꺼리는 중국으로서는 북한지역에 친미 정권이 들어서는 것을 극도로 경계하고 있다. 필요하면 군사적 개입도 불사할 각오다. 6·25 때 중공군을 파견한 것도 같은 이치였다.

중국은 여러 나라와 국경을 접하고 있지만, 그들 중에서 중국보다 잘 사는 나라는 없다. 그런데 한반도가 대한민국 주도로 통일이 되면 조선족들이 많이 사는 동북 3성이 한국과 국경을 맞대게 되고 조선족들이 영향을 받게 될 것이다. 그리고 그 파급효과가 티베트와 신장 위구르 자치구에도 미칠 수 있다. 중국은 소수민족의 독립을 강력하게 억제하고 있다. 동북공정과 탐원공정은 소계공정의 이론적 뒷받침인 셈이다.

소계공정은 한반도 유사시에 한반도로 진출해서 미군과 한국군의 북진을 평원과 원산을 잇는 선 또는 청천강에서 저지한 후에, 친중 인사를 내세워서 완충지대에 해당하는 괴뢰정권을 수립하는 게 목표다. 북한 지하자원은 대부분 청천강 이북 지역에 매장되어 있는 반면에 인구는 청천강 이남에 밀집해 있다. 자원은 중국이 차지하고 북한 주민은 남쪽에 떠넘기는, 중국에게는 최상의 선택이다.

"심양왕 프로젝트는 빈틈없이 추진되고 있소?"

판공주임이 국가안전부 기요국에서 나온 책임 공작관에게 시선을 돌렸다. 그런데 앞의 경우와 달리 추궁하는 기색이 역력했다.

"그렇습니다. 불철주야 물샐틈없이 경호하고 있습니다."

책임 공작관이 굳은 표정으로 답변했다. 고려가 원나라의 지배를 받고 있었을 때 원나라 조정은 고려 왕실 종친을 만주에 심양왕으로 봉해서 고려왕을 견제했던 적이 있었다. 그와 같은 이치로 중국 정부는 친중적인 인사를 은밀히 지원하면서 북한을 견제하고 있었다.

그런데 대표적인 친중 인사인 장성택이 숙청을 당했다. 이어서 북한 최고지도자의 이복형이 해외에서 암살을 당했다. 그를 은밀히 후원하고 있던 중국으로서는 뒤통수를 단단히 맞은 꼴이다.

암살을 당한 이복형에게는 아들이 있다. 중국은 즉시 그의 신병을 확보하고서 비밀 장소에서 보호하고 있었다. 유사시에 그를 내세워서 북한에 친중 정권을 세우는 것이 심양왕 프로젝트의 골자다. 그리고 그 전체를 아우르는 것이 소계공정이다.

"미국의 동향은?"

판공주임이 못마땅한 얼굴로 책임 공작관을 쏘아보고는 외교부 정보국장에게 고개를 돌렸다.

"미국 인도태평양사령부에서 새로 작성한 작전계획에 따르면 한 반도 유사시에 미군은 종래의 소극적인 방어를 벗어나서 적극적으로 공세를 펼치도록 되어 있는데 저들도 우리와 직접 국경을 맞대는 것을 원치 않기에 평양과 원산을 잇는 선 이상의 북진은 자제할 것으로 보입니다."

그럴 것이다. 미국의 목표는 자기네 안보를 위협하는 정권을 몰아내는 것이다. 정보국장의 발언을 끝으로 회의에 참석한 사람들 모두 의견을 개진하게 되었다. 의견을 취합, 정리하고 구체적인 자료를 추가해서 정치국에 보고서를 올리면 된다.

"참!"

회의를 종료하려던 판공주임은 생각났다는 듯이 외교부 아주국 장에게 시선을 돌렸다.

"일전에 한국에서 국제사법재판소에 제소했던 일은 어떻게 되었소?"

판공주임이 한국의 시민단체에서 간도 반환 소송을 국제사법재 판소에 제소했던 일을 물었다.

"발표만 남았을 뿐, 각하가 확실합니다. 한국 정부에서 정식으로 제소한 것도 아니고 그 일에 앞장을 섰던 민간인들도 국제사법재판 소의 판결에 큰 기대를 걸고 있지 않습니다."

"신경 쓰지 않아도 좋겠소?"

"그렇습니다. 길림성 일대를 포함하는 간도는 1964년에 체결된 중국과 조선의 국경조약에 따라 엄연한 중국의 영토입니다."

외교부 아주국장이 단언했다. 북한의 김일성 수상과 중국의 주은 래 총리가 서명한 전문 5조, 21항의 조중변계의정서(朝中邊界議定書) 는 압록강과 두만강을 양국의 국경으로 규정하고 있다.

판공주임이 고개를 끄덕였다. 국제법상 아무런 문제가 없는, 더 구나 정부도 아니고 민간인이 제소한 일에 일일이 신경 쓸 필요는 없을 것이다.

"어쨌거나 그 일대는 창춘(장춘)에서 지린(길림), 투먼(도문)으로 이어 지는 곳이니 각별히 관심을 기울이시오."

중국은 창춘과 지린, 투먼을 잇는 이른바 창지투 연계로를 북한 의 나선항으로 연장시켜서 태평양으로 진출하는 프로젝트에 큰 관 심을 기울이고 있었다. 그래서 '동북진흥경제발전전략'과 '두만강

지역협력개발계획' 그리고 '요령연해경제지대발전계획' 등등을 차례로 추진하고 있었다. 동북공정은 그들 프로젝트의 역사적 근거를 제공하는 역할을 하고 있었다.

〜〜〜

도쿄의 중심가에서 과히 멀지 않은 곳인데도 별세계에 들어선 듯한 풍경이 전개되었다. 일본식 전통을 한껏 살린 저택 앞에 차가 멈추자 대기하고 있던 남자가 얼른 다가와서 차 문을 열었다.

"회장님께서 기다리고 계십니다."

태도는 더없이 공손했지만 다부진 체격에 짧게 깎은 머리, 빈틈을 보이지 않는 자세는 상대에게 위압감을 주기에 충분했다. 구로다 타다시 회장이 야쿠자들과 깊은 연관을 맺고 있다는 것은 알만한 사람은 다 아는 사실이다. 이와나미 지로는 고개를 끄덕이고는 성큼성큼 장원을 연상시키는 저택으로 걸어 들어갔다.

저택으로 들어서자 갖가지 정원수와 울창한 죽림, 은은한 정취를 자아내는 정원과 단아한 멋을 한껏 자랑하는 연못 등이 차경기법(借景技法)에 따라 적절하게 배치되면서 마치 소인국을 거닐고 있는 기분조차 들었다.

"어서 오시오."

구로다 타다시가 웃음을 지으며 이와나미를 맞았다. 정원이 내려다보이는 응접실은 전통풍으로 꾸며져 있는데 일본도가 벽에 걸려 있어 섬뜩한 느낌을 주었다. 이와나미는 목례를 보내며 자리를 잡았다. 외관은 철저하게 일본풍이지만 내부는 서양식으로 응접세트를 갖추고 있었다.

"생각했던 것보다 재미있는 내용이었습니다."

이와나미가 케이스를 열고 서류를 꺼내 들었다.

"호! 재미있는 내용이라? 내심으로는 이와나미 교수로부터 아무 짝에 쓸모없는 문건이라고 핀잔을 들을까 걱정했습니다만."

흡족한 표정을 짓는 구로다의 얼굴에 강인함이 배어 있었다. 파친코 사업으로 막대한 재산을 모은 구로다 타다시는 정치에도 손을 뻗쳐서 이른바 행동우익-극우-의원들을 지원하고 있었는데 근자에는 단순히 정치자금을 후원하는데 머무르지 않고 신흑룡회라는 정치단체를 조직하고서 적극적으로 정치활동을 전개하고 있었다.

구로다 타다시는 얼마 전에 증조부의 유품을 정리하다가 창고 구석에 방치되어 있던 낡은 문건을 하나 발견했다. 증조부인 구로다 다케오가 흑룡회 총수였던 우치다 료헤이에게 올린 보고서였다. 19세기 말, 일본의 대륙진출에 앞장을 섰던 흑룡회는 극우인사들이 주동이 되었던 낭인 집단이었다. 구로다 타다시는 흑룡회 간부를 지냈던 증조부 구로다 다케오를 존경하고 있었다. 그런 이유로 주도하고 있는 단체의 이름도 신흑룡회라고 칭하고 있었다.

구로다 타다시는 혹시나 하는 마음에서 증조부의 유품을 이와나미 교수에게 살펴볼 것을 의뢰했던 차였다. 신흑룡회는 우익 정치인뿐만 아니라 우익 학자들도 후원하고 있었다. 이와나미 교수도 그중에 한 사람이다.

"재미있는 내용이라면 어떤……?"

구로다가 호기심 가득한 얼굴로 물었다.

"문건은 증조부께서 당시 흑룡회를 이끌었던 우치다 료헤이에게 올린 보고서입니다."

그건 구로다도 알고 있는 내용이다. 문건은 조선인 지리학자가 저술한 지리지를 손에 넣으려 했지만 실패했다는 내용을 담고 있었다. 조선인 지리학자가 누구며, 지리지가 무슨 내용을 담고 있길래 흑룡회가 나섰는지에 대해서는 적혀 있지 않았다. 그저 미국 영사관이 개입하는 바람에 실패했다는 내용만 적고 있었다.

"당시 정황을 면밀히 살피고, 자료를 취합한 결과 문제의 문건은 간도협약과 관련이 있는 것으로 사료됩니다."

간도협약? 구로다가 고개를 갸우뚱했다. 간도협약이라면 당시 대한제국으로부터 외교권을 넘겨받은 일본제국과 청나라 간에 체결된 조약으로 간도를 청나라에 넘겨주는 대신에 일본은 무순 탄광 채굴권과 남만주 철도 부설권을 갖기로 한 협약이었다. 그런데 그게 왜?

"문건은 협약을 저지하기 위해서 작성되었습니다. 당시 제2차 한일협약(을사조약)에 의해 대일본제국에게 외교권을 박탈당한 대한제국은 간도가 청나라로 넘어가는 것을 저지하기 위해서 서구열강에 도움을 요청하려 했던 것 같습니다. 영토할양은 외교권을 넘어선 월권이라는 게 그 이유지요."

그런 일이 있었단 말인가? 구로다 타다시는 아직 감이 잡히질 않았다.

"그래서 도움을 청하기 위해 문건을 가지고 미국 영사관으로 가던 조선인을 기습했는데 조선인은 죽지 않고 미국 영사관에 뛰어들어갔던 것 같습니다."

이와나미 교수가 그렇게 추리했다.

"일리 있는 추론이군요."

구로다 타다시는 허겁지겁 달아나는 조선인을 향해 칼을 휘두르던 증조부의 모습이 연상되었다. 하지만 조금은 맥이 빠졌다. 그 정도는 대단한 무용담이 못 된다. 어쨌거나 흑룡회는 나름 대일본제국의 영광을 위해 활약을 했고, 간도협약은 무사히 체결되었다. 그렇다면 그 이상 흥미를 가질 일은 아니다. 구로다 타다시는 그것으로 궁금증을 종료하기로 했다.

"그렇게 간단히 넘길 일이 아닙니다."

눈치를 챈 이와나미가 정색을 했다.

"간단히 넘길 일이 아니라면……?"

구로다가 뜨악한 표정을 지었다.

"북한과 중국은 1964년에 국경조약을 체결했습니다. 그러면서 길림성 일대에 해당하는 간도는 중국의 영토로 확정이 되었지요."

이와나미 교수는 먹이를 노리는 맹수의 눈을 하고 있었다. 그런 이와나미를 보며 구로다 타다시는 계속하라는 듯 고개를 끄덕였다. 무슨 소리인지 모르겠지만 뭔가 심상치 않은 것을 발견한 게 틀림없었다.

"두 나라의 국경조약은 간도협약을 바탕으로 한 것으로 간도협약이 원천무효로 판정이 나면 국경조약도 법적 효력에 심대한 타격을 입게 될 것입니다."

"간도협약은 100년도 더 지난 일 아니오. 설사 간도협약에 문제가 있다고 해도 이제 와서 중국이 간도를 포기할 리 만무하지 않소. 우리하고는 상관이 없는 일 같은데."

구로다 타다시는 이와나미가 이해되지 않았다.

"물론 이제 와서 중국이 간도를 돌려줄 리는 만무합니다. 한국 정부나 북한 당국도 간도 문제에 크게 관심이 없습니다. 그저 한국의 일부 시민단체에서 나서고 있을 따름이지요."

이와나미는 차를 한 모금 들이켜고 말을 이었다.

"일견 우리와는 관계가 없는 일처럼 보이지만 은밀히 안을 들여다보면 뜻밖의 사실이 도사리고 있는 걸 발견할 수 있습니다. 어쩌면 둘도 없는 보물일 수도 있습니다."

둘도 없는 보물? 구로다 타다시는 비로소 심각한 표정을 지었다. 이와나미 교수는 결코 입이 가벼운 사람이 아니다.

"설혹 간도협약이 원천무효로 판결이 나더라도 중국이 간도를 넘겨줄 리는 만무합니다. 100년 이상 실효적 지배를 해왔으니까요. 국제법은 영토 분쟁 시 실효적 지배를 중요한 근거로 삼고 있습니다."

이와나미는 거기까지 이야기하고 구로다를 빤히 쳐다봤다. 도대체 무슨 말을 하려는 걸까. 실효적 지배는 현실적이고 지속적으로 관할하고 있는 영토에 대해서 우선적 소유권을 인정하는 국제사회의 관례다.

"그럴 테지. 한국도 실효적 지배를 내세워서 다케시마(독도)가 그들의 영토라고 주장하고 있지 않소."

"그렇습니다. 그리고 우리 일본도 센카쿠 열도에서 실효적 지배를 내세우고 있지요."

이와나미가 느닷없이 센카쿠 열도를 거론하고 나오자 구로다 타다시가 고개를 갸우뚱했다. 여기서 왜 센카쿠 열도가 나온단 말인가. 센카쿠 열도는 오키나와하고 대만 사이에 위치한 섬인데 일본과 중국은 서로 자기네 영토라고 주장하면서 날카롭게 대치하고 있다. 중국에서는 댜오위다오라고 부르는 센카쿠 열도는 지리적 요건이나 역사적 배경으로 볼 때, 중국 영토에 가깝다. 그럼에도 일본이 물러서지 않고 있는 것은 바로 실효적 지배를 하고 있기 때문이다.

"중국이 간도에 대해서 실효적 지배를 주장하면 우리는 같은 논리를 센카쿠 열도에 적용하면 됩니다."

그렇구나. 비로소 이와나미의 계책을 이해한 구로다 타다시는 심장이 격하게 박동했다. 그런 게 있었단 말인가. 그렇다면 엄청난 걸 손에 쥔 것이다.

센카쿠 열도 부근은 어자원이 풍부한 데다 막대한 양의 석유와 천연가스가 매장되어 있는 것으로 추정되고 있다. 그리고 일본에게는 중동산 석유가 수입되는 수송로며 태평양으로 진출하려는 중국을 저지할 수 있는 전략적 요충지다. 양국 모두 절대로 포기할 수 없는 섬이다. 그래서 두 나라는 센카쿠 열도 해상에서 무력 충돌도 불사하고 있었다.

"그 문건이 지금 어디에 있는지 알 수 있소?"

구로다 타다시의 목소리가 심하게 떨렸다. 웬만해서는 흥분하는 일이 없는 그지만 지금은 예외였다. 너희들도 실효적 지배를 내세워서 간도를 차지하고 있지 않느냐고 몰아붙이면 중국은 더 이상 센카쿠 열도를 가지고 시비를 걸지 못할 것이다. 그렇다고 중국이 간도를 내줄 리도 만무하다. 이익은 일본이 가져가고, 피해는 한국이 뒤집어쓰는 구조다. 그렇다면 이보다 더 좋을 수는 없다.

"보고서 내용으로 미뤄봐서 미국 영사관에 전달된 문건은 간도와 관련된 지리서 원본은 아니고 번역 발췌본인 것 같습니다. 지리서 원본은 조선 어딘가에 비장(秘藏)되었을 것이고, 영사관에 전달되었던 발췌본은 간도협약이 체결되면서 그 일과 관련이 있었던 영사관 직원이 개인 소장했을 가능성이 큽니다."

이와나미가 단언했다. 보고서를 수차례 검토한 터였다.

"그 근거는?"

사안이 사안인 만큼 한 치의 소홀함도 있어서는 안 된다. 구로다 타다시가 매의 눈을 하고 이와나미를 노려보았다.

"그 당시로부터 4년 진, 그러니까 1905년의 가스라-태프트 밀약에 따라 미국은 조선에 대한 일본의 권리를 인정했습니다. 영국도 일본 편이었지요. 따라서 미국 영사관은 공식적으로 이 일에 관여하지 않았을 것입니다. 그렇다면 아마도 조선에 우호적이었을 것으로 보이는 영사관 직원이 후일을 기약하며 따로 보관했을 가능성이 큽니다."

논리에 비약이 있지만 나름 근거는 충분했다. 구로다는 고개를 끄덕이며 계속할 뜻을 비쳤다.

"그렇지만 다음 해에 한일합방으로 대한제국이 완전히 패망했습니다. 영사관 관계자는 문건을 공식 공표하는 걸 포기했고, 아마도 후손이 소장하고 있을지도 모릅니다."

"일리가 있는 분석이오. 더 상세한 내용을 알 수 있겠소?"

구로다의 눈에서 광채가 일었다. 배짱과 결단은 짧은 기간에 파친코의 왕으로 군림할 수 있었던 원동력이다.

"당시 한성에 주재했던 미국 영사관 직원들 명부를 확보하는 중입니다. 그리고 당시의 자료들을 전부 검토해서 원본의 행방을 추적하겠습니다."

"최대한 빨리 손을 써주시오! 필요한 것은 무엇이든 지원하겠소!"

어지간해서는 남에게 고개를 숙이는 일이 없는 구로다가 정색을 하고 부탁을 했다. 일본의 부흥을, 그리고 가문의 영광을 되살릴 수 있는 절호의 기회를 잡은 것이다.

"누마다!"

구로다가 비서를 부르자 신체가 건장한 남자가 얼른 대령했다.

"야나기타 의원과 면담 일자를 잡아라! 그리고 도모나가에게 즉시 들어오라고 해!"

"알겠습니다."

비서가 예를 올리고 물러갔다. 야나기타 헤이하치로는 구로다가 후원하고 있는 극우로 분류되는 의원이다. 그리고 도모나가는 경시청 수사국 출신으로 구로다의 지시를 빈틈없이 처리하는 민완 사설 탐정이다. 이와나미가 계속해서 자료를 조사하고, 도모나가가 현장을 뒤지면 뭔가 단서가 걸려들 것이다. 재정적인 면은 자신이, 정치적인 면은 야나기타 의원이 맡을 것이다.

증조부가 이렇게 큰 선물을 안겨줄 줄이야. 구로다는 빛바랜 사진 속에서 근엄한 얼굴을 하고 있는 증조부를 보며 유업을 완수할 것을 맹세했다.

감계

고종 22년(1885년) 11월, 함경도 회령.

북변의 동짓달 바람은 매서웠다. 그렇게 껴입었는데도 추위가 사정을 두지 않고 파고들었다. 그렇지만 20년을 기다린 끝에 잡은 기회다. 그러니 이까짓 추위 따위에 몸을 움츠릴 수는 없다. 양기문은 보란 듯이 어깨를 쫙 펴며 회령 관아로 걸음을 재촉했다.

변방고는 결국 대동지지에 실리지 못했고, 스승 김정호는 실의 끝에 그다음 해에 세상을 떠나고 말았다.

'변방고를 잘 지키거라.'

김정호는 숨을 거두면서 양기문에게 변방고를 당부했다.

'반드시 변방고를 지키고, 마땅한 시절이 오면 세상에 내놓겠습니다. 그래서 간도가 우리 땅임을 분명히 밝히겠습니다.'

양기문은 퉁퉁 부은 얼굴로 반드시 스승의 유지를 받들 것을 맹세했다.

그렇지만 세월은 두 사람 편이 아니었다. 병인년(1866년)에 프랑스가, 그리고 신미년(1871년)에 미국이 강화도에 쳐들어오면서 대원군은 쇄국으로 돌아섰고, 지도는 금지된 물건이 되었다. 언제 변방고가 빛을 보게 될 날이 올까. 좋은 시절이 오기를 일각이 여삼추의 심정으로 기다리고 있던 차에 대원군이 실각하고, 중전 민씨가 권좌를 장악하게 되었다. 변방고는 대원군이 주도했던 일이다. 중전 민씨가 좋게 볼 리 만무다. 양기문은 더 깊이 숨어야 했고, 무심한 세월은 속절없이 흘러갔다. 이러다 변방고는 영원히 빛을 보지 못하는 게 아닐까. 양기문은 속이 새까맣게 타들어 갔다.

그러는 동안에도 관북의 조선인들은 꾸준히 간도로 이주하였고, 어느덧 현지 정주민이 5만 호에 이르렀다. 그런데 김정호와 대원군, 최한기가 우려했던 일이 벌어졌다. 고종 18년(1881년)에 청나라가 봉금을 해제하면서 청나라 사람들도 대거 간도로 밀려 들어온 것이다. 두 나라 백성들이 뒤엉켜 살다 보면 충돌이 일게 마련이다. 누가 이 땅의 주인이고, 누가 더부살이를 하는 것인지를, 누가 그들을 다스리고, 세금을 거두어들여야 하는지를 분명하게 가려야 한다.

그래서 조선 조정은 청나라에 국경협상을 요청했지만, 청나라는 이런저런 이유로 협상을 미루고 있었다. 정황이 저들에게 불리하다고 판단했던 것이다.

그런데 소극적인 태도를 보이던 청나라가 고종 22년(1885년)에 태도를 바꾸었다. 임오군란(1882년) 때 조선에 온 원세개가 주차조선총리교섭통상사의(駐箚朝鮮總理交涉通商事宜)라는 직함을 가지고 조선 총독 행세를 하며 사사건건 조선 조정에 간섭하고 나선 것이다.

조선 조정은 이중하를 토문감계사(土門勘界使)로 봉하고 청나라와의 협상에 나섰다. 원세개의 횡포가 하늘을 찌르고 있었다. 조그마한 틈이라도 보였다가는 간도는 청나라 땅이 될 것이다.

"형님!"

관아로 들어서자 기다리고 있던 김우식이 손을 흔들며 달려왔다. 세월이 흘러서 그도 어느덧 중년에 접어들었다. 양기문이 김우식의 손을 덥석 잡으며 20년 만에 재회한 기쁨을 나누었다. 이중하는 현지 길잡이를 김우식에게 맡겼고, 김우식이 이중하에게 양기문을 추천한 것이다.

"하늘이 우리를 버리지 않았습니다. 늦었지만 이제 선생님의 뜻을 펼칠 때가 되었습니다."

"천재일우의 기회를 잡았지만, 마음을 놓아서는 안 될 것이네. 상황이 녹록지 않아."

"잘 알고 있습니다. 가시지요. 감계사 나리께서 기다리고 계십니다."

김우식이 앞장을 서서 내동헌으로 향했다.

내동헌에 이르자 토문감계사 이중하가 근엄한 자태로 당상에 좌정해 있었다. 양기문은 얼른 예를 표했다.

"양가 기문, 감계사 나리를 뵙습니다."

"네가 고산자를 수행해서 정계비를 살폈다고 들었다. 그리고 그와 관련된 지리지를 소지하고 있다는 말도 들었다. 사실이냐?"

이중하가 준엄한 표정으로 물었다.

"그렇습니다."

양기문이 분명한 어조로 대답했다. 이날이 오기를 얼마나 학수고대했던가. 마침내 스승님의 노력과 원지(遠志)가 세상에 빛을 보게 된 것이다.

"말하지 않아도 작금의 실정을 잘 알 것이다. 간도는 본시 우리의 땅이었는데 청나라에서 봉금책을 펴면서 임자 없는 땅이 되고 말았다. 조정에서는 간도로 건너간 조선 백성들이 억울한 일을 당하지 않도록 간도가 본시부터 조선 땅임을 분명하게 밝히기로 했다. 네가 진작부터 이 일에 깊이 관여했다고 하니 네게 거는 기대가 크다."

양기문은 패기만만한 이중하를 보면서 마음이 든든했다. 안변부사로 있다가 감계의 어명을 받았는데 첫눈에도 기개가 넘쳐흐르는 사람이었다.

양기문과 김우식, 그리고 회령관아의 아전들이 이중하를 따라 외동헌으로 향했다. 그곳에서 청나라 측 대표인 호리초간변황사무(護理招墾邊荒事務) 가원계와 변무교섭승판처사무(邊務交涉承辦處事務) 덕무가 거만한 자태로 이중하 일행을 기다리고 있었다.

"기록이 분명하고, 여러 사람들의 증언이 있는데 굳이 백두산에 올라가야 하겠소? 점점 날이 차지는데."

가원계가 못마땅한 표정을 감추지 않았다.

"그렇소. 봉금을 해제한 것은 어차피 조선인들이 간도에 와서 경작을 하고 있는 마당에 그들에게 봉금을 어긴 죄를 물어 처벌하느니, 조세를 내면서 지내도록 하려는 황상의 자비일 뿐, 간도가 대청의 영토라는 사실에는 한 치의 어긋남도 없소."

덕무가 거들고 나섰다. 두 사람 뒤에는 실무진이 버티고 서 있었는데 그들 중에는 간도에 살고 있는 청나라 사람도 있었다.

"자, 먼 길을 가야 하니 오늘은 푹 쉬기로 하고 그만 연회장으로 자리를 옮기지요."

분위기가 험악해질 것 같자 예조에서 파견 나온 관헌이 중재를 자처하고 나섰다.

"주안상이 마련되어 있습니다."

접반을 담당하고 있는 회령군수가 거들었다.

관아 뒤뜰에 마련된 주연장에 이르자 다담상에 산해진미가 가득했고, 풍악패와 기녀들이 대기하고 있었다. 덕무와 가원계는 그제 서야 못마땅한 표정을 풀더니 당연하다는 듯 상석에 자리를 잡았다.

"틀림없이 저들이 억지를 부릴 텐데 감당할 수 있겠느냐?"

이중하가 양기문에게 물었다.

"반드시 오도백하로 통하는 땅속 물길을 찾아내겠습니다."

양기문이 결의를 밝혔다. 20여 년이 흘렀고, 계절도 그때와 다르다. 그렇지만 스승님은 사람이 다녔던 길은 아무리 세월이 흘러도 흔적이 남게 마련이라고 하셨다. 그리고 그때의 일을 상세하게 기록한 변방고가 있고, 일대 지리에 밝은 김우식이 있다. 찾지 못할 이유가 없었다.

"염려 마십시오. 설사 온 천지가 눈으로 덮였다고 해도 길을 찾을 자신이 있습니다."

김우식이 양기문을 안심시켰다.

※

병술년(1886년)으로 접어들면서 은둔의 나라 조선에도 크고 작은 변화들이 일기 시작했다. 서양식 교육기관인 육영공원이 문을 열었고, 이화학당이 개교해서 여성들도 근대교육을 받을 수 있게 되었다. 그리고 연전에 창간된 한성순보는 조정의 관심사와 넓은 세상의 소식을 널리 알리면서 개화와 개방을 재촉하고 있었다.

그렇지만 정세는 여전히 암울했다. 임오군란과 갑신정변을 거치면서 조정은 민씨의 세상이 되었고, 일본이 쫓겨가면서 원세개는 조선 임금을 아래로 내려다보면서 안하무인으로 날뛰고 있었다.

그런 가운데 예조에서 조선과 청나라의 국경을 확정 짓기 위한 회합이 개최되었다. 작년 백두산 감계에 대한 결론을 내리기 위한 자리다.

　　이중하는 뒤를 돌아보았다. 양기문과 김우식이 잔뜩 굳은 얼굴로 뒤를 따르고 있었다.

　　"사실 그대로 증언하면 되니 긴장할 것 없다."

　　이중하가 두 사람을 안심시켰다. 본시 중인과 상민은 회합에 참석하지 못한다. 그렇지만 이중하가 강력하게 요청하면서 두 사람은 수원(隨員) 자격으로 회합에 참석하게 되었고, 지명에 따라 발언도 할 수 있게 되었다.

　　회합장에 이르자 이중하는 성큼성큼 당 위로 올라갔고 양기문과 김우식은 당 아래에 나란히 섰다. 현판이 휑뎅그렁 걸려 있는 넓은 빈 청에 긴장감이 감돌았다. 곧 간도가 누구 땅이냐를 놓고 격렬한 논쟁이 벌어질 것이다.

　　잠시 후에 영의정 심순택과 조선의 외교를 총괄하는 독판교섭통상사무(督辦交涉通商事務) 김윤식이 도착했다. 이중하는 예를 표하며 두 고관을 맞았다. 두 사람은 소태를 씹은 표정이었다. 원세개를 상대할 생각을 하니 벌써부터 걱정이 된 것이다.

　　곧 국왕의 가마보다 더 크고 화려한 가마가 당도하더니 원세개가 거만한 자세로 당 위로 향했다. 그 뒤를 독리통상위(督理商務委) 진영과 정계비 사감(查勘)에 참가했던 가원계가 따랐다. 원세개는 당 위에 오르더니 조선 대표들을 쏘아보았고, 그 서슬에 질린 심순택과 김윤식은 황급히 예를 표했다. 어쩔 수 없는 일이다. 이중하도 고개를 숙이며 총독 행세를 하는 원세개에게 예를 표했다.

　　이것으로 다 모인 걸까. 그런데 아직 성원(成員)이 되질 않았는지 회합을 주관하는 김윤식이 자꾸 입구에 눈길을 주었다. 누가 더 오는 걸까. 당 아래의 양기문은 의문이 일었다. 그때 웬 서양인이 급히 회합장으로 들어섰다.

"오늘 감계회합에 협판내무부사 겸 관외아문장교사당상(協辦內務府事 兼 管外衙門掌交司堂上)이 청문관으로 참석하기로 했소."

김윤식이 조선 조정의 외교 업무를 자문하고 있는 미국인 덕니(德尼 오웬 N 데니)를 소개했다. 조선과 청나라의 국경이 어떻게 정해지느냐는 서구 열강에게도 관심사다. 그래서 서구열강들은 외교 고문을 맡고 있는 덕니를 감계회합에 청문관으로 보내기로 한 것이다. 원세개의 전횡을 우려하고 있는 조선 조정으로서는 반대할 이유가 없었다. 원세개는 못마땅한 표정을 지었지만 제지하지는 않았다.

이렇게 되어 양국의 대표와 청문관 그리고 통변들이 당 위에 자리를 하고, 실무진들은 당 아래에서 대기를 하면서 회합이 시작되었다.

"을유년에 양국에서 감계사를 파견해서 강원(江源)을 탐사하고 정계비를 판독한 결과, 토문강은 백두산 천지에서 발원해서 오도백하를 거쳐 송화강으로 흘러 들어가는 강임을 확인했습니다."

이중하가 먼저 발언하고 나섰다. 목소리에 자신감이 넘쳤다. 양기문과 함께 현지를 샅샅이 훑었던 터였다.

"정계비 부근에 강원이 있고, 물줄기가 지하로 스며들었다가 오도백하에 이르러 지표로 솟아올랐다는 것은 조선의 일방적인 주장에 불과하오! 현지를 살펴본바, 일대는 온통 흰 눈으로 덮여 있었소. 도대체 강원이 어디에 있으며, 드넓은 설원 어디에 지하 물줄기가 있다고 우기는 것이오!"

가원계가 얼굴을 붉히며 반박에 나섰다. 그의 말대로 동짓달의 백두산계는 온통 백설로 뒤덮여 있었다.

"동절기고, 눈이 많이 쌓여서 눈으로 확인할 수 있는 게 한정되었지만 그래도 물이 흘렀던 자취, 사람들이 오갔던 흔적은 명백히 남아 있었소. 무엇보다도 지형과 주변 경관이 변방고의 기록과 정확하게 일치하고 있었소!"

이중하가 재차 반박에 나섰다.

"그 변방고라는 것도 그렇소! 20년 전에 실측을 했다고 하지만 그 또한 당신들의 일방적인 주장일 뿐이오! 그게 사실이라면 왜 당시 발간되었던 대동지지에 수록되지 않았소!"

가원계도 준비를 많이 한 듯 쉽게 물러서지 않았다. 심순택과 김윤식 그리고 원세개와 진영은 통변에 귀를 기울이며 논쟁을 지켜보았고 덕니도 호기심 가득한 얼굴로 두 사람의 대결에 관심을 기울였다.

"증인을 부르겠소! 20년 전에 백두산 일대를 실측했던 사람들인데 을유년 감계 때도 나를 수행했었소."

이중하가 당 아래에서 대기하고 있는 양기문과 김우식을 지목했다. 드디어 때가 왔다. 양기문은 심호흡을 한 후에 천천히 당 위로 올라갔다. 영의정과 원세개의 시선이 자신에게 집중되자 가슴이 벌렁벌렁 뛰었다. 그렇지만 스승의 뜻을 펼칠 수 있는 기회다. 양기문은 떨리는 가슴을 진정시키며 이중하 옆에 섰다.

"네 스승은 20년 전에 백두산 일대를 탐사하고 변방고를 기술했다고 들었다. 사실이냐?"

이중하가 물었다.

"그렇습니다. 당시 소인이 스승님을 수행했고, 이 사람이 길을 안내했습니다."

양기문이 김우식을 지목하며 차분하게 답변했다.

"백두산은 계절에 따라서 생태계가 다양한 모습을 하지만 지형은 불변이며 지표 아래 또한 계절의 영향을 받지 않습니다. 소인은 백두산을 여러 차례 올라서 일대를 손금보듯 하고 있습니다. 작년 동짓달의 백두산은 20년 전에 탐사했을 때와 조금도 다르지 않았습니다."

"그렇습니다. 계절이 바뀌고, 눈이 녹으면 백두산에는 다시 만물이 소생할 것이고, 생명의 자취를 생생하게 드러낼 것입니다."

김우식에 이어서 양기문이 발언하고 나섰다. 이어서 양기문은 오래전에 종적이 끊겼을지라도 통행로는 그 흔적을 남기게 마련이며, 지하의 물줄기가 지상에 어떻게 영향을 미치는지를 설파했다. 스승 김정호로부터 배웠고, 두 눈으로 똑똑히 확인했던 일들이다. 거칠게 없었다.

"하면 여름에 감계를 한 번 더 해서 방금의 증언을 확인하는 것이 어떻겠소?"

김윤식이 원세개의 눈치를 살피며 입을 열었다.

"애써 현장을 살폈는데 이제 와서 다시 감계를 하자는 것은 말이 안 되오!"

진영이 언성을 높이고 나섰다. 왠지 밀리는 기분이 든 것이다. 이대로 회합이 끝났다가는 원세개로부터 불호령이 떨어질 것이다.

"우리도 증인을 부르겠소!"

가원계가 얼른 끼어들었다. 그러자 당하에서 대기하고 있던 청나라 남자가 당 위로 올라왔다. 행색으로 봐서 간도에서 지주 행세를 하면서 조선인들을 부리고 있는 자 같았다. 인삼 밀매를 하던 청나라 사람들 중에는 그동안에 모은 돈으로 간도의 땅을 매입해서 지주 행세를 하고 있는 자들이 있었다. 그들은 감계에 목숨을 걸고 있었다. 간도가 조선 땅이 되면 맨손으로 쫓겨날 판이다.

"현지에 오래 살았다고 들었다. 사실이냐?"

"그렇습니다. 봉금이 풀리면서 이주를 해서 줄곧 그곳에서 농사를 짓고 있습니다."

가원계가 물었고 증인이 대답했다.

"조선은 정계비 부근에 수원이 있어서 물줄기가 지하로 흐르다 오도백하에 이르러 송화강과 합친다고 했다. 네 생각은 어떠냐?"

"두만강 상류에 복류하는 물줄기들이 여럿 있는 것은 사실입니다. 그리고 개중에는 하천이라 부를 만한 것도 있고, 가느다란 줄기에 불과한 것도 있습니다."

사전에 입을 맞추기라도 한 듯 남자는 즉각 답변했다.

"그런데 조선은 정계비 부근의 수원이 복류하다 오도백하로 흘러들어 간다고 주장하고 있다. 그렇게 단언할 근거가 있다고 보느냐?"

"터무니없는 주장입니다. 지하 물줄기는 실타래처럼 뒤엉켜 흐르며 땅 위로 솟구치고, 다시 스며들기를 반복합니다. 조선 속담에 10년이면 강산도 변한다고 하는데 정계비는 170년도 더 전에 세워졌습니다. 땅속의 물줄기는 지상의 산천초목보다 더 변화가 심할 것입니다."

남자가 자신 있게 증언했고 가원계는 어쩔 셈이냐는 투로 이중하를 노려보았다. 상황이 유리하게 전개되는 듯 하자 상을 잔뜩 찌푸리고 있던 원세개는 얼굴이 환해졌고, 반대로 심순택과 김윤식은 표정이 흐려졌다. 통변에 귀를 기울이고 있는 덕니는 흥미롭다는 표정으로 논쟁을 지켜봤다.

"지하수로가 수시로 변한다는 사실은 인정합니다. 그리고 세월이 흐르면서 복류하는 물줄기가 말라버렸을지 모른다는 사실도 인정합니다."

양기문이 나섰다.

"그렇지만 정계비를 세울 때 나중에라도 복류천의 흐름이 변할 것에 대비해서 복류가 시작되는 곳과 지표로 용출되는 곳에 각각 석퇴와 토퇴를 세워서 경계를 분명히 했습니다. 이번에 살폈을 때도 석퇴와 토퇴는 제자리에 서 있었습니다. 눈이 녹는 대로 감계를 다시 하면 그 지점에서 물줄기가 복류했음을 확인할 수 있습니다."

"방금 물줄기가 말라버렸을 수도 있다고 하지 않았느냐! 이미 말라버렸다면 무슨 수로 정계비에서 정한 수원이라고 증명을 한단 말이냐!"

진영이 눈을 허옇게 뜨며 반박했다. 청의 재반격이 시작되자 심순택과 김윤식의 얼굴이 다시 어두워졌다. 증거가 명백하지 못하면 원세개가 절대로 양보하지 않을 것이다.

"설사 물줄기가 말라버렸다고 해도 물이 흘렀던 자리는 세월이 흘러도 생태계에 그 흔적을 남기게 마련입니다."

양기문은 더 이상 떨리지 않았다. 20년 전에 스승과 독일인 지리학자의 대화가 생생하게 기억이 났다. 이름이 리히트호펜이라고 했던가. 세월이 많이 흘렀지만 이름이 또렷하게 기억되었다. 그때 젊은 지리학자는 스승의 판단에 전적으로 동의를 했었다.

"조선 조정은 하절기에 재감계를 실시할 것을 정식으로 요청합니다. 청 조정에서 원한다면 서양 지리학자를 참관인으로 대동해도 좋습니다."

이중하가 빠져나갈 틈을 주지 않고 못을 박아버렸다. 서양 지리학자를 초빙하자는 제안에 가원계와 덕무는 선뜻 반박하지 못했다. 오로지 힘으로 밀어붙일 생각으로 여기에 온 마당이다. 조그마한 허점이라도 보이면 토문강과 두만강이 같은 강이라는 주장을 몰아붙일 생각이었다.

묵묵부답으로 논쟁을 지켜보던 원세개가 가원계, 진영과 뭔가 상의를 하더니 못마땅한 표정으로 입을 열었다.

"정계비는 대청황제의 명으로 건립한 것이니만큼 한 치의 어긋남도 없이 지켜져야 할 것이오. 그런데 세월이 흐르면서 물길이 바뀌고, 정확한 지형을 가리기 힘들게 되었으니 양국 모두에게 타당한 선에서 변계를 새로 정하는 것이 좋겠소."

원세개가 거만한 자태로 조선 대표들을 쳐다보자 심순택과 김윤식은 그 기세에 질려서 움찔했다.

"하면 홍단수(紅端水)를 경계로 삼는 게 좋겠습니다."

진영이 말을 받았다. 홍단수는 북포태산에서 발원하는 두만강의 지류다.

홍단수라…… 심순택과 김윤식이 벽에 걸려 있는 커다란 지도로 눈길을 돌렸다. 홍단수는 두만강의 4대 지류, 홍토수와 석을수, 홍단수, 서두수 중에서 북쪽에서 세 번째에 자리하고 있다. 서두수를 경계로 삼을 생각이었던 원세개로서는 나름대로 양보를 한 셈이다. 그만하면 원세개로부터 양보를 얻어낸 셈이다. 심순택과 김윤식의 얼굴에 안도의 빛이 떠올랐다.

"안 될 말이오!"

돌연 이중하가 호통을 치고 나섰다.

"계절이 바뀌면 정계비에서 정한 경계를 확인할 수 있습니다. 감계를 한 차례 더 할 것을 정식으로 요청합니다!"

"닥쳐라! 조선 조정을 대표하는 정사, 부사가 가만히 있는데 어디 감계사 따위가 나서는 것이냐!"

원세개의 얼굴이 벌겋게 달아올랐다. 조선왕도 자신의 말에 토를 달지 못하는 마당에 어디 일개 감계사 따위가 감히.

"나는 조선에서 대청황제를 대리하고 있다. 황명에 거역했다가는 네 목이 열 개라고 해도 살아남기 힘들 것이다!"

원세개가 으름장을 놓자 심순택과 김윤식은 얼굴이 백지장이 되었다. 괜한 엄포가 아니었다.

"내 목을 내놓을지언정 조선의 영토는 한 치도 양보할 수 없소!"

그럼에도 이중하는 당당함을 잃지 않았다. 옳다고 믿는 일에는 절대로 물러서지 않는 대쪽 선비의 기품이 생생하게 전해졌다.

"네가 정녕 죽기를 원한다면 내가 소원을 들어주겠다. 오만방자한 네 놈의 목을 쳐서 황명의 지엄함을 알리겠노라!"

원세개가 몸을 벌떡 일으켰다.

"……!"

호위 무관을 부르려던 원세개는 덕니와 마주치는 순간 가슴이 철렁 내려앉았다. 이 자리는 조선과 청나라 관헌만 있는 게 아니다. 지금 서구 열강국들이 청나라로 물밀듯이 밀려들어오고 있다. 청나라가 영토 문제를 강압으로 처리하는 걸 보면 잘 됐다 하고 그들도 청나라를 힘으로 누르려 할 것이다. 이런 일로 꼬투리를 잡히면 안 된다. 원세개는 손을 내저으며 호위 무관을 물렸다.

"감계를 다시 하겠다. 하지만 명확한 증좌를 대지 못하면 그때는 우리의 뜻대로 국경을 정할 것이다!"

원세개는 그 말을 남기고 휑하니 회합장을 떠났다.

흑룡회

1909년 한성.

한여름의 뙤약볕이 사정없이 내리쪼였다. '훅'하는 열기가 밀려오면서 가만히 있어도 숨이 탁탁 막혔다.

힘들게 몸을 일으킨 양기문은 툇마루로 향했다. 인왕산 자락 아래로 한성 시내가 한눈에 들어왔는데 불볕더위 때문인지 거리를 지나는 행인들이 별반 눈에 띄지 않았다.

'오래 살았어.'

어느새 고희(古稀)에 이르렀고, 하루하루 기력이 떨어지면서 거동이 점점 힘들어지고 있었다. 그렇지만 아직 해야 할 일이 남아 있었다. 저세상에서 스승님을 뵙기 전에 반드시 끝을 보아야 한다. 양기문은 합죽선을 집어 들고는 구름 한 점 없는 성하(盛夏)의 하늘을 올려다보았다. 그러자 지난 세월이 주마등처럼 뇌리를 스치고 지나갔다.

그때 이중하 대감이 목숨을 걸고 막아서면서 정해년(1887년)에 재감계가 이루어졌고, 양기문은 다시 백두산에 올라가서 돌무덤을 찾아내 기록과 정확하게 일치함을 입증했다. 그럼에도 원세개은 막무가내였다. 주장을 양보해서 경계를 홍단수보다 북쪽인 석을수로 후퇴시킨 게 고작이었다. 그래도 이중하 대감은 끝까지 간도를 포기하지 않았다.

그렇게 버티던 중에 청나라가 청일전쟁에서 패하면서 조선에서 물러갔다. 마침내 간도가 조선 땅으로 확정된 것이다. 조선이 간도를 지킬 수 있었던 것은 변방고가 결정적인 역할을 했지만 원세개의 으름장에도 굴복하지 않았던 이중하 대감의 기개도 빼놓을 수 없을 것이다.

조선은 간도를 본격적으로 경영하기 시작했다. 조선 조정은 이범윤을 간도관리사로 파견해서 현지에 정착한 조선인들을 보호하고, 세금을 징수함으로써 간도가 조선의 영토임을 대외에 공표했다. 이범윤은 대원군의 오른팔이었던 포도대장 이경하의 아들이다. 비로소 대원군의 원려와 스승님의 노력이 뜻을 이룬 것이다.

양기문의 입가에 웃음이 지어졌다. 그때의 일을 떠올리면 지금도 가슴이 벅차오른다.

그렇지만 봄날은 오래가지 못했다. 일본이 날뛰면서 힘들게 찾은 간도를 청나라에 도로 넘겨주게 된 것이다. 일본은 간도를 청나라에 넘겨주는 대신에 남만주 철도 부설권과 무순 탄광 채굴권을 손에 넣기로 청나라와 합의를 보았다. 대륙으로 진출하려는 일본과 여전히 간도에 미련을 가지고 있는 청나라의 이해관계가 맞아떨어진 것이다.

'안 될 말!'

양기문은 분기탱천했다. 을사년 이후로 대한제국의 외교권이 일본으로 넘어갔지만, 영토를 넘겨주는 것은 외교권에 포함되지 않는다. 일본은 청나라와 간도협약을 체결할 권한이 없다. 통감 이토 히로부미가 원세개 이상으로 조선의 국정을 농단한 결과였다. 안타깝게도 이번에는 이중하 대감처럼 목숨을 걸고 반대하는 조정 신료가 없었다. 그렇다고 서구 열강국에 도움을 요청하기도 힘들었다. 외교권을 상실하면서 서구열강들은 한성에서 공사관을 철수시켰고, 일본의 조선 지배를 인정하고 있었다.

이대로 간도를 청나라에 넘겨주어야 하는가. 절대로 그럴 수는 없다. 양기문은 고개를 세게 흔들었다. 끝까지 싸울 것이다. 그래서 양기문은 마지막으로 미국 영사관에게 기대를 걸기로 했다. 외교를 관장하는 공사관은 철수했지만, 자국민들의 이익을 대변하는 영사관은 그대로 한성에 남아 있었다.

양기문이 미국 영사관을 택한 데는 을유감계 당시 참관인이었던 미국인 덕니의 영향이 컸다. 본국으로 돌아가서 고관이 되었을지 모를 덕니는 조선에 우호적이었다. 양기문은 영사관을 통해서 덕니에게 문건을 전하면 힘이 되어줄지 모른다는 가느다란 희망을 품고 있었다.

올 때가 되었는데, 양기문은 몸을 일으키고 언덕 아래를 굽어보았다. 오늘은 미국 선교사와 함께 지내고 있는 손자 양희원이 찾아오기로 한 날이다.

조금 지나자 저 아래에서 허우적거리며 산길을 올라오고 있는 손자가 눈에 들어왔다. 가만히 있어도 땀이 줄줄 흐르는 날씨에 산길을 오르려니 젊은 나이라고 해도 여간 힘들지 않을 것이다. 양기문은 공연히 손자를 고생시키는 것 같아서 미안한 마음이 들었다. 하지만 통감부는 다음 달에 청나라와 간도협약을 체결할 예정이다. 일각이 아쉽다.

"할아버지."

어느새 헌헌장부로 자란 양희원이 성큼 달려오더니 넙죽 절을 올렸다. 손에는 보퉁이가 들려 있었다.

"고생했다. 안으로 들자."

양기문은 양희원의 손을 덥석 잡으며 합죽선을 활활 부쳐주었다.

"시일이 촉박해서 우선 할아버지께서 지적해 주신 부분만 발췌해서 번역했습니다."

양기원이 보퉁이를 풀자 'Review of Korean Border'라 적힌 문서가 모습을 드러냈다.

"고생 많았다."

양기문은 미국인 선교사에게서 영어를 배우고 있는 양희원이 번역한 변방고 영역 발췌본을 집어 들었다.

"할아버지!"

양희원이 정색을 하고 물었다.

"전부터 여쭙고 싶었던 건데…… 이 문건을 어디에 쓰려 하시려는지요?"

"너는 알 거 없다. 이제부터는 내가 알아서 할 것이다."

"조선의 국경과 관련된 내용이던데…… 이걸 왜 영어로 옮겨야 하는지 궁금합니다. 혹시라도 미국 영사관에 전달할 것이라면 제가 대신 전하겠습니다."

"괜찮다고 하지 않았느냐."

양기문이 손을 내저었다. 위험이 따를 수 있다. 그래서 양기문은 손자를 말렸고, 양희원도 어느 정도 짐작하고 있기에 자기가 하겠다고 나선 것이다.

"희원아!"

양기문이 회한 가득한 표정으로 손자의 손을 잡았다.

"내 말 잘 듣거라. 이후로 너는 이 일과 관련해서 아무것도 알려고 하지 말거라. 그리고 원본은 너만 아는 곳에 잘 보관해야 한다."

행여 통감부 특고(特高)에서 눈치를 챘다가는 결국 양희원도 연루될 것이다. 양기문은 아들을 먼저 보낸 마당에 유일한 핏줄인 손자에게까지 화가 미치게 할 수는 없었다. 그래서 훗날에 대비해서 변방고 원본을 아무도 모르는 곳에 감추어 둘 것을 당부한 것이다.

"네."

양희원이 긴장한 얼굴로 대답했다. 할아버지가 이렇게 정색을 하는 것은 처음 보았다.

"그리고 전에 했던 말인데…… 나는 네가 선교사의 제안대로 넓은 세상, 새로운 세계를 경험했으면 한다."

얼마 후에 미국으로 돌아가는 선교사는 양희원에게 함께 갈 것을 제안했는데 양희원은 홀로 남게 될 할아버지 때문에 쉽게 대답하지 못하고 있었다.

"할아버지!"

"내 걱정은 할 필요 없다."

양기문이 '후'하고 한숨을 내쉬었다.

"오래 살았어. 그리고 네가 이렇게 장부로 자랐으니 뭘 더 바라겠느냐. 언제 죽어도 여한이 없는 나이임에도 이렇게 살아 있는 것은 아직 마치지 못한 일이 있었기 때문이다. 이제 소명을 다하고 나를 기다리고 있는 사람들을 만나러 가고 싶구나. 어머니, 아버지, 스승님 그리고 나를 만나서 고생만 실컷 하고 간 네 할머니와 네 아비."

양기문이 다시 한번 '후'하고 한숨을 내쉬었다. 얼굴에 회한이 가득했다.

"왜 그런 말씀을 하세요. 제가 끝까지 모실게요."

양희원이 당황해서 양기문을 쳐다봤다. 마치 작별을 고하는 사람 같았다.

"방금 말하지 않았느냐. 여한이 없는 삶을 살았다고."

양기문이 대견스럽다는 표정으로 양희원을 쳐다봤다.

"지금은 나라의 명운이 백척간두에 서 있지만 언젠가는 좋은 시절이 올 것이다. 넓은 세상, 새로운 세계에서 많은 것을 경험하고 돌아와서 나라의 동량이 되어야 한다."

"할아버지!"

"염려하지 말거라. 할아비는 그저 좋은 날이 올 때 보탬이 되었으면 하는 바람일 뿐이다."

양기문이 진지한 표정으로 양희원에게 당부의 말을 전했다.

"꽁꽁 언 물 아래에도 물은 흐르고 있으며 동이 트기 직전이 제일 어두운 법이다. 비록 당장은 세월이 하 수상하지만, 반드시 좋은 시절이 올 것이다. 너는 본시부터 영특해서 하나를 가르치면 둘을 이해하는 아이였다. 언젠가, 그리고 반드시 다가올 날에 대비해서 한시도 배움을 소홀히 말거라."

༄

소네 아라스케 통감이 소회의실로 들어서자 대기하고 있던 세 사람이 일제히 일어서며 예를 표했다.

"앉게."

소네가 거만한 자세로 자리를 잡고는 일행에 앉을 것을 일렀다.

"간도협약 체결에 방해가 될 수 있는 문건이 있다고 하는 게 무슨 말인가?"

소네가 시노다 지사쿠篠田治策 통감부 간도파출소 총무과장을 지목했다. 대한제국의 외교권을 강탈한 일본은 간도에 파출소를 설치하고서 현지 조선인들을 감독하고 있었다. 그리고 행여 있을지 모를 분쟁에 대비해서 일본은 명망이 있는 국제법학자 시노다 지사쿠를 간도로 보내서 치밀하게 그에 대비하고 있었다.

"그동안에 간도와 관련된 자료들을 면밀히 살펴본바, 간도가 조선의 영토임을 확실하게 입증할 수 있는 문서가 존재하고 있음을 확인했습니다."

"무슨 소리인가? 간도는 본래 조선 영토 아니었나?"

소네가 무슨 소리냐는 표정으로 물었다.

"청나라는 여전히 간도는 자기네 땅이라고 주장하고 있습니다. 공식적으로는 을유년과 정해년, 두 차례에 걸쳐서 국경을 정하는 감계를 실시했지만 확실하게 결론을 내리지 못하고 있는 상태입니다."

"하면 청일전쟁에서 청나라가 패하면서 조선이 간도를 사실상 지배하고 있다는 말이로군."

"그렇습니다. 통감부 간도파출소는 대한제국의 간도관리사를 승계한 것입니다."

시노다 지사쿠가 잠시 뜸을 두고 말을 이었다.

"조선이 간도를 사실상 통제해 왔지만, 공식적으로는 분쟁지역입니다. 분쟁 협상은 조선의 외교권을 대행하고 있는 대일본제국의 권한이지만 영토할양은 외교권 행사를 넘어서는 월권이 될 수 있습니다. 따라서 간도가 본시부터 조선 영토라는 사실을 객관적으로 입증할 수 있는 자료가 존재하는 것은 우리에게 바람직하지 못합니다."

"무슨 말인지 알겠네."

소네가 비로소 이해가 간다는 듯이 고개를 끄덕였다. 지금 서구 열강들은 황화론(黃禍論)을 내세우며 노골적으로 일본을 견제하고 있다. 조그마한 꼬투리라도 잡혔다가는 삼국간섭(三國干涉) 때처럼 득달 같이 달려들 것이다. 일본은 청일전쟁에서 승리했음에도 러시아와 독일, 프랑스가 간섭하고 나서는 바람에 요동반도를 돌려줘야 했던 아픈 과거가 있다. 그래도 그때는 미국과 영국은 일본에 우호적이 었지만 노일전쟁에서 승리를 하면서 미국과 영국도 일본을 경계하기 시작했다.

그렇지만 영토할양이 아니고 정당한 외교권 행사의 일환이라면 서구열강들도 간섭하고 나서지 못할 것이다. 다툼이 있는 국경을 확정하는 것은 외교권 행사에 포함된다.

"간도협약은 전임 통감이신 이토 각하께서 심혈을 기울였던 사업이며 대일본제국이 대륙으로 진출할 수 있는 기반이다. 무슨 일이 있어도 성사시켜야 한다!"

일갈한 소네는 내내 말이 없는 두 사람, 통감부 특고 사사키 준이치 경시(警視)와 흑룡회 회장 우치다 료헤이에게 차례로 눈길을 돌렸다. 뒤처리는 두 사람 몫이다. 사사키 준이치와 우치다 료헤이가 자세를 바로 하며 소네의 말에 귀를 기울였다.

"기록에 따르면 조선은 백두산 일대를 답사한 지리지를 근거로 간도가 조선의 영토임을 주장했다고 합니다. 당시 원세개가 조선에서 무소불위의 권력을 휘둘렀음을 감안하면 변방고라는 이름의 지리지는 누구도 부인할 수 없는 객관적이고 명백한 사실을 담고 있는 것으로 추정됩니다."

시노다 지사쿠가 설명했다.

"변방고? 그게 무엇인가?"

"조선에 김정호라는 지리학자가 있었습니다. 대동여지도라고, 청일전쟁 당시 대일본제국 육군에서도 참고를 했던 아주 뛰어난 지도를 제작한 자입니다. 변방고는 김정호가 기술한 지리지의 일부로 조선의 변경에 대해서 상세한 내용을 다루고 있습니다. 김정호의 제자가 감계 때 변방고를 증거로 제시했을 것으로 추측됩니다."

시노다 지사쿠가 그간 조사했던 바를 보고했다.

"하면 변방고는 지금 어디에 있는가?"

"정해년 감계 이후로 행방이 묘연합니다만 당시의 기록을 살피고, 관련되었던 사람들을 탐문해서 변방고의 행방을 추적하고 있습니다."

"협약 체결이 임박했는데 언제 뒤지고, 언제 찾는단 말인가! 그리고 20년도 더 전의 일이다. 이제 와서 찾는다는 보장도 없지 않은가!"

소네가 언성을 높였다. 행여 간도협약 체결이 무산되기라도 하면 일본의 대륙진출은 큰 타격을 받게 될 것이다. 그것은 배를 갈라 천황께 사죄해야 할 대죄다. 소네의 시선이 사사키 경시에게 향했다. 그런 걸 추적해서 밝혀내는 게 특고의 일이다.

"인원을 총동원하겠습니다."

사사키 경시가 큰 소리로 대답했다.

"시일이 촉박하다는 것은 우리에게 득이 될 수도 있습니다. 그자가 제 발로 걸어 나올 테니까요."

시노다 지사쿠가 나섰다.

"그자가 먼저 움직일 거란 근거가 있단 말인가?"

소네가 시노다 지사쿠에게 시선을 돌렸다.

"기록을 면밀히 검토해 본 바, 원세개가 설쳤음에도 결론을 내리지 못한 데는 당시 대한제국의 외교 고문이었던 덕니라는 미국인이 현장을 참관했기 때문인 것으로 사료됩니다."

국제법에 정통한 시노다는 당시 정황을 그렇게 파악했다.

"하면 이번에도 미국의 힘을 빌리려 할 거라 예상하고 있단 말인가?"

소네가 고개를 끄덕였다.

"충분히 일리가 있습니다."

사사키 경시가 찬동하고 나섰다. 수사가 전문인 그가 동의했다면 가능성이 있을 것이다.

"하면 이후의 일은 어떻게 할 셈인가?"

소네가 내내 말이 없는 료헤이에게 고개를 돌렸다. 조선에 진출한 낭인들의 집단인 흑룡회는 일본의 대표적인 극우 인사인 도야마 미츠루가 주도하고 있는 현양사(玄洋社)에 그 뿌리를 두고 있다. 협객을 자처하는 도야마 미츠루는 일본의 각료들도 무시하지 못하는 거물이며 흑룡회는 일본의 이익을 위해서는 기습과 암살, 폭동도 마다하지 않는 폭력단체다.

"미국 영사관 주변을 빈틈없이 지키고 있다가 말끔하게 처리하겠습니다."

우치다 료헤이가 자신만만한 자태로 대답했다. 헤아려 보면 상대는 나이가 70살은 되었을 노인이다. 그렇다면 단칼에 날려 보내는 것은 일도 아니다.

"함부로 날뛰지 마라! 열강국 사절들이 지켜보고 있다!"

소네가 주의를 주었다. 2년 전에 네덜란드의 헤이그에서 열렸던 만국평화회장에 조선인 밀사들이 나타나는 바람에 일본은 큰 고초를 겪은 적이 있었다. 같은 실수를 되풀이해서는 안 된다.

"잘 알고 있습니다."

사사키 경시와 우치다 료헤이가 소네를 안심시켰다. 특고에서 추적에 나서고, 흑룡회에서 뒤처리를 맡기로 했다면 크게 걱정하지 않아도 좋을 것이다. 비로소 소네의 표정이 풀어졌다.

우치다 료헤이가 통감부를 나서자 회의실 밖에서 대기하고 있던 구로다 다케오가 얼른 다가왔다. 험악한 인상에 허리춤에 차고 있는 칼 두 자루와 날카로운 회전날개의 문양이 새겨진 옷은 그가 흑룡회 소속의 낭인임을 알려주고 있었다.

"어떻게 되었습니까?"

"우리가 맡기로 했다. 미국 영사관을 감시하고 있다가 수상쩍은 자가 접근하거든 해치워!"

"막연합니다. 이런저런 일로 영사관을 드나드는 자들이 많을 텐데."

"나이가 상당히 많을 것이다. 사람들의 발길이 끊어진 야밤에 불안한 표정으로 주변을 살피면서 영사관에 접근하는 자…… 여기까지 얘기하면 그다음은 알아서 처리해야 할 것 아닌가!"

"밖에서 영사관 직원을 만날 수도 있는 거 아닙니까?"

구로다 다케오는 신중했다.

"그쪽은 특고에서 맡기로 했어. 하지만 조선 노인이 미국 영사관 직원을 밖에서 만나는 게 어디 쉽겠는가. 약속을 잡기도 쉽지 않을 것이고, 말도 통하지 않을 텐데."

"그렇기는 합니다만……"

구로다 다케오가 칼자루에 손을 대며 고개를 끄덕였다.

밤안개가 엷게 깔렸는지 달빛이 희뿌연 색을 띠었다. 약속한 밤이 되었다. 양기문은 보따리를 들고 일어섰다. 속에는 영어로 옮긴 변방고 발췌본이 들어 있었다. 미국 영사관은 정동에 있다. 선교사를 통해서 미국 영사관 직원과 약조를 잡았는데 약조 시각을 맞추려면 서둘러야 한다.

"후문에서 기다리겠다고 했느냐?"

"네, 선교사님 말로는 찰스 휘슬러 2등 참사관이 후문에서 기다릴 거라 했어요."

양희원이 자꾸 불안해했다.

"제가 가면 안 될까요? 선교사님도 나오신다고 하셨는데."

"아니다. 너는 내 말대로 이 길로 즉시 선교사관으로 가서 먼 길을 떠날 채비를 하거라. 내가 일전에 당부한 일은 빈틈없이 마무리했겠지?"

"그 일은 염려 마세요."

양희원은 양기문의 권유를 받아들여 선교사를 따라서 미국으로 가기로 했다. 고령의 조부를 혼자 남겨두고 먼 길을 떠나는 것이 마음에 걸렸지만, 대를 위해서 소를 접어두어야 한다는 조부의 뜻을 꺾을 수 없었던 것이다.

"네가 미국에서 돌아올 때까지 오래오래 살 거니까 내 일은 마음 쓰지 말거라. 낯선 땅에서 지내려면 어려움이 많이 따를 것이다. 아무쪼록 몸조심하면서 배움을 게을리하지 말거라."

양기문이 양희원의 손을 꼭 잡았다.

"미국에서 돌아올 때까지 꼭 건강하게 계셔야 해요."

양희원도 할아버지의 손을 힘껏 잡았다. 할아버지의 뜻을 꺾을 수는 없었던 양희원은 골목 어귀까지 배웅하고 발길을 돌렸다.

근자에 밤에 출타했던 적이 있었던가. 양기문은 오늘따라 밤길이 낯설게 느껴졌다. 늦더위가 계속되더니 오늘은 밤안개가 끼었다. 정동까지 먼 거리는 아니지만, 괜히 어물대다 늦으면 안 된다. 양기문은 진작에 인적이 끊긴 거리를 따라 부지런히 걸음을 옮겼다.

그런데 왜 이렇게 불안한 걸까. 영사관 직원과 약조가 되어 있고, 돕겠다는 말까지 들었는데도 자꾸 불안한 것은 추적의 손길이 멀지 않은 곳까지 쫓아왔음을 감지했기 때문일 것이다. 재작년 해아(海牙 헤이그) 밀사 사건 이후로 일본은 잔뜩 독이 올라 있었다. 그리고 간도협약을 눈앞에 두고 있다. 당연히 사방에서 감시의 눈을 번뜩이고 있을 것이다.

하지만 감시의 눈길은 조정 관헌에게 국한되었을 것이다. 그리고 일본은 변방고의 존재를 모르고 있다. 양기문은 그렇게 위안을 삼으며 불쑥불쑥 찾아오는 두려움을 떨쳐 버렸다.

가로수가 정연하게 늘어서 있는 이 거리를 지나 골목으로 접어들면 미국 영사관 후문이 나온다. 후문은 평소에도 드나드는 사람이 별로 없는 외진 곳이다. 걸음을 재촉하는 통에 온몸에 땀이 흥건했고 숨이 차올랐다. 젊은 시절에는 조선 팔도 구석구석을 누볐고, 백두산에도 수차례 올랐지만 나이를 먹다 보니 간단한 나들이조차 힘에 겨웠다. 쉬었다 갈까. 그렇지만 선교사와 영사관 직원이 나를 기다리고 있을 것이다. 양기문은 가쁜 숨을 몰아쉬고는 골목으로 접어들었다.

"……!"

누군가 앞을 가로막고 있었다. 곧이어 옅은 안개 속에서 칼을 찬

건장한 남자들의 모습을 드러냈다. 차림새로 봐서 흑룡회 낭인들이 분명했다. 하면 저자들의 손길이 벌써 여기까지…… 양기문은 가슴이 철렁했다. 그렇지만 이럴수록 침착해야 한다. 양기문은 스스로에게 침착할 것을 타이르며 조심스럽게 걸음을 옮겼다.

"여기는 일반인들의 출입이 제한된 곳이다. 무슨 일로 이 밤에 여기에 나타났느냐?"

우두머리로 보이는 자가 어눌한 조선말로 물었다. 전신에서 풍기는 음산한 기운으로 봐서 여러 사람 목숨을 취한 자 같았다.

"나는 물장수요. 영사관에서 내일 급히 물이 소용된다고 해서 빈 통을 찾으러 왔소."

양기문이 만약의 경우를 대비해서 준비해 놓았던 말을 꺼냈다. 구로다 다케오는 양기문의 위아래를 훑어보았다. 후문은 영사관에서 일하는 하인들, 물장수를 비롯한 각종 행상들이 드나드는 곳이다. 그리고 양기문은 물장수 차림이며 물이 많이 필요할 때는 빈 통을 미리 찾아오는 경우가 왕왕 있다. 충분히 통할 구실이다. 그렇지만 우치다로부터 당부를 받은 바 있기에 그냥 보낼 수 없었다.

"그 보따리는?"

구로다가 양기문의 손에 들려 있는 보따리를 가리켰다.

"지난달 물값을 셈한 장부가 들어 있소."

미리 말을 준비 놓았기에 양기문은 주저함이 없이 답변했다.

"좋아, 그럼 보따리를 풀어 봐!"

양기문은 가슴이 철렁했다. 그만하면 보내줄지 알았는데 흑룡회 낭인들이 끝까지 물고 늘어진 것이다.

"당신들은 누구요! 왜 길을 막고 남의 장부를 보자고 하는 것이오!"

양기문은 세게 나가기로 했다. 북청 물장수들은 기질이 세다. 그리고 서로 끈끈하게 연결되어 있다. 어지간한 일이 아니면 흑룡회도 굳이 풍파를 일으키려 하지 않을 것이다.

그러나 양기문의 바람은 '스르렁'하는 소리와 함께 사라져 버렸다. 어느새 구로다의 손에 칼이 들려 있었다. 눈에 살기가 가득했다. 아무래도 그냥 넘어갈 수 없을 것 같았다. 어떻게 해야 하나. 보따리를 빼앗기면 끝이다. 양기문은 앞이 깜깜했다.

그때 삐꺽하면서 후문이 열렸다. 약조 시각이 된 모양이다. 후문까지 거리는 대략 100걸음 정도. 죽을힘을 다해서 달리면 도달할수 있을 것이다.

"억!"

양기문은 더 생각하지 않고 구로다의 정강이를 걷어찼다. 그리고 전력을 다해서 후문으로 내달렸다.

"잡아라!"

불의의 일격을 당한 구로다는 얼른 몸을 일으키며 쫓아왔다. 흑룡회 수하들이 그의 뒤를 따랐다. 저들의 추적을 뿌리칠 수 있을까. 그러나 양기문의 바람과는 달리 몸이 말을 듣지 않았다. 나이는 속일 수 없었다. 하체가 속도를 받쳐주지 못하면서 양기문은 그대로 고꾸라졌다.

"바카야로!"

번쩍하며 구로다의 칼이 달빛을 반사했다. 단칼에 날려버릴 기세였다.

"앗!"

양기문에게 다가가던 구로다가 비명을 지르며 머리를 감쌌다. 돌멩이가 날아와서 그의 머리를 강타한 것이다.

"할아버지!"

양희원이 달려왔다. 못내 걱정이 되어서 양기문의 뒤를 따라왔던 것이다.

"괜찮으세요?"

양희원이 양기문을 부축해서 일으켰다.

"나는 괜찮다. 빨리 이것을!"

양기문은 양희원에게 보따리를 건네고 다가오는 구로다를 막아섰다.

"무엇하느냐 속히 달아나거라!"

어떻게 해야 하나. 양희원은 선뜻 판단이 서질 않았다.

"개죽음을 당할 생각이냐!"

더 지체할 수 없다. 양희원은 사력을 다해 영사관을 향해 내달렸다. 곧 뒤에서 할아버지의 단말마 비명이 들렸고 이어서 흑룡회 낭인들이 허둥대며 쫓아오는 소리가 들렸다.

"희원!"

선교사가 후문에서 애타게 손짓하는 게 눈에 들어왔다. 양희원은 전력을 다해서 내달렸고, 다행히 낭인들에게 잡히지 않고 후문을 통과할 수 있었다.

곧 칼을 뽑아 든 낭인들이 쫓아왔고, 사나운 눈초리로 문을 가로막고선 선교사와 휘슬러 2등 참사관을 노려보았다.

"우리가 쫓는 자가 영사관에 들어갔소. 들어가서 잡아 오겠소!"

흑룡회 낭인 중에 영어를 할 줄 아는 자가 있었다.

"그럴 수는 없소!"

찰스 휘슬러 2등 참사관이 단호하게 거절했다.

"영사관은 공사관과 달리 치외법권이 인정되지 않소!"

흑룡회는 쉽게 물러서지 않았다. 그의 말대로 영사관은 공식적으로는 치외법권이 인정되지 않는다.

"하지만 당신들은 대한제국 경무부 소속이 아니지 않소! 일본이 대한제국의 외교권을 대리하고 있지만, 사법권과 경찰권은 엄연히 대한제국에 속해 있소!"

휘슬러 참사도 호락호락하지 않았다. 이대로 밀고 들어갈까. 그렇지만 상대는 미국 영사관이다. 흑룡회는 물론 통감부도 함부로 하지 못하는 곳이다.

"가자!"

구로다는 소태를 씹은 표정으로 퇴각을 결정했다. 아쉽게 되었지만 일을 크게 벌여서 좋을 게 없다. 특고로부터 전달받은 내용은 노인을 베라는 것이었다. 그리고 일행이 있다는 정보는 전달받지 못했다. 그렇다면 그런대로 책임을 피해 나갈 구멍을 마련한 셈이다.

역사의 병

우리땅찾기본부는 남산 기슭의 별반 크지 않은 한옥에 세 들어 있었다. 신을 벗고 들어가는 게 조금 불편했지만 고즈넉한 분위기는 시민단체의 이미지와 잘 어울리는 것 같았다.

"어서 오세요!"

함윤희가 웃으며 윤성욱과 안철준을 맞았다. 함윤희를 따라서 사랑으로 들어서자 협동간사 윤지호가 미리 와 있었다. 윤성욱과 안철준은 그와 인사를 나누고는 자리를 잡았다.

"심 선생님도 곧 오신다고 했어요."

함윤희가 둥굴레차를 내오면서 말했다. 윤성욱과 안철준은 의논 끝에 우리땅찾기본부와 행동을 함께하기로 했다. '리뷰 오브 코리안 보더'를 처음 손에 넣은 사람이 함윤희 인데다 변방고를 찾는 일은 시민단체에서 주도하는 게 좋을 거라 판단한 것이다. 지원을 기대하는 것은 힘들다. 외교부는 몸을 사리려 할 것이고, 그들만의 견고한 성을 구축하고 있는 학계는 거들떠보지 않을 테고 프로그램을 제작하기에는 아직 이르다.

"미국에서 온 문건이 김정호와 관련이 있는 것 같다고 하셨는데 그게 무슨 소리인가요?"

함윤희가 호기심 가득한 얼굴로 물었다. 윤성욱은 전화로 거기까지 얘기를 했다.

"그러니까 그게……"

윤성욱이 어디서부터 얘기를 시작할까 생각하는데 심병준이 들어섰다.

"늦었군요. 함윤희 씨에게서 중요한 얘기라고 들었습니다."

심병준이 흥미를 보였다.

"추측건대 '리뷰 오브 코리안 보더'는 대동지지의 일부로 일실된 것으로 알려진 변방고를 요약해서 영어로 번역한 것 같습니다."

윤성욱이 자신의 생각을 전하며 그간의 일을 함윤희에게 간략하게 설명했다.

"그럴 수가…… 나도 왜 미국 여자가 이런 걸 가지고 있었을까 궁금해했지만 그런 일이 있을 거라고는 상상 못 했어요."

함윤희가 놀라움을 금치 못했다.

"실은 나도 '리뷰 오브 코리안 보더'를 봤습니다. 함윤희 씨가 방송국에 보내기 전에 내게 보여주면서 자문을 구했거든요. 그저 찰스 휘슬러라는 미국인이 구한말에 대한제국을 방문하고서 수집한 고서적으로만 추측했는데 정말로 변방고라면 엄청난 발견입니다."

심병준이 흥분을 감추지 못했다.

"마침 독일에서 리히트호펜의 논문을 살피다가 관련이 있는 내용을 찾았기 때문입니다. 양쪽 어디에도 김정호와 리히트호펜이라는 이름은 나오지는 않지만 절묘하다 싶을 정도로 전후 관계가 들어맞고 있습니다."

"마치 하늘의 계시 같군요. 꼭 변방고를 찾아서 우리 땅 간도를 되찾으라는."

내내 말이 없던 윤지호가 환한 얼굴로 입을 열었다.

"사실로 밝혀지면 100분짜리 특집은 떼어 놓은 당상이지요."

안철준은 벌써부터 기대가 가득했다. 당장 본부장에게 달려가려는 것을 윤성욱이 간신히 만류하고 이리로 데려온 길이다. 아직 확인할 게 남았기 때문이다.

"벌써부터 흥분되지만 그렇다고 서두르면 안 됩니다. 이런 일은 신중히 움직여야지 허둥대다가는 되려 일을 그르칠 수 있거든요. 스모킹 건을 손에 넣을 때까지 냉정하게 행동해야 합니다."

함윤희가 차분할 것을 당부했다. 젊은 나이에도 매사에 침착하면서 단호하게 일을 처리하고 있었다.

"그럼 뭘 어떻게 해야 하지요?"

윤지호가 좌중을 둘러보며 물었다.

"우선 '리뷰 오브 코리안 보더'가 어떻게 미국인의 손에 넘어갔으며, 적혀 있는 내용이 어디까지 사실이며, 사실이라면 변방고 원본이 어디에 있는지 찾아야겠지요."

심병준이 대답했다. 당연한 말이다. 문제는 어떻게 확인하고, 어떻게 찾느냐는 것이다. 윤성욱은 아무래도 자신이 앞장서서 일을 추진해야 할 것 같았다. 당분간은 자유로운 데다 김정호와 리히트호펜을 연결지은 것도 자신이다.

"나누어서 일을 시작하기로 하지요. 카렌 휘슬러와 연락이 됩니까?"

윤성욱이 함윤희에게 물었다.

"이메일 주소를 가지고 있어요."

"좋아요. 그럼 카렌 휘슬러에게 연락해서 찰스 휘슬러의 경력에 대해서 소상히 알아봐 주세요."

"그렇게 할게요."

"추측대로 '리뷰 오브 코리안 보더'가 변방고의 발췌본이라면, 그리고 1909년과 연관 지어 생각하면 간도협약과 관련이 있을 가능성이 큽니다. 심 선생님은 조선과 청나라의 분쟁과 관련된 역사적 사실들을 소상히 체크해 주십시오."

"그러지요. 나도 간도협약과 관련이 있을 거라 예측하고 있습니다."

심병준이 고개를 끄덕였다.

"그럼 나는? 본부장에게 보고할까?"

안철준이 조바심을 냈다.

"아니, 당분간은 보류하는 게 좋겠어. 일단은 사실관계를 좀 더 확인하는 게 우선이야."

윤성욱이 고개를 가로저었다. 아직은 신중을 기할 때다. 솔직히 당장은 '리뷰 오브 코리안 보더'가 변방고의 영역본인지 여부도 확실치 않다. 리히트호펜의 논문이 아니었다면 윤성욱도 그냥 넘겨버렸을지 모른다.

"하긴, 환단고기나 화랑세기는 너무 성급했던 면이 있어. 반론에 대비해서 더 확실하게 준비했어야 했는데."

안철준이 이내 수긍했다. 환단고기와 화랑세기는 여전히 위작 취급을 받고 있다. 누구도 부인할 수 없는 명백한 증거를 확보하지 못했기 때문이다.

"일이 진척되거든 정계와 접촉하는 일은 내가 맡겠습니다."

윤지호가 정치 지망생다운 면모를 보였다.

"이만하면 일단 역할은 분담이 된 셈이로군요. 기대가 큰 만큼 험한 길이 기다리고 있을 거예요. 강단사학계에서는 회의적일 것이고 관계 당국도 소극적으로 나올 거예요."

함윤희가 전례를 감안하면서 앞길이 순탄치만은 않을 것을 환기시켰다.

"당국과 학계에서 무시하는 데 민간인이 앞장서는 거라면……우리는 일종의 의병인 셈이로군요. 역사의병."

심병준이 쓴웃음을 지으며 말했다.

"역사의병이라! 참 좋은 말입니다! 역사의병을 전면에 부각시키는 것이 좋겠습니다."

대중들의 눈길을 끌 만한 아이템이라고 판단했는지 윤지호가 즉각 찬동하고 나섰다.

"문제의 '리뷰 오브 코리안 보더'가 변방고를 발췌한 것이 확인되고, 나아가 변방고 원본을 찾는다면 국민들이 큰 관심을 보일 테고, 방송은 대박을 치겠지만 그렇다고 달라지는 게 있을까요? 이제 와서 중국이 간도를 우리에게 돌려주지는 않을 것 아닙니까?"

안철준이 조심스럽게 입을 열었다.

"일단 소중한 사실을 발견했다는 데 의의가 있겠지요. 그리고 중국의 동북공정과 탐원공정의 허구를 공박하는 데도 큰 도움이 될 것입니다."

심병준이 대답했다.

"물론 중국이 간도를 돌려줄 리 만무해요. 그렇지만 통일에 대비해서라도 사실관계는 분명히 밝혀야 해요. 우리 것을 되찾는 것과 남의 것을 빼앗는 것은 근본적으로 다른 일이니까요."

함윤희가 결연한 어조로 회합의 마무리를 지었다. 역사의병이라…… 윤성욱은 생각지도 못했던 일에 관여하게 되었다. 독일로 돌아가기 전까지 얼마나 활동하게 될지 얼마나 진척을 이룰지 알 수 없지만, 윤성욱은 힘닿는 데까지 열심히 뛰기로 했다.

∽∾∾

긴자에 자리한 고급 요정 시로이 구모는 바깥에서 보면 별로 특별한 것이 없지만 안으로 들어가면 정재계의 VIP들이 주요 고객답게 분위기부터 다른 요정들과 품격을 달리하고 있었다.

"조금 늦었습니다. 간사장이 갑자기 연락을 하는 바람에."

야나기다 헤이하치로 의원이 호기로운 걸음으로 들어섰다. 말은 그렇게 했지만 집권당 5선 의원으로 차기 간사장으로 유력시 되고 있는 정계 거물답게 별 미안한 표정 없이 당당하게 상석에 자리를 잡았다.

"이거, 바쁘신 데 공연히 시간을 내달라고 한 것 같습니다."

구로다 타다시가 점잔을 빼며 화답했다. 정계 거물 야나기다 헤이하치로와 신흑룡회 회장 구로다 타다시는 정치자금을 지원하고 그에 상응하는 이권을 챙기는 공생의 관계다.

"간사장 임기도 거의 다 된 것 같은데, 차기 간사장은 의원님께서 맡으셔야지요."

야나기다가 들어서면서 간사장 핑계를 댄 건 일종의 암시라는 걸 구로다가 모를 리 없었다.

"그게 어디 내가 앉고 싶다고 마음대로 앉는 자리입니까."

야나기다는 손을 저었지만, 눈빛에는 욕심이 가득했다. 5선이면 간사장으로는 선수(選數)가 많은 편은 아니다. 그렇지만 간사장이 되려고 요직으로 꼽히는 관방장관과 대장상을 라이벌들에게 양보한 마당이다. 그러니 무슨 수를 써서라도 꽉 움켜쥐어야 한다.

"후원회에서는 의원님이 반드시 차기 간사장이 되실 거라 믿고 있습니다."

구로다가 후원을 아끼지 않을 뜻을 비쳤다.

"그리 말씀해 주시니 든든하기 그지 없습니다. 회장님 사업도 번창하셔야지요."

구로다 타다시가 간사이 공항 면세점에 눈독을 들이고 있다는 사실을 야나기다 의원은 잘 알고 있었다. 얻는 게 있으면 내주는 게 있게 마련이고, 주는 게 있으면 받는 것도 있어야 한다. 정계 거물과 파친코 왕은 의미심장한 웃음을 주고받았다. 두주불사에 장소를 마다하지 않고 여자를 밝히는 야나기다 의원이지만 오늘은 달랑 둘만 마주 앉았다. 그만큼 긴요한 얘기가 오갈 예정이다.

"그동안 도움에 매양 감사하고 있습니다. 그런데 간사장에 선출된다는 게 지역선거를 치르는 것과는 또 얘기가 달라서……"

야나기다가 정색을 하고 용건을 꺼냈다.

"당연히 그렇겠지요. 그래서 후원회에서도 제법 큼지막한 것을 준비하고 있습니다."

구로다가 염려 말라는 표정으로 응수했다.

"고맙습니다. 그런데 스기야마 의원은 간단치 않은 상대라서……"

야나기다 의원의 표정이 흐려졌다. 6선으로 정조회장(政調會長)을 역임한 스기야마 의원은 야나기다보다 차기 간사장에 한발 앞서가고 있었다. 재벌그룹과 손이 닿아 있는 스기야마 의원은 자금 동원 능력에서도 야나기다보다 앞서 있었다. 그러니 돈만 가지고 해결될 일이 아니다.

"잘 알고 있습니다. 그래서 마련해 놓은 비장의 무기가 있습니다."

"비장의 무기라니? 혹시 스기야마에게 무슨 스캔들이라도?"

야나기다가 의외라는 표정을 지었다. 자기가 알고 있는 한 스기야마는 자기관리에 철저한 사람이다.

"그런 것들과는 차원이 다릅니다. 세간의 이목을 단박에 의원님께 집중시킬 수 있는, 그야말로 한 방짜리입니다."

이건 또 무슨 소리란 말인가. 한 방짜리라니. 그런 게 어디에 있단 말인가. 야나기다 의원이 뜨악한 표정으로 구로다 타다시를 쳐다봤다.

"센카쿠 열도입니다!"

"센카쿠 열도? 센카쿠 열도가 왜?"

야나기다는 점점 이해가 되질 않았다.

"중국이 센카쿠 열도에 대해서 두말하지 못하게 할 수 있는 문건이 있습니다."

"그게 사실입니까?"

어지간한 일에는 놀라지 않는 야나기다가 눈을 휘둥그레 떴다. 사실이라면 그야말로 한 방짜리임에 틀림이 없다.

"그렇습니다. 적절한 시기에 의원님께서 공표하시면 전 일본의 시선이 의원님에게 쏠리면서 의원님은 영웅이 되시는 겁니다."

술잔을 든 야나기다의 손이 부들부들 떨렸다. 이르다 뿐이겠는가. 그렇게 되면 간사장을 물론, 총리대신도 바라볼 수 있을 것이다.

"그 문건이 어디에 있습니까?"

야나기다는 당장이라도 달려갈 기세였다.

"진정하십시오, 의원님. 당장은 단서를 확보했을 뿐입니다. 단서를 근거로 추적 중인데 머지않아 우리 손에 들어올 것입니다."

구로다는 여기까지 말하고 야나기다의 얼굴을 빤히 처다봤다. 이번에는 당신이 보따리를 풀 차례라는 의미다.

"고다 정무관과는 얘기가 잘 되고 있습니다. 정계로 진출하려면 내 도움이 필요한 사람이니 알아서 잘 처리할 겁니다."

야나기다는 간사이 공항 면세점 건을 차일피일 미루고 있었다.

"감사합니다. 의원님께서 이렇게 신경을 써주시니 늘 든든합니다."

구로다가 흡족한 미소를 지었다.

"내년에 나리타 공항도 면세점 입주업체를 새로 선정할 예정인데 회장님께서 나선다면 그때도 도와드려야지요."

야나기다는 자신이 간사장이 되면 나리타 공항도 넘기겠다며 일을 확실하게 추진할 것을 요구했다. 나리타 공항이라는 말에 구로다의 가슴이 벌렁벌렁 뛰었다. 그곳에 입점하려면 재계 순위가 적어도 10위 안에 들어야 한다.

"감사합니다."

구로다가 환해진 얼굴로 사의를 표하고는 손뼉을 쳐서 사람을 불렀다. 이제 흠뻑 취할 일만 남은 것이다.

※

이런 걸 의기투합이라고 하는가. 이제 두 번째 만나는 것인데도 역사의병을 자처하는 다섯 사람은 오랜 동지라도 되는 양 분위기가 화기애애했고, 인사를 나누는 눈빛에는 상대에 대한 신뢰가 가득했다. 방송국 일로 눈코 뜰 새 없이 바쁠 안철준도 짬을 내서 우리땅찾기본부 사무실로 달려왔다.

"정계비와 을유년, 정해년에 걸쳤던 두 나라의 감계, 그리고 1909년의 간도협약을 살펴보았습니다."

심병준이 먼저 입을 열었다.

"알려진 대로 정계비에 새겨진 토문강에 대해서 청나라는 두만 강을, 조선은 송화강을 주장했습니다. 그래서 을유년과 정해년, 두 차례 감계를 실시했지만, 국경을 확정 짓지 못하고 있다가 청나라 세력이 조선에서 물러가면서 조선이 사실상 간도를 통치했지요."

심병준이 익히 알고 있는 사실을 부연했다.

"당시 원세개는 조선에서 무소불위의 권세를 행사하고 있었습니다. 그럼에도 밀어붙이지 못한 것은 간도가 조선 땅이라는 명확한 문건이 있었기 때문일 것입니다. 나는 그것이 대동지지의 변방고이며 '리뷰 오브 코리안 보더'는 변방고의 발췌 영역본이라 확신하고 있습니다."

심병준이 확신에 찬 표정으로 말을 이었다.

"관련된 증거가 있습니까? 심증만으로는 시청자들을 설득시키기 어렵습니다."

안철준이 물었다.

"관련 자료들을 면밀히 검토해보니 을유감계 때 종성 사람 김우식이 길잡이가 되어 감계사 이중하를 수행했다는 기록이 있습니다."

심병준이 여기까지 말하고 윤성욱에게 고개를 돌렸다. 리히트호펜의 기록에는 두 젊은이가 동방의 지리학자를 돕고 있었는데 지리학자는 그를 김과 양이라고 불렀다고 했다. 김은 흔한 성이다. 그렇지만 같은 목적으로, 같은 장소를 탐사했다면 나름대로 근거가 있는 추론일 것이다.

"김우식이 현지 길잡이였다면 양 씨 성을 쓰는 사람은 변방고 저술에 관여했던 사람일 것입니다."

윤성욱이 그동안 조사한 바를 밝혔다. 아무튼, 을유감계 때 감계사 이중하의 수행원 중에서 김우식이라는 이름을 확인한 것이다. 그렇다면 양 씨는 김정호의 제자로 변방고를 소장하고 있었을 가능성이 크다.

이것으로 리히트호펜의 기록과 '리뷰 오브 코리안 보더'에 기재되어 있는 내용이 다른 문헌에 의해서 확인되었다. 상당한 진전이다.

"일이 재미있게 돌아가는 걸."

안철준이 눈을 반짝였다. 잘하면 특종을 잡을 것 같았다.

"카렌 휘슬러로부터 이메일이 왔어요."

노트북을 들여다보고 있던 함윤희가 소리쳤다.

"찰스 휘슬러는 카렌 휘슬러의 남편인 브라이언 휘슬러의 조부인데 외교관으로 20세기 초에 아시아에 주재했었다고 해요."

"그렇다면 김정호의 제자로 추정되는 양 씨 성을 쓰는 사람이 1909년 당시 미국 영사관 직원이었던 찰스 휘슬러에게 발췌본을 전했을 가능성이 크군요. 양 선생, 그 사람을 앞으로는 그렇게 부르겠습니다. 그러나 일본과 가스라-태프트 밀약을 맺은 미국은 양 선생의 바람과 달리 대한제국의 편이 되어주지 않았습니다."

심병준이 단숨에 말해버렸다. 역사적 사건과 밝혀진 사실로 미뤄봐서 충분히 일리가 있는 추론이다.

"하면 양 선생이 왜 미국 영사에게 발췌본을 건넸을까요?"

함윤희가 의문을 제기했다.

"자료들을 면밀히 검토한 결과 을유년 감계 당시 오웬 N 데니, 조선식 이름이 덕니(德尼)인 미국 외교관이 조선에 외교 고문으로 주재했는데 조선에 상당히 우호적이었습니다."

심병준은 철저하게 조사를 했다.

"그래서 양 선생이 미국에 기대를 걸었군요."

안철준이 고개를 끄덕이며 추론에 동조했다.

"제대로 건진 것 같군요. 철저하게 밝혀서 국민의 관심을 이끌어내고, 정부 당국을 강하게 압박해야 할 것입니다."

윤지호가 흥분을 감추지 못했다. 그런 윤지호를 보면서 윤성욱은 내심 걱정이 되었다. 지금 필요로 하는 것은 명확한 자료를 확보하고 사실관계를 확인하는 것이다. 떠들썩 일을 벌여서 세인의 이목을 끄는 것은 오히려 역효과를 부를 수 있다. 아무튼, 이것으로 급한 대로 할당했던 일들은 마무리를 지은 셈이다.

"정황이 맞아떨어지고 있지만 그래도 신중을 기해야합니다. 아직은 추론에 불과한 것이 많고, 변수도 발생할 테니까요."

윤성욱은 그렇게 운을 떼고 자리를 함께하고 있는 사람들에게 차례로 시선을 주었다. 모두들 윤성욱의 말에 귀를 기울이고 있었다.

"속히 변방고 원본을 찾아내야 합니다. 막막하지만 관련자들을 만나보고, 계속해서 문헌을 살피다 보면 단서를 건질 수 있을 것입니다. 그리고 현지답사도 병행하는 것이 좋겠습니다. 그래서 변방고의 내용이 사실임을 밝혀야 합니다."

"현지답사라면 어디를?"

함윤희가 물었다.

"간도와 백두산 일대를 답사해야겠지요."

그와 관련해서 '리뷰 오브 코리안 보더'에 간략한 내용이 기재되어 있었다. 윤성욱은 우선 그것을 확인할 생각이었다.

"그러는 게 좋겠네요. 문헌을 살피는 일은 심 선생님에게 부탁드리도록 하겠습니다. 하면 답사는 누가 맡죠?"

함윤희가 일행을 둘러보며 물었다.

"윤희 씨하고 윤 선생이 맡는 게 좋을 것 같군요. 윤성욱 선생은 필드 워크에 경험이 많고 윤희 씨는 오랫동안 이 일에 매달려 왔으니까 두 사람이 힘을 합치면 시너지 효과가 클 것입니다."

안철준이 얼른 대답했다. 함윤희가 고개를 끄덕이고는 윤성욱에게 시선을 돌렸다. 윤성욱은 난처했다. 보름 후면 독일로 돌아가야 한다.

"그렇게 하겠습니다."

그렇다고 이제 와서 발을 쏙 뺄 수는 없었다. 일이 엉뚱한 방향으로 튀었지만, 혹시라도 리흐트호펜과 관련해서 새로운 사실을 알게 된다면 디펜스에 큰 도움이 될 것이다.

"나는 데니와 관련된 기록을 빠뜨리지 않고 살피도록 하겠습니다."

심병준이 침착한 태도로 입을 열었다. 대할수록 믿음이 가는 사람이다.

"내 생각도 그래요."

함윤희가 눈을 반짝였다. 가정과 사실을 하나씩 연결해 가다 보면 결정적인 실마리를 건질 수 있을 것이다.

"미국 국무부를 통하는 일은 내가 맡겠습니다."

안철준이 나섰다. 하긴 안철준이 아니면 그 일을 제대로 해낼 사람이 없을 것이다.

"우리 잘 해봐요. 전문적인 지식은 없지만 길 찾고 사람 상대하는 거라면 자신 있어요. 그리고 중국어라면 어느 정도 의사소통도 되거든요."

함윤희가 현지 답사팀 동료가 된 윤성욱에게 손을 내밀었다.

"그러지요."

윤성욱이 함윤희의 손을 잡았다.

"백두산은 북한 쪽은 들어갈 수 없으니까 일단 중국 쪽만 탐사하기로 하지요."

함윤희는 일단 몸으로 부딪히는 쪽을 선호하는 현장 타입이다. 그렇다면 꼼꼼하고 신중한 성격의 윤성욱과는 좋은 콤비를 이룰 수 있을 것이다.

"하면 나는 문헌 확인팀과 현지 답사팀을 도울 수 있는 일이 무엇인지 알아보겠소."

딱히 할 일이 없는 마당임에도 윤지호는 사뭇 흥분된 얼굴로 스스로에게 역할을 부여했다. '리뷰 오브 코리안 보더'가 변방고 발췌본이라고 하더라도 그걸 가지고 어떻게 변방고 원본을 찾을 수 있을까. 거대한 장벽이 앞을 가로막고 있는 기분과 동시에 장벽 너머에서 변방고가 애타게 주인을 찾고 있는 느낌이 동시에 밀려왔다.

༄

구로다 타다시가 내실로 들어서자 이와나미와 도모나가가 정중하게 예를 표했다. 구로다는 자신 소유인 시부야의 20층짜리 건물 펜트하우스에 신흑룡회 회장실을 마련해 놓고 있었다. 회장실 안쪽에 따로 마련되어 있는 내실은 건물 밖과 비밀 통로로 연결이 되어 있어서 사람들을 은밀히 만날 때 주로 쓰이고 있었다.

"야나기다 의원을 만난 일은 잘됐습니까?"

이와나미가 물었다.

"물론이지요. 지금 상황에서 그보다 더 매력적인 선물은 없을 테니까."

구로다가 회심의 미소를 지었다. 나리타 공항을 선뜻 약속한 것은 그만큼 야나기다 의원이 애를 태우고 있다는 뜻이다.

"조선왕조실록을 비롯한 관련 자료들을 샅샅이 뒤졌습니다. 그 결과 문제의 문건은 김정호라는 조선 지리학자가 저술한 변방고로 추정됩니다."

이와나미가 그동안의 조사결과를 보고했다. 조교들을 총동원한 결과였다.

"변방고? 그런 게 있었나?"

"조선의 국경을 다룬 내용인데 무슨 이유에서인지 대동여지도 지리지에서는 빠져 있더군요."

"하면 조선인이 그걸 미국 영사관에 전달하려 했단 말이오?"

"원본은 아니고 영역 발췌본일 겁니다."

"하면 원본은?"

"여태 보존되어 있다면 한국, 아마도 서울 어디엔가 은닉되어 있을 것으로 추정됩니다."

"보존되어 있다면……? 하면 없어졌을 수도 있단 말이오?"

구로다가 조급한 표정으로 물었다. 그렇게 되면 야나기다 의원에게 공수표를 날린 꼴이 된다.

"오래전의 일이고 그동안 여러 사건들이 있었으니 가능성을 배제할 수는 없지만, 그보다는 아무도 모르는 곳에 보관되어 있을 가능성이 더 큽니다. 아무튼, 여태 세상에 모습을 드러내지 않은 것은 분명합니다. 변방고가 발견되었다면 한국에서 떠들썩했을 테니까요."

원본은 따로 있는데 여태 공표되지 않았다면 어딘가에 은닉되어 있었을 것이다.

"통감부 특고의 보고서에도 유용한 정보를 건졌습니다. 다행히 조선에서 철수할 때 잘 챙겨왔는데 당시 상황이 비교적 소상하게 기록되어 있었습니다."

도모나가가 나섰다. 옛 동료들에게 부탁해서 경시청 문서 보관실을 뒤졌던 것이다.

"다행이로군."

"당시 흑룡회의 손에 의해 처단된 자는 양기문이란 인물인데 이와나미 선생이 조사한 것과 종합해 보면 김정호의 제자로 나중에 조선과 청나라가 국경을 정할 때도 관여했던 인물인 것 같습니다."

"양기문이라…… 하면 그자가 원본을 가지고 있었을 확률이 높군. 그런데 그자는 흑룡회원의 손에 주살되었다고 하지 않았나? 하면 발췌본은 어떻게 미국에 넘어간 거야?"

"양기문의 손자 양희원이 미국 영사관에 넘겼다고 합니다. 특고의 기록에는 그가 문건을 번역한 것으로 되어 있습니다."

"왜 신병 인도를 요청하지 않았지?"

"미국 영사관에서 완강히 거부했다고 합니다."

"무슨 소리인가! 당시 조선은 대일본제국의 식민지 아니었나!"

구로다가 언성을 높였다.

"당시는 합병 전이라 통감부는 외교권만 행사했고, 치안은 여전히 대한제국 소관이었습니다."

이와나미가 보충 설명을 했다.

"양희원은 영사관에서 지내다가 미국 선교사를 따라서 미국으로 간 것으로 되어 있습니다.”

도모나가가 나머지를 보고했다.

“혹시 원본을 가지고 간 게 아닐까?”

“당시 급박했던 상황으로 봐서 그렇지는 않을 것입니다.”

“하면 조선 땅 어디에 은닉되어 있다는 얘기인데…… 너무 오래 전의 일이잖아.”

구로다는 입맛이 썼다.

“아직 실망할 때가 아닙니다.”

이와나미가 구로다의 눈치를 살피면서 말을 조심스럽게 꺼냈다.

“통감부와 조선 총독부의 기록 중에서 변방고에 관련된 부분이 제법 있습니다. 간도와 관련된 자료여서 특별관리를 했던 것 같습니다. 급히 오느라 상세히 살피지 못했지만, 반드시 중요한 단서가 있을 겁니다.”

“그렇다면 다행이군.”

구로다의 표정이 조금 풀렸다.

“그리고 당시 미국 영사관 직원의 정보를 알아냈습니다. 찰스 휘슬러라는 자였는데 그의 행적을 추적해 보며 추적의 실마리를 얻을 수 있을 겁니다.”

도모나가가 자신감 있는 얼굴로 말했다. 이런 일을 전문으로 하는 사람들에게는 동물적 감각이 있다.

“좋아, 경비는 얼마든지 지원할 테니 가능한 수단을 다 써!”

구로다 타다시가 허리춤에 손을 가져갔다. 결전을 다짐할 때 본능적으로 나오는 행동이다.

백두산

북파산문은 관광객들로 붐볐다. 이도백하(二道白河)의 거리는 간체자로 쓰인 간판을 빼면 한국의 지방 소도시와 별반 다를 바 없었다. 6월로 접어들면서 성수기가 시작되면 이보다 훨씬 많은 인파가 북적일 것이다. 비수기라서 비교적 저렴한 가격에 백두산을 여행하게 되었는데 일기변화가 심해서 천지를 제대로 볼 수 있을지 걱정이다.

함윤희는 그런대로 현지 사정에 밝고, 서툰 대로 중국말로 의사소통을 할 수 있어서 백두산이 초행인 윤성욱에게는 큰 도움이 되었다. 자금이 넉넉하지 못해 연길에서는 둘이 같은 방을 써야 했는데 함윤희는 별로 불편해하지 않았다. 옷을 갈아입을 때만 잠깐 자리를 비켜주는 것으로 충분했다. 눕자마자 금세, 그리고 업어가도 모를 정도로 깊은 잠에 드는 걸 보면서 윤성욱이 도리어 당혹스러웠다.

"동북공정이 추진되면서 분위기가 예전과 달라요."

이미 여러 차례 백두산과 간도 일대를 방문했던 함윤희는 중국 당국에서 관리하는 리스트에 올라 있는지 입국심사 때부터 유독 까다롭게 구는 것 같았다.

"지금은 일기가 쾌청하지만, 이곳 날씨는 언제 어떻게 변할지 몰라서 천지를 본다고 장담할 수 없어요."

함윤희가 하늘을 올려다보며 말했다. 아직은 조금 쌀쌀한 편인데도 많은 관광객들이 백두산에 오르려 하고 있었다. 한국인과 중국인들이 뒤섞여 있었는데 이런저런 기념품들을 파는 현지 상인들은 용케도 두 나라 사람들을 구별해 가면서 각각 중국말과 한국말로 호객행위를 하고 있었다. 얼핏 보니 70년대 유원지에서 팔던 조악한 수준의 물건들로 대부분의 한국인 관광객들은 거들떠보지 않았다.

"저런 물건들을 사는 사람들이 있나요?"

윤성욱은 거저 줘도 싫을 것 같다는 생각이 들었다.

"동포를 돕는다는 뜻으로 사는 사람들이 있어요."

"하면 저들은 조선족인가요?"

"꼭 그렇다고만은 할 수 없어요. 여기에서 한국말을 하는 사람들은 네 부류로 나눌 수 있지요."

상인이 다가오자 함윤희가 손을 내저으며 거절했다.

"첫째 부류는 관광객이거나 현지에서 사업을 하는 대한민국 사람이고, 둘째 부류는 현지에 거주하는 조선족이지요. 셋째 부류는 북한 사람들이고 마지막은 북한에 거주하는 중국 화교들이에요. 각자의 입장들이 다 다르니 한국말을 한다고 쉽게 믿어서는 안 돼요."

"그렇군요. 탐사 현장에는 많이 나가봤지만, 관광지는 처음이에요."

윤성욱이 고개를 끄덕이는데 잡상인이 다가왔다. 나이가 제법 들어 보이는 사람인데 손에는 목걸이며 소형액자, 부채 그리고 용도가 뭔지 모를 물건들을 들고 있었다. 전부 장백산관광기념이라고 새겨져 있었다.

"기념품입니다. 선물매장보다 많이 쌉니다."

남자가 어눌한 말로 호객행위를 했다. 방금 함윤희에게 들은 말도 있어서 손을 내저으려던 윤성욱은 남자와 눈이 마주치는 순간 주춤했다. 왠지 여타의 행상들과 다르다는 느낌을 받은 것이다. 잡상인이지만 어딘지 모르게 기품이 느껴졌고, 호객행위를 할지언정 비굴한 자세가 아니었다.

"안 사요!"

윤성욱이 머뭇거리자 함윤희가 대신 나서며 단호한 말투로 거절했다. 두말없이 돌아서는 남자를 보며 윤성욱은 조금 미안한 마음이 들었다. 지긋한 나이에 호구지책으로 동포들을 상대로 싸구려 기념품을 들고 호객행위를 하는 게 안쓰러웠다.

"마음은 알겠지만, 정에 끌리면 한이 없어요."

함윤희가 머쓱해하는 윤성욱에게 조언을 했다. 그러고 보니 그동안은 줄곧 학교라는 울타리에서만 살았다. 연구와 조사로 다람쥐 쳇바퀴 돌 듯 정신없이 살면서 힘든 일을 많이 겪었지만 그래도 바깥세상에 비하면 온실에서의 삶이었을 것이다. 허탈해하는데 휴대폰이 울렸다. 안철준이었다.

"야, 큰 거 건졌다."

안철준의 목소리가 들떠 있었다.

"미국 국무부 문서 보관처에 알아봤더니 오윈 N 데니가 당시 미국 정부에 송부한 보고서가 보관되어 있었어."

그렇다면 희소식이다. 윤성욱의 얼굴이 환해지자 함윤희가 스피커폰으로 바꾸라는 제스처를 보냈다.

"데니가 국무부에 보낸 보고서에 라스트 네임이 김과 양인 두 사람이 대한제국의 실무진으로 회합에 참여했는데 김은 현지 가이드였고, 양은 서베이어라는 기록이 있다고 하는데 양은 국경과 관련된 상세한 자료를 가지고 있었으며 재탐사(정해감계 1887년)를 주도했다고 하는데."

윤성욱은 가슴이 요동쳤다. 추론이 착착 맞아떨어지고 있었다. 변방고는 실재했고, 원세개의 강압으로부터 조선의 영토를 지켜냈던 것이다. 양 선생은 김정호의 제자가 틀림없었다. 그렇다면 변방고는 지금 어디에 있을까. 온전히 보존되어 있을까. 그런데 찰스 휘슬러에게 발췌본을 넘긴 사람은 누굴까. 여전히 안개 속이지만 그래도 실체가 조금씩 드러나고 있었다.

"우리 추측이 정확하게 들어맞았군요. 벌써부터 힘이 나는데요."

함윤희가 환해진 얼굴로 말했다.

마침내 차례가 되었다. 두 사람은 셔틀버스에 올랐고, 버스는 백두산을 향해 출발했다. 과연 백두산행에서 괄목할 만한 성과를 거둘 수 있을까. 기록을 살피는 쪽은 일이 순조롭게 진행되었지만, 현장도 일이 잘 풀릴까. 백두산이 가까워지자 윤성욱은 은근히 걱정이 되었다.

감계의 주요쟁점이었던 오도백하의 토퇴와 석퇴 흔적을 확인할 수 있을까. 쉽지 않을 것이다. 북한지역으로 들어갈 수 없으니 수원(水源)을 확인하는 것은 불가능하다. 윤성욱은 확인이 가능한 것부터 차근차근 살펴보기로 했다. 오랜 세월이 흘렀고, 많은 제약이 따르고 있지만 그래도 대자연은 쉽게 변하지 않는다. 160여 년 전에 비장한 각오로 일대를 누볐을 김정호의 열정을 되새기며 윤성욱은 각오를 다졌다. 미완으로 남은 김정호의 꿈을 완수하는 것이 자신의 사명일 것이다.

'고산자 선생님, 많이 모자라지만 후배가 최선을 다해서 선생님의 원지를 받들겠습니다.'

윤성욱은 파란 하늘을 올려다보았다. 백두산 생태계가 이런 모습이었나. 윤성욱은 차창 밖으로 보이는 낯선 듯 익숙한 풍경에서 눈길을 떼지 못했다. 아직은 날이 차고, 고산지대여서 꽃을 구경하기 힘들 줄 알았는데 마치 환영이라도 하듯 갖가지 고산종 꽃들이 만개해 있었다.

그렇지만 낯선 것에 대한 호기심과 백두산 여행의 설레임은 여기까지였다. 도중에서 봉고차로 갈아타야 했는데 이후로 30여 분간은 목숨을 건 드라이브였다. 봉고차 운전자는 좁고 가파르고, 험한 길을 맹렬한 속도로 차를 몰았고, 사방에서 비명이 터져 나왔다. 이대로 구르면 끝이다. 더럭 겁이 난 윤성욱은 손잡이를 꽉 잡았다.

"이건 아무것도 아니에요. 내려올 때는 정말 롤러코스터를 탄 기분이지요."

함윤희가 웃으며 말했다. 그녀 말대로 맞은 편에서 봉고차들이 꼬리에 꼬리를 물고 내려오고 있는데 내리막길에서도 전혀 속도를 늦추지 않고 있었다. 저 차를 타고 내려올 생각을 하니 윤성욱은 벌써부터 걱정이 되었다.

덜컹거리고, 흔들거리며 봉고차가 무사히 천문봉에 도착했다. 윤성욱은 탈출하는 기분으로 얼른 차에서 내렸다. 이것이 천지란 말인가. 눈앞에 펼쳐진 정경을 대하는 순간 잡념이 싹 가셨다. 파란 하늘에 광활한 호수. 맑은 물. 마침내 민족의 성지인 영산 백두산에 오른 것이다.

"운이 좋네요. 나도 이렇게 맑은 날은 처음이에요."

함윤희가 소녀처럼 기뻐했다. 관광객들은 천지에 오른 것을 기뻐하면서 삼삼오오 팀을 이루며 기념 촬영을 했지만 두 사람은 그들처럼 즐길 수만은 없었다. 윤성욱은 주위를 둘러보았다. 북파코스는 천지를 한눈에 조망할 수 있지만 직접 천지로 갈 수 없기에 쳐다보는 것으로 만족해야 한다. 어쨌든 북한과 접경을 이루는 곳이라 곳곳에 공안이 배치되어 있었다.

"그 옛날에 김정호가 여기에 올라서 토문강 수원 탐사를 했다니, 생각할수록 감개가 무량해요."

윤성욱은 밀려오는 흥분을 자제할 길이 없었다. 백두산 탐사는 지금도 쉬운 일이 아닌데 어떻게 그 시절에 여기까지 올라왔단 말인가. 사명의식이 없으면 불가능한 일이다.

"선조들이 힘들여 지킨 땅이에요. 반드시 되찾아야 해요."

함윤희가 동감을 표하고는 남쪽으로 시선을 돌렸다. 그리고 곧 입에서 한숨이 새어 나왔다. 오도백하가 복류하는 지점을 확인하려면 그쪽으로 가야 하는데 거기는 북한 영토다.

"안타까운 일이지만 일단은 가능한 것부터 시작하지요."

함윤희는 윤성욱의 말에 고개를 끄덕여 동감을 표하고는 발길을 돌렸다. 윤성욱은 다시 한번 천지에 눈길을 주고는 함윤희의 뒤를 따랐다. 아쉽지만 내려가야 할 때가 되었다. 다음에는 북한 쪽에서 올라올 수 있었으면 하는 생각을 하며 윤성욱도 봉고차에 몸을 실었다.

각오는 했지만 그래도 코너를 돌 때마다 가슴이 철렁 내려앉았다. 놀이공원에서 롤러코스터를 탈 때보다 공포가 열 배는 되는 것 같았다. 그저 여태 한 번도 사고가 난 적이 없었다는 말을 믿는 수

밖에 없었다.

"겁이 나세요?"

함윤희가 웃으며 물었다.

"조금……"

겁먹은 모습을 보이고 싶지는 않았지만 그렇다고 아니라고 대답할 수는 없었다. 윤성욱은 그저 빨리 이도백하에 도착했으면 하는 마음이었다.

"큰 기대를 걸지는 않았지만 그래도 이대로 돌아가는 것은 허무한 것 같아요."

함윤희는 미련이 남는지 뒤를 돌아보았다. 안타깝기는 윤성욱도 마찬가지다.

"유전도 시추공을 수백, 수천 개 뚫어야 기름이 나온다고 합니다. 당장은 얻는 게 없더라도 축적된 경험이 현장답사의 자산이 되지요."

윤성욱이 허탈해하는 함윤희를 위로했다. 사실 서두른 감이 없지 않았다. 어쩌면 촉박한 자신의 일정 때문일 수도 있다.

가슴을 졸인 끝에 무사히 삼거리에 도착한 윤성욱은 셔틀버스로 갈아탔다. 이제부터는 가슴 철렁하는 일을 겪지 않아도 좋을 것이다.

그런데 정작 큰일은 터미널에 당도하고서 발생했다. 윤성욱과 함윤희가 셔틀버스에서 내리자 마치 기다리고 있었다는 듯 공안이 두 사람에게 다가오더니 여권을 보여달라고 했다. 왜 우리 둘만…… 이상한 생각이 들었지만 두 사람은 이유를 묻지 않고 여권을 제시했다. 기분이 상했지만 문제 될 것이 없으니 크게 신경 쓰지 않아도 될 것이다.

"확인할 게 있으니 따라오시오."

사복을 입은 사람이 강압적으로 윤성욱과 함윤희에게 따라올 것을 지시했다. 어느 틈에 공안들이 두 사람을 에워쌌다.

"왜 그래요? 우리는 대한민국 관광객이에요."

함윤희가 언성을 높이며 항의했다.

"조사할 게 있으니 따라오라는 것 아니오!"

사복이 버럭 언성을 높였다. 분위기가 심상치 않게 돌아가자 다른 관광객들이 걱정스러운 표정으로 두 사람을 지켜보았다.

"정당한 이유 없는 연행에 응하지 않겠어요!"

공안이 인상을 험하게 썼지만, 함윤희는 조금도 주눅이 들지 않았다.

"당신들은 중국법을 위반했소."

사복이 도끼눈을 하고 두 사람을 노려보았다. 뭘 위반했다는 말인가. 아무리 생각해 봐도 특별히 위배되는 행동을 한 기억이 없었다.

"일단 가서 자세한 내용을 알아보는 게 좋겠습니다. 더 버티면 공무 집행 방해가 추가될 수 있으니까요."

관광 가이드가 충고를 했다. 함윤희는 가이드의 충고를 받아들이기로 했다. 어쨌거나 여기는 중국이고, 중국은 사회주의국가다. 대한민국과 다른 점이 많이 있다.

"왜 이러는 겁니까?"

윤성욱이 함윤희에게 물었다.

"나도 몰라요. 무슨 오해가 있는 모양인데, 잘못한 게 없으니까 곧 풀려날 거예요."

함윤희가 뾰로통한 얼굴로 대답했다. 동북공정이 추진되면서 한국인에게 고구려 유적지 출입을 막는 일은 있었지만 연행을 한 적은 없었다. 하물며 두 사람은 백두산 관광만을 했을 뿐이다.

"당신은 우리땅찾기본부라는 시민단체 간부요?"

공안에 이르자 사복은 윤성욱을 힐끗 쳐다보고는 함윤희를 심문하기 시작했다. 이 사람이 내가 우리땅찾기본부 소속이라는 걸 어떻게 알고 있을까. 함윤희는 일이 간단치 않을 것이라는 생각이 들었다.

"그런데요?"

"어디 어디에 들를 예정인지 하나도 빼놓지 말고 얘기하시오!"

사복이 험악한 인상으로 물었다. 고분고분 응대할 것인가. 아니면 세게 나갈 것인가. 함윤희는 선뜻 판단이 서질 않았다. 중국 입장에서는 우리땅찾기본부가 마땅치 않은 존재겠지만 그렇다고 공안이 출동해서 연행할 만큼 이름이 있고 영향력이 큰 단체는 아니다.

"무슨 일인지 몰라도 잘못한 게 없는 마당이니 조사에 순순히 응하는 게 좋겠습니다."

윤성욱이 조심스럽게 말했다. 그게 좋을 것 같았다. 함윤희는 고개를 끄덕이고는 일정을 밝혔다.

"서파 쪽으로 백두산 관광을 한 후에 연길로 가서 한국으로 돌아갈지, 길림성 일대를 더 여행할지 결정할 거예요."

함윤희가 사실대로 얘기했다.

"여행을 불허하겠소! 연길에서 한국으로 돌아가시오! 제일 빠른 비행기를 타고!"

사복이 단호한 어조로 출국을 지시했다.

"우리는 중국 인민이 아니에요! 그러니 여행을 하는데 공안의 허가는 필요 없어요!"

함윤희는 세게 나가기로 했다. 말도 안 되는 간섭을 받아들일 이유가 없었던 것이다.

"그렇다면 우리는 당신들을 중국법에 따라 구금할 수밖에 없소!"

사복이 큰 소리로 윽박질렀다.

"대한민국 영사관에 연락하겠어요!"

"우리가 벌써 심양의 당신네 영사관에 통보를 했소! 어쩌면 지금쯤 우리 대사관에서 한국 외교부에 강력하게 항의하고 있을 것이오!"

이건 또 무슨 소리인가. 대사관과 외교부가 왜 여기에…… 함윤희는 뭔가 일이 잘못되고 있다는 것을 직감했다. 그리고 궁금해하는 윤성욱에게 지금까지의 대화 내용을 전했다.

"뭔가 일이 단단히 꼬인 모양이로군요."

윤성욱의 표정이 굳어졌다. 단순한 착오가 아닌 게 분명했다. 사복은 당황해하는 두 사람을 일견하더니 신문 한 장을 건넸다. 윤성욱과 함윤희는 얼른 신문으로 눈길을 돌렸다. 한국의 일간지였다.

"……!"

기사를 훑던 윤성욱과 함윤희는 놀라서 소리를 지를 뻔했다. 사회면 톱에 '고산자 김정호의 대동지지 중에 낙질되었던 변방고의 존재가 확인되었는데 변방고는 간도가 한국 땅이라는 사실을 밝혀줄 소중한 사료'라는 기사가 실려 있었던 것이다. 어떻게 이런 기사가…… 그것은 역사의병들 밖에 모르는 사실이다.

"당신이 우리땅찾기본부 간사라는 사실을 우리는 알고 있소!"

사복이 버럭 소리를 질렀다.

"우리땅찾기본부 간사인 것은 맞지만 지금은 그냥 백두산을 관광하러 온 것뿐입니다."

함윤희가 해명했다.

"우리는 당신들이 간도를 한국 영토라고 주장하고 있다는 사실도 알고 있소. 간도 그러니까 길림성은 엄연한 중국 영토요! 중국과 조선의 국경은 1964년에 양국의 합의에 따라 정해졌소!'"

사복이 도끼눈을 뜨고 두 사람을 노려보았다.

"길림성이 중국 영토라는 걸 부정하는 게 아닙니다. 다만 간도가 어떤 과정을 거쳐서 중국 영토가 되었는지를 밝히려는 것입니다."

함윤희는 한발 물러서기로 했다.

"그 말이 그 말이지 않소! 하면 당신들은 일본인이 저들에게 유리한 자료를 내세우면서 독도는 일본 땅이라고 주장하면 가만히 있겠소!"

사복이 매몰차게 몰아붙였다.

"추방에 응하지 않으면 중국법으로 처리하겠소!"

사복이 마지막 경고임을 분명히 했다. 중국은 한국과 다르다. 정말로 구속될 수도 있다. 나중에야 어떻게든 풀려나겠지만 험한 꼴을 각오해야 할 것이다. 상황이 이렇다면 대한민국 외교부에서 적극 나서줄 것을 기대하기도 힘들다.

"그렇게 하겠습니다."

윤성욱이 수락했다. 급한 불을 끌 필요가 있었다. 함윤희가 묵묵부답으로 동의하자 사복은 사납게 노려보고는 속히 연길로 돌아갈 것을 요구했다.

호텔로 돌아온 두 사람은 서둘러 짐을 꾸렸다. 중국을 떠날 때까지 감시가 붙을 것이다. 그리고 조그마한 꼬투리라도 잡히면 잡아넣으려 할 것이다.

"자세한 사정을 알아봐야겠어요."

함윤희가 휴대폰을 꺼내 들었다. 몇 번 신호가 가더니 심병준의 목소리가 들렸다.

"심 선생님, 어떻게 된 건가요? 중국 공안에서 당장 중국을 떠나라고 하는데?"

"윤지호가 일을 저질렀소."

휴대폰에서 심병준의 풀죽은 목소리가 들렸다.

"그게 무슨……?"

"내게는 일언반구 상의도 없이 기자회견을 자청하고는 변방고의 존재를 밝혔소. 간도를 되찾을 수 있는 결정적인 증거를 확보하게 되었다면서."

하면 윤지호가 그예 사고를 쳤단 말인가. 함윤희는 분노가 치밀었다. 경계를 안 했던 것은 아니지만 그래도 이렇게 뒤통수를 맞게 될 줄이야. 정치 지망생인 윤지호는 스포트라이트를 받는 일이라면 장소를 마다하고 얼굴을 디미는 사람이다. 역사의병에 합류한 것도 간도 자체보다는 세인의 눈길을 끌 만한 소재라고 판단했기 때문일 것이다. 망연자실해 하는 함윤희를 보며 윤성욱은 안철준에게 전화를 걸었다.

"나야, 어떻게 된 거야? 중국 공안에서 난리를 치는데."

"벌써 조치를 취했나? 윤지호가 한 건 크게 했다."

"방금 얘기 들었어. 너라도 말렸어야지."

"짐작이나 했나? 이제 어떻게 하지? 중국도 중국이지만 외교부에서도 브레이크를 걸고 나설 텐데."

변방고를 추적하는 일은 기밀을 요했다. 아직 변수가 많고, 직간접으로 이해가 얽히는 사람들이 있기 때문이다. 그런데 이렇게 만천하에 공표되었으니 프로젝트를 전면 수정해야 할 것이다.

"일단 돌아가서 생각해 봐야지. 앞으로 윤지호와는 일체의 정보를 공유하지 마."

"나타나지도 않을 걸. 저 볼 일 다 봤으니까. 아무튼 알겠으니 속히 돌아와. 영사관 찾아가 봤자 별 도움이 안 될 테니까."

안철준이 걱정을 하며 통화를 끝냈다. 일이 이렇게 되었으니 속히 연길로 돌아가서 비행기를 타는 수밖에 없다. 윤성욱과 함윤희는 허탈한 심정으로 서로를 쳐다봤다.

그때 노크 소리가 났다. 또 누가…… 윤성욱이 조심스럽게 문을 열자 나이가 지긋한 남자가 서 있었다. 차림새며 커다란 가방을 들고 있는 것으로 봐서 현지인 행상 같았다.

"필요 없습니다."

윤성욱은 손을 내저었다.

"물건을 팔려는 게 아닙니다."

남자가 문을 닫으려는 윤성욱을 황급히 저지했다. 조선족인지 한국말을 했다.

"들어가서 얘기하면 안 되겠습니까?"

남자는 간절한 눈빛으로 윤성욱에게 부탁했다. 대체 왜 이러는 걸까. 어쨌거나 모른 체하기에는 너무도 간절한 눈빛이었다. 윤성욱은 고개를 끄덕이며 문을 열어주었다.

윤성욱이 남자를 데리고 들어오자 함윤희가 깜짝 놀랐다.

"이 사람이 긴히 할 얘기가 있다고 해서."

윤성욱은 함윤희의 얼굴에 경계심이 이는 것을 보면서 '내가 경솔했구나' 하는 자책이 일었다.

"공안에게 당신들이 심문을 받는 것을 들었습니다."

남자가 잔뜩 긴장한 얼굴로 입을 열었다.

"아까도 예사 관광객이 아닌 것 같다는 생각을 했습니다."

그러고 보니 남자는 버스를 타려고 할 때 호객행위를 했던 그 사람이었다.

"그래서요?"

함윤희가 대차게 되물었다. 조그마한 허물도 보이지 않겠다는 단호한 자세였다.

"나는 오래전에 탈북한 사람입니다. 그런데 내가 북한에 있을 때 가지고 있던 물건이 당신들에게 소용이 될 것 같아서 찾아왔습니다."

남자가 조심스럽게 입을 열었다.

"혹시 태조 이성계가 쓰던 활을 가지고 있나요? 아니면 세종대왕의 친필 서한?"

함윤희가 비아냥거렸다. 허술한 한국 관광객을 상대로 북한에서 몰래 반출한 국보급 보물이라고 속여서 가짜 골동품을 파는 행상들이 종종 있다.

"그런 게 아닙니다. 아까 얼핏 들으니까, 간도 얘기가 나오길래……."

이 사람이 왜 그 얘기를? 윤성욱과 함윤희는 의혹 가득한 눈길로 남자를 살폈다. 어쩌면 공안에서 파놓은 함정일 수도 있다.

"내 이름은 채명석입니다. 양강도 삼지연에서 살다가 20여 년 전에 탈북을 했지요. 북한에 있을 때는 인민학교에서 교편을 잡고 있었습니다."

채명석의 나이는 얼추 60세 전후로 보였다. 그렇다면 40세 전후에 탈북을 했을 것이다.

"용건이 무엇입니까?"

윤성욱은 일단 채명석을 상대하기로 했다. 눈빛이 너무도 간절했던 것이다. 그렇지만 함윤희는 여전히 경계심 가득한 눈길로 채명석을 쳐다보았다.

"삼지연에서 중학교를 다닐 때 선생님으로부터 간도는 조선 땅이라는 말을 들었습니다."

채명석은 거기까지 말하고 두 사람의 눈치를 살폈다.

"선생님은 민족의식이 강했던 분 같군요."

윤성욱이 적당한 거리를 두며 상대했다.

"선생님은 조선과 중국이 국경을 정할 때 반대를 하셨습니다. 간도는 우리 땅이라고 하시면서. 그리고 그와 관련해서 중국이 딴소리를 하지 못할 자료를 가지고 있다고 하셨습니다."

"해서 지금 그 자료를 우리에게 넘겨주시겠다는 건가요?"

함윤희가 대신 상대하고 나섰다. 행여 윤성욱이 덫에 걸릴 수 있다고 판단한 것이다.

"그게…… 지금 그 자료가 내 손에 있지 않습니다. 탈북할 때 몸만 넘어왔으니까요. 그렇지만 사람을 시켜서 가져올 수 있습니다."

"알았으니까 돌아가세요."

함윤희가 매몰차게 말을 끊었다. 있지도 않은 물건을 가지고 흥정을 하려 들다니. 사기꾼을 상대할 이유가 없다.

"내 말은 사실입니다."

모욕을 당했다고 생각했는지 채명석의 얼굴이 붉어졌다.

"필요 없다고 했잖아요! 빨리 나가세요!"

함윤희가 매몰차게 채명석을 내쫓았다.

"젊은 처자가 참으로 냉랭하군. 내 말은 사실인데."

채명석이 허탈한 표정으로 발길을 돌렸다.

"당신 같은 사람을 한두 번 겪은 게 아니에요. 당신 선생님은 정말 있기는 한 사람인가요?"

인정에 끌리면 안 되는 줄 알면서도 그래도 나이 먹은 사람을, 더구나 동족을 이렇게 매몰차게 대하려니 윤성욱은 마음이 아팠다. 그렇지만 함윤희는 막무가내였다.

"내 선생님을 욕하지 마시오! 나는 비록 이렇게 한국 관광객들을 상대로 호객행위를 하는 잡상인이지만 도유호 선생님은 조선 최고의 학자셨소!"

채명석이 얼굴을 붉히며 언성을 높이더니 회한 가득한 얼굴로 걸음을 돌렸다.

"……!"

순간 윤성욱은 정신이 번쩍 들었다. 저 사람이 지금 뭐라고 했던가. 분명 도유호라고 했다.

"잠깐!"

윤성욱이 방 밖으로 나가려는 채명석을 불러세웠다.

"방금 당신 선생님이 누구라고 했습니까?"

"유자, 호자, 도유호 선생님이시오."

"혹시 도유호 선생님 고향을 알고 있습니까?"

"선생님 고향?"

채명석이 의외라는 표정을 짓더니 곧 생각해 냈다.

"함경남도 함흥이라고 들었소."

"하면 학교는?"

윤성욱은 취조하듯 물었고 함윤희는 왜 그러나 하는 눈길로 두 사람의 문답을 지켜보았다.

"그러니까…… 서울에서 휘문고보와 경성고등상업학교를 졸업

하신 거로 알고 있소."

"일제 강점기 때 유학을 하셨을 텐데…… 어느 나라인지 알고 있습니까?"

윤성욱이 거듭 물었다.

"중국에서 공부하고 다시 구라파로 갔다고 하셨는데, 그게 어디더라…… 독일하고 오지리(墺地利, 오스트리아)로 기억하고 있소."

그렇다면 사실이다. 윤성욱은 가슴이 뛰었다. 여기서 도유호를 아는 사람을 만나게 될 줄이야. 윤성욱은 마지막으로 하나 더 확인하기로 했다.

"하면 선생님께서 돌아가신 해는?"

"그건 똑똑히 기억하고 있소. 내가 운구를 했으니까. 1982년이었소."

틀림없이 도유호다. 도유호는 북한의 '고고학 및 민속학연구소' 소장을 지내다가 1960년대 초에 철직되어 백두산 인근으로 쫓겨가서 줄곧 그곳에 머물다 1982년에 세상을 떠난 북한의 고고학자다.

"여기서 도유호 선생님의 제자를 만나게 될 줄이야. 반갑습니다."

윤성욱이 채명석의 손을 덥석 잡았다.

"선생님을 아시오?"

채명석이 눈을 휘둥그레 뜨면서 쳐다봤다. 놀라기는 함윤희도 마찬가지였다.

김정호가 조선의 지리학을 집대성한 사람이라면 독일 프랑크푸르트 대학과 오스트리아 빈 대학에서 수학을 한 도유호는 조선 역사지리학의 근대화를 이끈 사람이다. 역사지리를 전공하고 있는 윤성욱은 오래전부터 김정호와 도유호 두 사람을 가슴에 새기고 있었다.

"독일에서 역사지리를 전공하고 있습니다. 그런데 아까 도유호 선생님이 간도와 관련된 자료를 가지고 계셨다고 하셨는데 정말입니까?"

윤성욱은 흥분을 진정시키며 물었다.

"선생님은 김일성종합대학 교수와 '고고학 및 민속학연구소' 소장으로 계시다가 삼지연으로 오셨지요. 고조선의 위치와 관련해서 당의 결정과 배치되는 주장을 하다가 철직된 겁니다."

사실대로다. 지금과는 반대로 50년대 북한에서는 고조선의 위치가 만주에 있었다고 주장하고 있었다. 그런데 도유호는 평양설을 주장하다 반동으로 몰려서 함경북도로 쫓겨났던 것이다.

"그즈음에 조선과 중국이 국경조약을 체결하면서 간도가 중국 땅이 되었소. 선생님은 몹시 분개하셨지만 철직된 처지라 나서지를 못하셨지요. 그래서 훗날 때가 되거든 이 자료를 공개해서 간도를 되찾으라고 내게 당부를 하셨소. 그러다 선생님은 돌아가셨고 나는 이국땅을 떠도는 신세가 되고 말았소."

채명석이 회한 가득한 눈길로 한숨을 내쉬었다.

"그 자료에 대해서 더 자세히 알고 있는 것은 없습니까?"

"김정호라는 조선 시대 지리학자가 백두산 일대를 살피고서 기록한 지리지인데 우여곡절 끝에 선생님 손에 들어오게 되었다고 말씀하셨소."

"변방고예요!"

함윤희가 흥분해서 끼어들었다. 변방고가 어떻게 해서 도유호의 손에 들어가게 되었는지 모르겠지만 변방고가 틀림없는 것 같았다. 윤성욱은 가슴이 터질 듯한 흥분에 휩싸였다.

"그 자료를 찾아올 수 있습니까?"

"내가 직접 갈 수는 없고. 대신에 믿을 만한 사람을 통해서 가져올 수는 있소. 어디에 있는지는 내가 잘 알고 있으니까."

채명석은 도유호가 세상을 떠날 때까지 삼지연의 강두수고등중학교 교원 사택에서 살았다고 했다. 비록 철직되었지만 그래도 이전의 공을 인정해서 퇴임 후에도 사택에 머물도록 당에서 배려를 했다는 것이다.

"교원 사택에는 문고실이 있소. 선생님은 소장하고 있던 책들을 그곳으로 옮겨놓고서 틈틈이 꺼내 보셨지요. 선생이 찾는 문서는 틀림없이 그곳에 있을 것이오."

변방고를 손에 넣을 수 있게 되었다! 윤성욱과 함윤희는 하마터면 소리를 지를 뻔했다.

"우리는 한국으로 돌아가야 합니다. 일단 한국에 돌아간 후에 다시 연락을 드리겠으니 우리를 도와주십시오."

"도와달라는 말은 내가 하겠소. 선생님의 유지를 받들지 못하고 저세상으로 가면 어떻게 하나 걱정을 했는데."

채명석이 윤성욱의 손을 힘껏 잡았다. 연락처를 주고받은 후에 채명석은 방을 빠져나갔고 윤성욱과 함윤희는 잠시 멍하게 서로를 쳐다보았다.

"도유호가 그렇게 유명한 사람인가요?"

"현대 고고학을 한국에 소개한 사람이라고 할 수 있어요. 해방 후에 월북해서 김일성종합대학과 '고고학 및 민속학연구소'에서 일했지요. 고조선의 위치와 관련해서 도유호는 재평양설을 주장했다가 숙청되면서 남북한 모두에게 잊혀진 인물이 되고 말았습니다. 반대로 대한민국에도 잘 알려진 김석형, 박시형 그리고 백남운 등은 애초에는 재평양설을 주장하다가 나중에 입장을 바꾸면서 북한에서 자리를 잡았지만.”

“그렇군요. 빈손으로 돌아가는 줄 알았는데 기대 이상의 큰 건을 건졌군요.”

함윤희가 좋아했다.

“그런데 어떻게 변방고가 도유호 선생의 손에 넘어갔을까요?”

그것은 윤성욱도 궁금해하던 것이다.

“글쎄요. 알 수 없지만 어쨌든 변방고가 실재하고 있고, 있는 곳도 알아냈으니 엄청난 수확을 거둔 셈입니다. 일단 한국으로 돌아가서 차후 대책을 마련해 봐야겠어요.”

“그게 좋겠네요. 샌프란시스코에서도 뭔가 건지면 좋을 텐데.”

함윤희가 환한 얼굴로 대답했다. 두 사람은 중국 여행을 마치고서 샌프란시스코로 가기로 했다. 카렌 휘슬러를 만나면 단서를 얻을지 모른다.

첩8호

"조금 늦었군. 당신은 시간 엄수를 제일로 하는 사람 아닌가?"

도모나가가 호텔 방문을 열어주며 핀잔을 주었다.

"이 안에 뭐가 들어있는지 알면 불평하지 못할걸."

사립 탐정 줌웰트가 회심의 미소를 지으며 소파에 앉았다. 창밖으로 태평양이 내려다보이는 호텔 방은 스위트 룸에 못지않게 호화롭게 꾸며 있었고 가구들도 최고급품들이다.

이와나미는 총독부의 자료를 검토한 결과 변방고는 1930년대까지 조선에 존재했고, 총독부에서도 추적했음을 확인했다. 그럼에도 손에 넣지 못한 것은 양희원이 아무도 모르는 곳에 은닉시켰기 때문일 것이다. 키는 양희원에게 있다. 그렇다면 그의 후손에게서 무슨 단서를 찾아낼지 모른다. 그렇게 판단하고서 도모나가는 급히 샌프란시스코로 향했다. 확인 결과, 양희원의 손자 스티브 양이 샌프란시스코에 살고 있었다.

도모나가는 평소에 거래하던 줌웰트&롱 탐정사무소에 의뢰를 했다. 줌웰트&롱 탐정사무소의 프랜시스 줌웰트는 전직 FBI 요원으로 수사기관에 발이 넓고, 한번 노린 먹이는 절대로 놓치지 않는 집요한 자다.

"뭐가 들어있길래 그렇게 큰소리를 치는 거야. 좀도둑질이나 하라고 당신을 고용한 건 아니야."

도모나가가 투덜대며 봉투를 건네받았다. 줌웰트는 양희원의 손자 스티브 양이 집을 비운 틈을 타 그의 저택에 잠입해서 집안을 샅샅이 뒤졌지만 별다른 소득을 얻지 못했던 터였다.

이제 어떻게 해야 하나. 도모나가가 고심을 하고 있는데 줌웰트가 불쑥 서류철을 디민 것이다.

"이건 뭔가?"

봉투 안에서 서류가 나왔는데 몹시 낡은 문건을 복사한 것이었다.

"당신이 흥미를 가지고 있는 사람의 신상 기록이지. 샌프란시스코 출입국관리소 자료실을 뒤져서 간신히 찾았어."

도모나가가 살펴보니 Hee Won, Ryang-Korean이라고 적혀 있었다. 양희원의 출입국 기록으로 1909년 11월 27일에 샌프란시스코에 도착했다고 적혀 있었다.

"이민국 기록보관소에서 복사한 거야."

줌웰트가 다음 장을 디밀었다. 오래된 출입국관리소 자료를 뒤지고, 그 많은 이민자들 중에서 양희원의 기록을 찾은 것은 줌웰트였기에 가능했을 것이다. 도모나가는 우쭐대며 공치사를 하려는 줌웰트에게 눈총을 주고는 문건으로 눈길을 돌렸다.

"당신 예상대로 양은 코리아 독립운동을 했더군. 단체에 가입해서 활발하게 활동했어. 독립단체 대표단의 일원으로 유럽도 방문했고."

줌웰트는 일본 식민지 시절의 독립운동가를 추적하는 줄 알았는지 이제 와서 그런 걸 알아서 뭘 하려는 걸까 하는 표정으로 도모나가를 쳐다봤다. 도모나가는 탐문 목적에 대해서는 구체적으로 얘기하지 않았고 줌웰트도 따로 알려고 하지 않았다. 그게 이 세계의 불문율이다.

"양희원이 미국 시민이 되었나?"

"아니, 코리안 이민자로 지냈어. 1910년 이후에는 공식적으로는 일본인으로 기록되어 있어."

그렇다면 양희원은 조선에 돌아오기 힘들었을 것이다. 총독부 특고에서 해외에서 독립운동을 하는 불령선인(不逞鮮人)들을 철저하게 감시하고 있었다. 양희원이 조선에 돌아온 적이 없다면 변방고는 내내 한국에 있었단 말인가. 도모나가는 난감했다. 하면 총독부 특고에서도 찾지 못한 물건을 이제 와서 무슨 수로 찾으란 말인가.

"필요하면 언제든지 연락하게 친구."

줌웰트가 몸을 일으켰다. 어쨌거나 의뢰받은 일은 끝낸 마당이다. 도모나가는 줌웰트를 배웅하고서 창가로 향했다. 멀리 금문교가 내려다보이는 일몰 후의 샌프란시스코 정경은 황홀함 그 자체였다. 여러 차례 미국 출장을 했지만 이렇게 고급 호텔에 묵기는 처음이다. 그만큼 구로다 타다시는 아낌없이 지원하고 있었다. 이대로 돌아가면 면목이 서질 않는데…… 도모나가는 시계를 힐끗 들여다보고는 수화기를 들었다.

"뭣 좀 알아냈소?"

도쿄는 오후 2시일 테니 수업에 들어갔을지 모르겠다고 생각했는데 다행히 이와나미 교수가 즉시 전화를 받았다.

"교수님 짐작대로 양희원은 미국에서 조선 독립운동을 했더군요.

그런데 양희원의 손자가 살고 있는 저택을 뒤졌지만, 변방고를 찾지 못했습니다."

도모나가는 저간의 사정을 간략하게 설명했다.

"행여 시끄러워지는 것은 아니오?"

이와나미가 걱정을 했다. 은밀을 생명으로 하는 일이다. 행여 소문이 외부로 새어 나가면 곤란하다. 중국과 한국, 야당과 여당 내 라이벌 등 적은 사방에 널려 있다.

"솜씨가 좋은 자라서 뒤탈은 없을 겁니다."

"그렇다면 다행이고. 그런데 당신이 미국에 있는 동안에 예상치 못했던 일이 있었소."

"무슨……?"

"변방고의 존재가 세상에 알려졌소. 한국의 시민단체, 무슨 우리 땅찾기본부라는 곳에서 변방고를 찾는 중이라고 공표를 했소. 당사자들은 중국에서 추방되었더군."

"오호! 그런 일이 있었습니까? 그들이 어떻게 변방고를 알아냈는지, 어디까지 알고 있는지 몹시 궁금합니다."

"나도 그렇소. 어떻게, 그리고 어디까지 알고 있는지 모르지만 그래도 통감부와 총독부 비밀문서를 가지고 있는 우리가 훨씬 유리할 것이오."

"그렇다면 다행이군요. 양희원 관련 기록은 팩스로 보내겠습니다. 그리고 나는 며칠 더 머물면서 양희원 손자의 동태를 살피겠다고 구로다 회장님에게 전해주십시오."

"아니, 그냥 돌아오시오. 여기서 급히 확인해야 할 일이 생겼으니까."

이와나미는 통화를 끝내고 조교에게 팩스가 들어오면 즉시 가져올 것을 지시했다. 그들은 어떻게 변방고의 존재를 알고 있으며 얼마만큼 알고 있을까. 예기치 않았던 경쟁자가 생겼지만 따지고 보면 불리할 것도 없다.

이와나미는 '간도는 조선 땅이다'를 펼쳐 들었다. 1938년에 출간된 '간도는 조선 땅이다'는 수차례의 현지 조사와 조선과 청국간에 오간 조회문(照會文)과 복조문(覆照文), 조선왕조실록을 비롯한 양국의 고문헌을 모조리 참고해서 정리한 간도와 관련된 백과사전이다. 이와나미는 '간도는 조선 땅이다'를 통해서 중요한 단서들을 찾아내고 있었다.

저자 시노다 지사쿠는 간도파출소 소장을 역임하고 나중에 평안남도 지사와 이왕직 장관, 조선사편수회 위원과 경성제국대학 학장을 역임했던 인물이다. 간도를 중국에 넘겨주는 일을 주도했던 시노다 지사쿠가 간도는 조선 땅이라고 주장하는 것은 모순된 일이지만 그 뒤에는 고도의 정치적 계산이 깔려 있음을 이와나미는 간파하고 있었다.

중국은 1930년대 말, 장개석의 국민당 정부와 모택동의 공산당이 격렬하게 싸우면서 혼란을 겪고 있었다. 대륙진출을 도모하고 있던 일본은 만주를 다시 차지할 수 있는 절호의 기회를 맞은 것이다. 제 손으로 내준 간도를 다시 빼앗으려면 명분이 필요하다. 그래서 시노다 지사쿠에게 명분 마련을 요구했고, 사정을 잘 아는 시노다 지사쿠는 변방고를 기억해 냈다. 변방고만 있으면 누구도 간도가 조선 땅이라는 사실에 토를 달지 못할 것이다. 조선 땅은 곧 일본 땅이다. 그래서 조선 총독부 특고와 관동군 헌병대는 눈에 불을 켜고 변방고를 찾아 나섰던 것이다.

서랍을 열자 조선 총독부의 비밀문건 꾸러미들이 모습을 드러냈다. 낡을 대로 낡은 봉투에 찍혀 있는 붉은 스탬프의 '첩(諜)' 자는 예사 문건이 아님을 말해주고 있었다. '첩' 자가 찍힌 문건은 1호부터 8호까지 모두 8종인데 전부 총독부 특고에서 작성한 비밀 보고서들이다. 이와나미는 '첩' 자 문건들을 통해서 양기문과 양희원의 존재를 파악할 수 있었다. 헌병대와 특고에서 관련 인물들을 일일이 탐문해서 알아냈던 것이다.

이와나미는 첩8호를 펼쳐 들었다. 시노다가 1936년에 작성한 비문으로 변방고의 은닉처와 관련된 내용을 담고 있었다.

'조사 결과 양기문이 소지하고 있었던 문건은 조선의 지리학자 김정호가 제작한 지리지인 대동지지 중에서 낙질된 변방고로 사료되며, 양기문은 조청감계에 수원으로 활약했던 바 있음이 확인되었음.'

변방고와 산수고는 지리지에 실리지 않았지만, 목록에는 올라가 있었다. 이와나미는 첩8호를 다시 천천히 읽어 내려갔다. 첩8호는 당시 총독부와 특고에서 변방고에 얼마나 심혈을 기울이고 있었는지를 여실히 보여주고 있었다.

'양기문을 도왔던 손자 양희원은 미국인 선교사를 따라서 미국으로 갔고, 친분이 있는 사람들을 모두 소환해서 신문한 결과 문제의 문건은 양기문이 팔판동에 살고 있는 친지에게 맡겼던 것으로 확인이 되었음.'

특고가 득달같이 팔판동으로 달려갔지만 한발 늦었다. 직전에 어떤 사람이 와서 문건을 찾아간 것이다.

그가 누굴까. 양기문은 죽었고 양희원은 미국으로 갔다. 그럼 누구란 말인가. 이와나미는 다 잡았던 변방고를 놓치고 허탈해했을 시노다의 심정이 이해되었다. 아무튼, 1930년대 말까지 변방고가 조선에 있었다는 사실이 확인된 셈이다. 그리고 양희원이 미국에서 조선의 독립운동을 했다는 사실도 도모나가를 통해서 확인이 되었다.

그때 휴대폰이 울렸다.

"어떻게 되었습니까? 도모나가로부터 샌프란시스코에 도착했다는 연락을 받았습니다만."

수화기 너머로 구로다 특유의 카랑카랑한 목소리가 들려왔다.

"손에 건진 것은 없지만 그래도 헛걸음은 아니었습니다. 첩8호의 내용을 확인한 셈이니까요."

"반타작은 한 셈이군요. 야나기다 의원이 목을 빼고 기다리고 있습니다. 필요한 것이 있으면 주저하지 말고 얘기하세요. 최대한 지원할 테니."

구로다가 호기롭게 응대했다.

"감사합니다. 회장님과 의원님이 이렇게 적극적으로 서포트 해주시니 머지않아 좋은 결과가 나올 겁니다."

이와나미가 조금 뜸을 들이고 머릿속으로 정리한 용건을 끄집어냈다.

"혹시 친분이 있는 조총련 쪽 사람이 있습니까?"

"조총련?"

구로다의 목소리에서 뜻밖이라는 느낌이 생생하게 전해졌다.

"그야 이쪽 사업을 하다 보면 그쪽 사람들과도 어울리게 마련이지만…… 왜 갑자기 조총련을?"

"혹시 필요한 일이 생길지도 몰라서 여쭤본 것입니다. 도모나가가 돌아오는 대로 뵙고 상세한 것을 말씀드리겠습니다."

역사의병에서 한 명이 빠졌지만, 분위기는 더 좋아졌다. 윤지호는 애초부터 순수한 목적으로 역사의병에 가담한 사람이 아니었다.

"외교부에서 싫은 소리를 많이 들었겠군요."

함윤희가 심병준의 눈치를 살폈다. 함윤희가 자리를 비우고 있는 동안에 심병준이 단체를 대표하고 있었다.

"그래도 강단사학계보다는 덜 했습니다."

심병준이 씩 웃으며 손을 내저었다. 두 사람 말대로 중국은 외교부를 통해서 엄중히 항의했고 강단사학계에서는 좋은 기회라고 여기면서 아마추어들이 사이비 역사학으로 국민들을 선동하고 있다며 공격하고 나섰던 것이다.

"그런데 너 독일에 안 가도 되는 거냐?"

안철준이 생각났다는 듯이 윤성욱을 쳐다보며 걱정을 했다. 사실 윤성욱은 그 문제를 고심하고 있었다. 디펜스에 늦지 않으려면 모레까지는 출국을 해야 한다. 이미 준비를 마쳤다고 하지만 그래도 막상 닥치면 부족한 것, 미비한 것들이 나오게 마련이다. 그렇다고 일이 여기까지 진행된 마당에 혼자서 훌쩍 떠나버리는 것도 그래서 눈치를 보고 있던 중이다.

"연기가 가능한지 연락해 보려고."

일단 그렇게 얼버무렸지만 쉽지 않을 것이다. 교수가 연기하는 것과 학생이 연기하는 것은 다르다.

"여건이 힘들어졌지만, 그동안 건진 것들이 많으니 흔들리지 말고 나가야 해요."

함윤희가 다부진 표정으로 회의를 시작할 뜻을 비쳤다. 카렌 휘슬러로부터 다시 메일이 왔는데 찰스 휘슬러의 일기에서 라스트 네임이 '양'인 조선인으로부터 문건을 전달 받았으며 양은 선교사와 함께 미국으로 갔다는 내용을 찾았다고 했다.

그렇다면 양 선생의 아들이나 손자가 변방고 번역본을 찰스 휘슬러에게 전했을 것이고, 미국 영사관의 도움으로 보호를 받다가 선교사를 따라서 미국으로 갔을 것이다.

"그래서 비슷한 시기에 미국에서 독립운동을 했던 사람들 중에서 양 씨를 찾아봤습니다."

심병준은 양 씨는 독립운동을 했을 거란 가정을 세우고 당시 미국에서 발행되었던 교포신문들을 샅샅이 뒤졌다.

"다행히 조건에 해당하는 사람들 중에서 양 씨 성을 쓰는 사람이 단 한 명이더군요. 양희원이란 사람으로 1909년에 미국으로 건너가서 활발하게 독립운동을 했습니다."

모두들 심병준의 말에 귀를 기울였다.

"양희원은 도산 안창호 선생을 도와서 대한인국민회에서 활동했고, 상해 임시정부에도 관여를 했더군요."

심병준이 부언했다. 희망적이지만 그렇다고 아직 양희원이 양 선생의 자손일 거라 단정 지을 수 없다. 샌프란시스코를 다녀오면 그와 관련된 단서를 찾을지 모른다. 윤성욱의 뇌리에 양희원 석 자가 강하게 새겨졌다.

"내 차례군."

안철준이 나섰다.

"혹시 양희원에게 후손이 있는지 미주 한인회를 통해서 알아봤더니 손자 스티브 양이 샌프란시스코에 살고 있더군."

대외연락은 안철준 담당이다.

"쉬운 일이 아니었을 텐데 용케 찾았네."

"다행히 대한인국민회 쪽에 기록이 남아 있었어."

안철준이 스티브 양의 서류를 내밀었다. 윤성욱은 재빨리 훑어보았다. 1959년생으로 샌프란시스코에서 미국 시민으로 태어난 것으로 되어 있었다.

"스티브 양의 한국명은 양개석인데 상당한 규모의 유통업 사업을 하고 있더군. 알라모 스퀘어는 샌프란시스코에서도 제법 산다는 사람들이 모여 사는 곳이야."

"통화해 봤어?"

"전화를 했는데 하우스 메이드가 받았어. 출장 중인데 돌아오는 대로 전할 테니까 내용을 남기라고 하더군."

"스티브 양이 변방고에 대해서 알고 있을까요?"

함윤희가 끼어들었다.

"내 짐작으로는 그와 관련해서 특별히 아는 게 없을 것 같아. 스티브 양이 알고 있었다면 진작에 대한민국 대사관에 연락을 했겠지."

"내 생각도 같아요. 어쨌거나 북한과 중국이 국경을 정했을 때, 변방고가 있었다면 상당한 파장을 일으켰을 겁니다."

심병준이 윤성욱의 말에 동의하고는 말을 이었다.

"그런데 그 채명석이라는 사람이 말하는 문건이 변방고의 진본이 맞을까요?"

심병준이 의구심을 감추지 않았다. 사실 윤성욱도 말끔하게 의혹을 풀지 못하고 있었다. 도유호가 어떻게 해서 변방고를 손에 넣었는지 도무지 이해가 되지 않았던 것이다. 그게 분명하게 밝혀져야 확실하게 믿을 수 있다.

"채명석이 돈을 요구하면 어떻게 하지요?"

함윤희가 윤성욱의 눈치를 살피며 조심스럽게 말을 꺼냈다.

"그렇지는 않을 겁니다."

윤성욱이 고개를 가로 저었다. 채명석의 절절한 눈빛이 떠올랐던 것이다. 변방고의 진위여부는 장담할 수 없지만, 돈을 노리고 접근한 건 아닌 것 같았다.

"진품이라면 무슨 수를 써서라도 손에 넣어야 할 텐데 딱히 도움을 청할 만한 곳이 없군요. 당국은 도리어 방해만 될 뿐입니다."

심병준이 한숨을 내쉬었다. 윤지호 때문에 일이 단단히 꼬인 것이다. 모두들 심각한 얼굴로 차후책을 강구하고 있는데 안철준의 휴대폰이 울렸다.

"스티브 양입니다. 메시지를 전해 들었습니다."

휴대폰을 통해서 조금은 어눌한 한국말이 전해졌다.

"스티브 양이야!"

안철준이 얼른 스피커폰으로 바꿨다. 시계를 보니 오전 11시였다. 샌프란시스코는 16시간이 느리니 현지는 어제 오후 7시일 것이다.

"KBC 안철준 PD입니다. 미스터 양의 조부와 관련해서 알아볼 것이 있어서 연락을 드렸습니다."

안철준이 인터뷰를 많이 해본 사람답게 능숙하게 상대했다.

"할아버지?"

의외였는지 스티브 양이 주춤하더니 영어로 응대했다.

"영어로 해도 괜찮겠습니까? 내가 솔직히 한국말이 많이 서툽니다."

"물론입니다."

안철준이 얼른 대답했다.

"알고 싶은 것이 무엇입니까. 나는 할아버지가 돌아가신 후에 태어났습니다만."

"미스터 양의 조부이신 양희원 선생은 독립투사였습니다. 그와 관련해서 알고 싶은 게 있어서 연락했습니다."

"KBC가 대한민국을 대표하는 방송국이라는 사실은 알고 있습니다. 하지만 당신이 정말 KBC 직원인지에 대해서는 아직 확신이 서지 않고 있습니다. 솔직히 대답해 주시기 바랍니다. 사람을 시켜서 내 방을 뒤진 적이 있습니까?"

이건 또 무슨 소리인가. 안철준을 위시한 역사의병들은 놀라서 서로를 쳐다봤다.

"무슨 말인지 모르겠습니다."

"출장 중에 누가 내 방에 침입해서 서가는 물론 금고 속까지 뒤졌습니다. 1층에 사람이 있었고, 경비시스템도 제대로 작동하고 있었지만 막지 못했습니다. 전문가의 소행인 것 같습니다. 흔적도 남기지 않았지만 누가 내 서재를 뒤졌고, 금고가 열렸다는 사실을 나는 알 수 있습니다."

"잠깐만, 미스터 양은 우리가 당신의 집에 침입을 했다고 생각하십니까?"

안철준이 허둥대며 물었다.

"KBC가 그런 일을 할 리는 없겠지요. 그렇지만 당신이 진짜 KBC 직원인지는 아직 알 수 없습니다."

"하면 없어진 것이 있습니까?"

"없습니다. 값이 나갈 만한 것들은 따로 은행 금고에 보관하고 있습니다."

"우리는 대한민국의 영토와 관련된 일을 취재 중이며 미스터 양의 조부가 그 일과 중요한 관련이 있다는 사실을 알고 인터뷰를 요청했던 것입니다."

안철준이 침착하게 응대했다. 다큐멘터리 프로그램을 제작하다 보면 별의별 사람을 다 상대하게 마련이다. 어떤 경우에도 흥분하면 안 된다는 사실을 안철준은 잘 알고 있었다.

"내 신분과 우리가 지금 추진하고 있는 일에 대해서는 이메일 또는 팩스로 보내드리겠습니다. 할아버지의 뜻을 받드는 일일 테니 적극 협조해 주시기 바랍니다. 그리고."

안철준이 숨을 고르고 말을 이었다.

"혹시 사업과 관련해서 당신을 감시하고 있는 사람이 있습니까?"

"전혀, 내 비즈니스는 특별히 비밀을 요하는 것이 아닙니다. 그리고 남의 원한을 산 일도 없습니다."

그렇다면 뭘까. 안철준이 고개를 갸우뚱했다. 기분이 찜찜하기는 이쪽도 마찬가지였다.

"유능한 탐정을 알고 있습니다. 그를 통해서 혹시 나에 대해서 뭔가를 알아내려고 했던 자가 있는지, 있다면 누구의 부탁을 받은 것인지를 알아보고 있는 중입니다. 당신의 신분이 확인되면 적극 돕겠습니다."

스티브 양이 한결 풀어진 태도로 통화를 끝냈다.

"연락이 오거든 양희원이 남긴 수첩이나 메모, 기타 그와 관련이 있는 문건이 있다면 알려달라고 해."

윤성욱이 안철준에게 필요한 사항을 전달하는데 휴대폰이 울렸다. 발신자를 확인하니 신중배였다.

추적

"도대체 무슨 짓을 하고 다니는 거야! 중국에는 왜 갔어! 그렇게 한가해!"

최성식 교수가 소리를 버럭 질렀다. 우리땅찾기본부는 자신이 하는 일마다 딴지를 걸고 나서는 성가신 존재다. 그런데 윤성욱이 그들과 함께 어울려 다니고 있다니. 우리땅찾기본부 때문에 외교부와 재단으로부터 싫은 소리를 듣고 있는 마당이다. 최성식 교수로서는 뒤통수를 단단히 맞은 셈이다.

"교수님께서 왜 화를 내시는지 잘 알고 있습니다. 그렇지만 시급하고도 중요한 일로 중국을 다녀온 것입니다."

각오를 하고 왔다. 윤성욱은 마음을 가라앉히며 차분하게 상대했다.

"지금 간도는 우리 땅이라는 말을 하겠다는 건가? 사이비 아마추어들이 그런 말도 되지 않는 주장을 하면 말려야 할 사람이 그들과 동조를 해!"

어지간히 화가 났는지 최성식 교수는 부들부들 떨었다. 냉철한 이미지로 포장된 그에게서는 보기 힘든 면모였다.

"그 사람들은 학계에서 인정받지 못하고 있지만, 이번 일은 나름 합리적인 근거를 가지고 있습니다."

어떻게 해서든 이 위기를 넘겨야 한다. 최성식 교수의 눈 밖에 나면 학계에서 자리를 잡기 어렵다. 베른하르트 교수가 뒤에 있다고 해도 결과는 마찬가지일 것이다. 윤성욱은 필사적이었다.

"근거는 무슨! 그래 근거가 있다고 치자. 그럼 이제 와서 중국이 간도를 우리에게 돌려줄 것 같은가!"

최성식 교수가 윤성욱을 날카롭게 쏘아보았다.

"김정호는 대동지지의 변방고에서 간도가 우리 땅임을 명확하게 입증했습니다. 그런데 낙질된 변방고가 실재하고 있을 가능성이 큽니다."

윤성욱은 고심 끝에 변방고를 밝히기로 했다. 선뜻 편이 되어줄 거라는 기대는 하지 않지만 그래도 조금은 감안을 해 주었으면 하는 바람이었다.

"변방고?"

최성식 교수가 뜻밖이라는 표정을 지었다.

"무슨 소리야? 느닷없이 변방고라니?"

최성식 교수가 관심을 보였다. 윤성욱은 호흡을 가다듬은 후에 저간의 일들을 간략하게 설명했다.

"하면 낙질된 변방고가 지금 북한에 있을 가능성이 크단 말인가?"

최성식 교수가 눈을 가늘게 뜨고 물었다.

"그렇습니다. 탈북자가 도유호를 알고 있었습니다."

"도유호? 북한의 역사지리학자 도유호 말인가?"

"그렇습니다. 정황으로 봐서 도유호의 제자인 것이 틀림없습니다."

변방고와 도유호의 제자라는 말에 최성식 교수는 충격을 받은 듯 말이 없었다. 변방고 진본을 찾아내면 학계에서 커다란 센세이션을 일으킬 것이다.

"그자가 도유호의 제자라고 해도 도유호가 변방고를 가지고 있었다고 단언할 수는 없지 않은가? 그리고 변방고가 북한에 있다면 무슨 수로 손에 넣는단 말인가?"

잠시 흥분했던 최성식 교수는 이내 냉정을 되찾았다.

"어떻게 도유호가 변방고를 손에 넣게 되었는지는 지금 파악 중입니다. 사실로 확인이 되면 탈북자의 지인을 통해서 빼내 올 계획입니다."

윤성욱은 마음에 품고 있던 계획을 밝혔다. 막연하지만 최선을 다할 생각이다.

최성식 교수는 다시 생각에 잠겼다. 변방고는 매력적인 물건임에 틀림이 없다. 학계는 커다란 보물을 얻게 될 것이고 자신의 위상도 한껏 높아질 것이다. 그렇지만 너무 막연하다. 그저 추측의 연장선에 서 있을 뿐이다. 일이 틀어지면 여태 쌓았던 업적과 위치가 한순간에 물거품이 될 수 있다.

윤성욱은 조마조마한 심정으로 최 교수의 선택을 기다렸다. 그는 시세판단이 빠르고 손익계산이 분명한 사람이다. 그는 결코 실존하는 손실을 감수하면서 불확실한 이익을 택할 사람이 아니다. 그렇지만 변방고 역시 쉽게 포기할 수 있는 물건이 아니다.

번민의 시간은 그리 오래 지속되지 않았다. 결심을 한 듯 최성식 교수가 천천히 눈을 떴다. 그리고 그와 눈이 마주치는 순간 윤성욱은 그가 어떤 선택을 했는지 직감했다. 어쩌면 마른 땅만 걸으면서 탄탄대로를 이어온 그로서는 당연한 선택일 수도 있었다.

"모든 게 너무 엉성해. 윤 선생이 만났던 탈북자가 도유호의 제자일 수는 있겠지. 그리고 도유호가 간도에 관심을 보였을 수도 있고. 그렇지만 나머지는 근거가 빈약해. 가능성이 희박하단 말이야. 어쩌면 탈북자가 자네들의 대화를 듣고서 일을 꾸몄을 가능성이 커. 연변 일대에는 그런 자들이 많이 있지. 그들에게 속아서 진본 고구려 유기(留記)니 백제신찬(百濟新撰)이니 하면서 날조한 고서들을 비싼 값에 구입한 사람들도 여럿 있으니까."

최성식 교수가 정색하고 말을 이었다.

"여태까지의 일은 학문에 대한 열정으로 간주하고서 불문에 부치겠다. 하지만 행여 미련을 버리지 못하면 나는 윤 선생에 대한 신뢰를 재고토록 하겠어. 그러니 그 일은 이쯤에서 접고 속히 독일로 돌아가서 디펜스에 전념토록 해. 베른하르트 교수에게는 내가 말을 잘해둘 테니."

번뜩이는 눈에서 최성식 교수 특유의 카리스마가 뚝뚝 흘러내렸다. 그 누구도 거역할 수 없는 최성식 교수의 결정이다. 윤성욱은 아무 말 못하고 연구실에서 나왔다. 냉정히 생각해 보면 여기저기 무리가 따르고 있는 게 사실이다. 채명석이 사기꾼이라고 생각하지는 않지만, 다람쥐 쳇바퀴 돌 듯 도서관과 강의실을 오갔던 내게 세상은 훨씬 복잡하고 험악할 것이다. 윤성욱은 허탈한 심정을 누르며 게스트하우스로 걸음을 옮겼다. 참으로 아쉽고 다른 사람들에게는 매우 미안하지만 현실은 현실이다. 그들도 입장을 이해할 것이고, 저들끼리 최선을 다할 것이다.

게스트하우스에 도착한 윤성욱은 독일로 돌아갈 채비를 했다. 어느새 출국 예정일이 모레로 다가왔다. 참으로 정신없이 보낸 한 달이었다. 짐이라야 별거 없지만 역사의병들에게 사정을 얘기하고, 필요한 자료를 챙기려면 고향 집에 들를 시간이 없을 것 같았다. 전화라도 드려야 할 것 같아서 휴대폰을 꺼내 드는데 신호가 왔다. 발신자가 안철준이었다.

"방송국이냐?"

그렇지 않아도 안철준에게도 사정을 얘기할 참이었다.

"응, 스티브 양에게서 메일이 왔어. 부탁했던 대로 양희원의 경력을 보냈는데 일기를 보관하고 있었는지 꽤 상세하게 적혀 있던데."

"그래? 특별히 눈에 띄는 게 있어?"

"양희원은 흥사단에도 관여를 했더군. 안창호 선생을 따라다녔으니까 그럴 수도 있겠지. 여기저기 집회에 많이 참여했고, 모금 운동에도 앞장을 섰더군. 나중에는 한인 청년들을 소집해서 사설 군사단체도 조직했고."

양희원은 예상했던 것보다 더 활발하게 독립운동을 했던 것 같다.

"기록을 보니 양희원의 조부, 그러니까 스티브 양의 고조부가 양기문인데 연대를 대조해 보면 이 사람이 양 선생 같아."

"다른 것은 없어?"

어느 정도 짐작했던 일이다.

"양기문은 미국 영사관과 접촉하다 일본 헌병에게 피살되었다고 적혀 있어. 양희원은 선교사의 도움으로 미국으로 왔고."

"혹시 변방고 원본의 행방과 관련된 내용은 없어?"

"나도 여러 차례 확인해 봤지만 그런 건 없다고 해. 가지고 있는 문건은 이게 전부라고 하면서."

안철준이 한숨을 내쉬더니 견해를 조심스럽게 밝혔다.

"혹시 일본이 찾아내서 은밀히 없애버린 게 아닐까?"

채명석의 말이 사실이라면 그건 아닐 것이다. 그럼 어떻게 양희원과 도유호의 연결고리를 찾아야 하나. 도무지 가닥이 잡히지 않았다. 양희원은 조선에 올 수 없는 몸이고 도유호는 미국에 간 적이 없었다.

"양희원은 독립운동을 아주 활발하게 했더군. 상해도 여러 차례 다녀왔던데 임정에도 관여했던 모양이야."

그럴 수 있을 것이다.

"그런데 유럽을 여행했던 적도 있던데. 1932년 10월이던데 행선지가 스위스로 되어 있어. 양희원이 스위스에 왜 갔을까? 한가롭게 해외여행을 할 팔자는 아니었을 텐데."

윤성욱도 의외라는 생각이 들었다. 당시는 웬만한 미국인들도 유럽 여행에 나서기 힘들 때였다. 처지로 봐서 양희원에게는 어울리지 않는 일이었다.

"……!"

1932년 스위스라면…… 퍼뜩 떠오르는 게 있었다. 그때 임시정부를 이끌고 있던 김구 선생은 국제연맹에 조선의 독립을 탄원하기 위해서 서구 사정에 밝은 이승만 박사를 스위스에 파견했던 일이 있었다. 일본의 방해로 뜻을 이루지 못했지만, 이승만 박사는 스위스와 오스트리아를 돌면서 한국 독립을 탄원했다. 프란체스카 도너를 만나서 결혼을 한 것도 그때의 일이다.

그때 양희원이 이승만 박사를 수행했을까. 임시정부에서 재정적 지원을 했다면 유럽 여행도 가능했을 것이다. 그리고 수행원으로는 양희원이 적격자일 것이다.

윤성욱은 가슴이 뛰었다. 길을 잃고 헤매던 차에 한 줄기 빛을 본 느낌이었다. 도유호는 1930년 초반 오스트리아 빈에서 고고학을 공부하고 있었다. 그렇다면 시간과 장소, 그리고 사안을 고려해 볼 때 양희원과 도유호가 유럽 현지에서 만났을 가능성이 충분하다. 이때 양희원이 도유호에게 변방고와 관련된 정보를 전달했고, 도유호는 조선으로 돌아와서 변방고를 손에 넣었을 수 있다. 그렇다면 도유호가 어떻게 변방고를 소지하게 되었는지에 대한 답이 나온다.

"왜 그래?"

윤성욱이 아무 말이 없자 안철준이 대답을 재촉했다.

"그게……"

윤성욱은 방금의 생각을 정리해서 안철준에게 얘기했다.

"충분해! 충분히 가능성이 있어! 확실한 연결고리를 찾았어!"

안철준의 흥분한 모습이 휴대폰을 통해서 생생하게 전해졌다. 직업의식이 제대로 발동한 것이다.

"양희원이 도유호에게 변방고를 부탁했을 거야. 당시 일제는 눈에 불을 켜고 변방고를 찾고 있었을 테니까. 안전한 곳으로 옮겨놓을 필요가 있었겠지."

눈에 불을 켜고 변방고를 찾던 일제의 모습이 윤성욱의 뇌리를 스치고 지나갔다.

"그렇게 돼서 변방고가 도유호를 따라서 북으로 간 것이로군. 그런데 도유호는 왜 북한과 중국이 국경조약을 체결할 때 변방고를 공표하지 않았을까?"

"당시 사정이 허락하지 않았을 거야. 중소분쟁 때 북한은 중국의 편에 섰거든. 도유호는 양국의 우호에 영향을 미칠 문건은 환영받지 못할 거라고 판단했겠지. 하물며 철직자 신분이었으니 더 조심스러웠을 것이고."

윤성욱과 안철준은 주거니 받거니 하면서 추론을 완성해 나갔다.

"그럼 이제 어떻게 한다! 채명석을 만나서 본격적으로 일을 추진해야 할 텐데…… 위에는 신실크로드 프로그램과 관련해서 현지 조사를 하겠다고 하면 쉽게 승인이 떨어질 거야. 같이 가자! 너를 방송작가로 추천하겠어."

안철준은 당장이라도 중국으로 달려갈 기세였다. 윤성욱은 당혹스러웠다. 안철준에게 독일로 가게 되었다고 얘기를 해야 하는데 도저히 말을 꺼낼 수 없었다. 일이 여기까지 진척된 마당에 빠지겠다는 말이 쉽게 나오지 않았다. 그렇지만 현실이다. 윤성욱은 마음을 독하게 먹고 사실을 밝히기로 했다.

"실은……"

"참, 용건이 하나 더 있어."

안철준이 생각났다는 듯이 말을 꺼냈다.

"왜 스티브 양의 저택에 도둑이 들었다고 했잖아? 혹시 산업기밀과 관련된 일이 아닐까 해서 탐정사무소에 의뢰를 했더니 뜻밖의 사실을 알게 되었다고 하더군."

"뜻밖의 사실이라니?"

"조사해 봤더니 줌웰트&롱이라는 탐정사무소에서 스티브 양에 대해서 정보를 수집하고 있었다고 하더군. 이상해서 더 알아볼 것을 요청했더니 의뢰인의 신상에 대해서는 비밀이라고 하면서도 슬며시 일본인이었다는 정보를 흘렸다고 해."

일본인? 일본인이 왜 스티브 양을? 때가 때인지라 윤성욱은 퍼뜩 변방고가 떠올랐다. 변방고는 일본과 떼어놓고 생각할 수 없는 문건이다.

"일본인이라면 일본계 미국인을 말하는 건가?"

"아니, 현지 거주인이 아니고 일본에서 온 자라고 했어. 왠지 이상한 느낌이 들지 않아?"

안철준도 같은 생각을 하는 것 같았다. 하면 일본에서도 변방고를 추적하고 있단 말인가. 스티브 양의 비즈니스와는 관련이 없는 게 확실하다면…… 윤성욱은 정신이 번쩍 들었다. 왜 여태 변방고를 노리는 사람들이 더 있을 거란 생각을 못했단 말인가.

"일본은 지금 중국과 센카쿠 열도에서 맞서고 있어. 변방고가 유용한 수단이 될 수도 있다는 얘기지. 그리고 어쩌면 일본은 우리보다 변방고에 관해서 더 많은 정보를 가지고 있을지 몰라."

안철준이 윤성욱의 생각을 들여다보기라도 한 듯 단숨에 말해 버렸다. 그렇다면 큰일이다. 스티브 양의 존재를 알고 있다면 그들은 상당한 정보를 가지고 있을 것이다. 조바심이 밀려왔다. 저들은 정보를 얼마나 가지고 있는 걸까. 변방고가 북한에 있다는 사실도 알고 있을까.

"의병총회를 열고 대책을 마련해야겠다. 나는 국장에게 출장기획안을 올릴 테니까 너는 함윤희에게 전화해서 모이자고 해."

안철준은 대답을 기다리지 않고 통화를 끝냈다. 윤성욱은 당혹스러웠다. 의분과 절박감, 불안감과 무력감이 뒤범벅이 된 것이다. 어떻게 해야 하나. 다시 역사의병이 되면 학위와 대학을 포기해야 할지도 모른다.

여태까지 노력이 수포로 돌아갈지 모른다는 생각이 들자 윤성욱은 겁이 덜컥 났다. 오로지 그것만을 보고 달려온 세월이다. 그리고 그날만을 기다리며 나를 바라보고 있는 사람들이 있다. 그렇지만……

이번에는 김정호가 눈보라를 헤치며 백두산에 오르는 모습, 양기문이 흑룡회 자객의 칼에 쓰러지는 모습, 그리고 양희원이 이역을 누비며 독립운동을 하는 모습이 주마등처럼 뇌리를 스치고 지나갔다.

그렇다면 일신의 영달을 위해서 여기서 몸을 빼는 것은 사람으로서, 하물며 역사지리를 전공한 사람으로서 도리가 아닐 것이다. 윤성욱은 눈을 감았다. 그리고 하나 둘 셋을 센 다음에 휴대폰을 집어들었다. 이제 항공권 예약을 취소하면 돌아올 수 없는 강을 건너게 된다.

"한아름 여행사입니다."

휴대폰에서 여행사 직원이 음성이 들리는 순간 윤성욱은 더 이상 떨리지 않았다.

⌇⌇

도모나가로부터 방미 결과를 보고받은 구로다 타다시는 눈을 지그시 감고서 생각을 정리했다. 만족스럽지는 못했지만 그래도 야나기다 의원에게 보고할 거리는 마련한 셈이다.

"혹시나 해서 샌프란시스코에 갔지만, 애초부터 변방고가 그곳에 있으리라고는 기대하지 않았습니다."

도모나가가 구로다의 눈치를 살피며 생각을 전했다.

"내 판단으로도 변방고는 한국 땅을 벗어난 적이 없었을 것입니다."

동석한 이와나미가 의견을 보탰다.

"그렇다면 변방고는 어디로 갔단 말이오? 혹시 가지고 간 자가 처분해 버린 게 아닐까?"

구로다는 걱정이 되었다.

"그러지는 않았을 겁니다."

이와나미가 고개를 가로저었다.

"하면 교수는 짐작이 가는 곳이 있단 말이오?"

구로다가 눈을 번뜩였다. 조금 있으면 조총련 사업가가 이리로 올 것이다. 그 전에 주고받을 만한 가치가 있는 일인지를 결정해야 한다.

"특고가 나섰음에도 변방고를 찾지 못한 것은 의도적으로 숨겼다는 의미입니다."

"그야……"

구로다가 고개를 끄덕였다.

"시노다 지사쿠는 학자입니다. 그래서 논리적으로 추적을 했지요."

이노우에는 처음부터 사람들을 잡아다 고문하는 특고보다 논리적으로 추적한 시노다 지사쿠에 무게를 두고 있었다.

"변방고를 가져간 자는 어떤 식으로든 양희원과 접촉을 했을 것입니다. 그래서 그로부터 정보를 얻었을 것입니다. 그런데 양희원은 조선에 돌아온 적이 없었습니다. 그렇다면 양희원과 해외에서 만났을 것입니다."

"하면 변방고를 가지고 간 자는 역사지리에 깊은 지식을 가지고 있는 조선인으로 해외를 다녀온 적이 있는 사람이겠군요."

도모나가가 끼어들었다.

"무슨 말인지는 알겠지만, 너무 막연하지 않소! 당시 기록들이 전산화가 되어 있는 것도 아닌데 무슨 수로!"

구로다는 짜증을 냈다. 야쿠자 성격에 애매하고 막연한 건 질색이었다.

"그렇습니다. 모래밭에서 바늘을 찾는 격일 수도 있지만 하나하나 추적해 들어가면 단서를 찾아낼 수 있습니다."

짜증을 내는 구로다와 대조적으로 이와나미는 침착을 잃지 않았다.

"여러 정황으로 미뤄볼 때."

이와나미는 숨을 고르고서 '첩8호'를 분석한 결과를 밝혔다.

"변방고는 북한에 있을 가능성이 큽니다."

"북한? 근거는?"

구로다가 똑바로 쳐다보며 물었다.

"시노다 지사쿠는 도유호라는 조선 학자가 변방고를 소지하고 있었을 거라 의심하고 있었습니다."

"도유호? 그가 누구인데?"

구로다가 고개를 갸우뚱했다.

"조선이 해방된 후에 북으로 간 역사지리학자입니다."

"그가 변방고를 소지하고 있었다고 보는 근거가 무엇이오?"

질풍노도의 기세와 나설 때와 냉정하게 물러설 때를 구분하는 능력이 오늘의 그를 만든 원동력이다. 구로다는 어느새 냉정함을 되찾고 있었다.

"시노다 지사쿠는 변방고가 조선에 있다는 사실, 그리고 양희원은 조선에 들어온 적이 없다는 사실에 주목했습니다. 그렇다면 방법은 하나, 양희원이 해외에서 믿을 수 있는 사람을 만나 변방고의 행방을 알려 주었을 것입니다."

"하면 양희원이 해외여행을 했던 기간에 외국에 나갔던 조선인을 찾으면 되겠군요."

도모나가가 말을 받았다.

"그렇습니다. 당시는 해외여행객이 드문 때여서 동기간에 해외여행을 했던 조선인 중에서 역사지리와 관련이 있는 사람을 가려내는 것은 크게 어려운 일이 아닙니다."

"하면 도유호라는 자가 해외에서 양희원을 만났다는 말이오?"

시큰둥하던 구로다가 바짝 관심을 보였다.

"도유호가 오스트리아에서 공부하고 있을 무렵에 양희원이 그곳을 방문했습니다. 양희원은 해외에서 조선 독립운동을 하고 있었지요. 양희원은 그때 변방고와 관련된 정보를 도유호에게 넘겼을 가능성이 큽니다."

이와나미가 자신 있게 대답했다.

"국제법 학자라고 하더니 웬만한 수사관 뺨을 칠 정도로군요."

도모나가가 감탄을 했다. 당시 아마도 특고에서 적극 협조했기에 추론이 가능했을 것이다.

"그렇다면 특고는 왜 그때 도유호를 체포하지 않았소?"

구로다는 조그마한 틈도 허용하지 않는 사람이다.

"증거를 확보하고 수사망을 좁혀가던 차에 태평양전쟁이 발발하면서 흐지부지된 것 같습니다."

잠시 침묵이 흘렀다. 충분히 가능한 얘기다. 미국과 전면전이 벌어진 마당에 만주에 신경 쓸 여유가 없었을 것이다.

그렇다면 이제부터 진짜 승부다. 조부의 칼과 특고의 추적을 용케 피했지만 내 손에 걸린 이상 더 이상 빠져나가지 못할 것이다. 구로다는 모처럼 승부욕을 느꼈다.

"도유호라는 자에 대해서 알아보았소?"

구로다가 침묵을 깨고 입을 열었다. 얼굴에 전의가 가득했다.

"조선공산당 외교부장과 과학자동맹위원장직을 지내다 해방 후에 월북해서 김일성종합대학 교수가 되었지만, 나중에 백두산으로 쫓겨가서 1982년에 사망한 것으로 되어 있습니다. 아마도 변방고는 그가 살던 곳 어딘가에 은닉되어 있을 겁니다."

"그래서 조총련에 아는 사람이 있는지를 물어본 것이로군."

구로다가 비로소 흡족한 웃음을 지었다. 그렇다면 충분히 거래할 가치가 있다.

"한국에서도 변방고를 찾고 있는데 행여 우리보다 먼저 손에 넣는 일이 생기지 않을까?"

이번에는 그게 걱정이 되었다. 우리땅찾기본부 사람들이 백두산 부근에서 추방되었다는 것도 마음에 걸렸다.

"대동지지 목록에 변방고가 기재되어 있는 만큼 그들이 변방고를 알고 있는 것은 당연하겠지요. 하지만 그 이상의 정보는 얻기 힘들 겁니다. '첩8호'가 우리 손에 있으니까요."

이와나미가 장담을 했다.

"그래도 백두산 일대를 살폈다면 뭔가 알고 있는 게 있지 않을까?"

"설사 저들이 변방고가 북한에 있다는 사실을 알고 있다고 해도 우리가 절대적으로 유리합니다. 한국 사람은 북한에 들어갈 수 없으니까요."

"하긴, 우리는 조총련을 통해서 북한에 들어갈 수 있을 테니"

구로다가 고개를 끄덕이고는 도모나가에게 고개를 돌렸다. 이제부터는 그의 일이다.

"나머지는 제가 맡겠습니다."

도모나가가 자신감을 보였다.

"도유호는 백두산 인근의 삼지연에서 교편을 잡았는데 마침 북한에서 삼지연을 백두산 관광기지로 개발한다니 투자자 행세를 하면 될 겁니다."

이와나미가 의견을 보탰고 구로다는 그다음은 어떻게 할 셈이냐는 눈매로 도모나가를 노려보았다.

"도유호가 재직했던 학교와 사택을 뒤져보겠습니다."

도모나가가 대답을 하는데 비서가 조총련 간부 강명철을 대동하고 접견실로 들어섰다.

"이거 별일이로군. 당신이 나를 보자고 하다니."

강명철이 성큼성큼 다가와서 자리를 잡았다. 도모나가와 이와나미는 그가 구로다와 정면으로 대좌할 수 있게끔 옆으로 비켜 앉았다.

"초청에 응해줘서 고맙소. 이와나미 교수는 우리 협회 고문 일을 맡고 있고 도모나가 군은 사립 탐정 일을 하면서 내 일을 많이 도와주고 있지요."

"교수와 탐정이라. 뜻밖이군요. 나는 야쿠자들이 일본도를 차고 도열해 있을 줄 알았는데."

강명철이 배포 좋게 받아쳤다. 혼마 노부스케라는 이름으로 신주쿠 일대에서 파친코 계의 대부로 군림하고 있는 강명철은 재일본조총련에서도 간부 직책을 맡고 있었다. 조총련은 예전에 비해서 힘이 많이 빠졌지만 그래도 강명철은 변함없이 북한에 충성을 바치고 있었다.

"그래 무슨 일로 나를 보자고 한 것이오?"

교수와 탐정이 동석하자 강명철은 뜻밖이라는 표정을 지었지만 그렇다고 겁을 먹거나 당황하지는 않았다. 그 역시 산전수전을 다 겪은 인물이다.

"당신과 거래를 하고 싶은데."

"호! 거래라, 뜻밖이군. 그런데 왠지 내 귀에는 선전포고로 들리는데."

강명철이 너스레를 떨었다. 그렇지만 눈빛만은 먹이를 노리는 맹수의 그것이었다.

"사정이 있어서 그러니 이 사람을 북한에 들어갈 수 있도록 도와주시오. 대가로 하라주쿠 쪽 영업권을 넘길 테니."

"진심이오? 도대체 조선에는 왜? 하라주쿠를 양도하겠다는 걸 보면 예삿일이 아닌 것 같은데?"

구로다가 정색을 하자 강명철도 태도를 바꿨다. 괜히 하는 말이 아니었다.

"찾는 물건이 있소. 그 이상은 말할 수 없고."

"당신이 조선에서 뭘 찾겠다는 건지 궁금해하지 않겠소. 그런데 북쪽은 남쪽과 사정이 많이 다르다는 것쯤은 알고 있을 것이고……
행여 현지에서 불미스러운 일이 발생하면 그때는 우리도 어쩔 수 없소."

강명철이 시의심 가득한 눈길로 구로다와 도모나가를 살폈다.

"잘 알고 있소. 종전 때 내 선조께서 현지에 놓고 오신 물건이 있소. 그것을 찾으려는 것이오."

구로다가 차갑게 대답했다. 강명철은 잠시 생각하더니 고개를 끄덕였다.

"신원보증을 해 주겠소. 하지만 거기까지요."

삼지연

넉 달 만에 다시 찾은 이도백하는 이전과는 다른 모습을 하고 있었다. 그때는 여름이었는데 지금은 추위가 사정없이 파고들었다. 계절상으로는 초겨울인데도 꽤나 춥게 느껴졌다. 성수기가 지났는지 관광객은 그때보다 적어 보였다.

방송국은 거대조직이다 보니 결재 과정이 간단치 않았다. 기획안 심사와 예산 배정, 편성을 마치는데 넉 달이 소요되었던 것이다. 안철준은 그만하면 빨리 승인이 떨어진 것이라고 하지만 윤성욱에게는 일각이 여삼추 같았다.

최성식 교수와의 연결은 완전히 끊어졌다. 이제 그의 도움은커녕 견제를 각오해야 할 판이다. 그렇지만 윤성욱은 후회하지 않았다. 역사의병의 소임을 다하기로 결심을 한 마당이다. 다행히 사정을 들은 베른하르트 교수가 심사를 한 학기 연기해 주었다. 빨리 일을 마무리하고 다시 시작하면 디펜스를 마칠 수 있을 것이다. 그 이후의 일은 전혀 미지수지만.

이번 백두산행에 함윤희는 빠지기로 했다. 입국이 거절당할 우려가 컸다. 사실 윤성욱도 조마조마했다. 그렇지만 중국 당국은 KBC 의 신실크로드 프로그램이 중국이 내세우고 있는 일대일로(一帶一路) 및 장춘과 길림, 도문을 거쳐 북한의 나진·선봉지구로 철로를 연결 하는 창지투 프로젝트와 관련해서 도움이 될 거라 판단했는지 작가 로 등록된 윤성욱을 문제없이 중국에 입국 허가했다. 사전답사에는 PD와 작가 두 사람만 참가하기로 했다.

새로 잡은 호텔은 규모는 그리 큰 편이 아니지만 청결했고, 직원 들도 친절했다. 하긴 우리땅찾기본부와 KBC가 같을 수는 없었다.

짐 정리를 끝내고 취재 일정을 점검하는데 프런트에서 연락이 왔 다. 채명석일 것이다. 이도백하에 도착한 윤성욱과 안철준은 채명 석에게 연락을 했다.

"돌아오지 못할 수도 있다고 생각했는데 다행히 돌아왔군요. 그 런데 그동안에 나는 별로 알아낸 것이 없습니다."

채명석이 겸연쩍은 표정을 지으며 들어섰다.

"당국에서 호감을 가질 방송 프로그램을 내세웠지요. 그러니 돌아 다니는 데 별 지장이 없을 겁니다. 정보는 이제부터 수집해야지요."

안철준이 채명석에게 의자를 권했다.

"이번에는 방송작가로 왔습니다."

윤성욱이 멋쩍은 웃음을 지어 보였다.

"아무튼, 다행입니다. 일이 순조롭게 추진되었으면 좋겠습니다."

채명석이 자리에 앉더니 이내 심각한 표정을 지었다.

"잘 알겠지만, 북한은 대한민국과 많이 다릅니다. 행동이 자유롭 지 못하지요. 변방고가 예상대로 강두수고등중학교 교원 사택 문고 실에 있다고 해도 빼내오는 게 쉽지 않습니다."

"알고 있습니다. 삼지연을 잘 아는 조선족이 있으면 소개시켜 주십시오.”

안철준이 구체적인 계획을 밝혔다.

“북한을 드나들면서 보따리 장사를 하는 조선족은 많이 있습니다. 그리고 그들 중에는 믿을 만한 사람도 여럿 있지요.”

채명석이 고개를 끄덕이고는 말을 이었다.

“하지만 그들에게 일을 맡기는 게 쉽지 않을 것 같습니다. 북한은 철저하게 통제된 사회입니다. 조선족이라고 하지만 엄연히 외국인입니다. 외국인들은 정해진 구역을 벗어날 수 없지요. 도회지라면 모를까 삼지연처럼 작은 곳은 낯선 사람이 나타나면 금세 눈에 뜨입니다.”

채명석이 부정적인 견해를 보였다.

“마음대로 돌아다닐 수 없다는 사실은 잘 알고 있습니다. 그렇지만 지금 일본도 변방고를 노리고 있습니다. 저들은 우리가 모르는 정보도 가지고 있을 겁니다. 어쩌면 변방고가 삼지연에 있다는 사실을 알아냈을지도 모릅니다. 그리고 일본인은 조총련을 통하면 북한에 들어갈 수 있을 겁니다.”

윤성욱이 사정을 밝혔다.

“일본이? 어떻게 그들이 알아냈는지 모르겠지만 변방고가 그들의 손에 들어가면 안 되지요!”

채명석이 화들짝 놀랐다.

“조선족도 마땅치 못하다면 방법은 하나, 화교를 동원해야겠지요.”

잠시 침묵이 흐른 후에 채명석이 대안을 제시했다. 화교? 윤성욱과 안철준은 의외라는 표정을 지었다.

“북한에는 이런저런 이유로 북한 국적을 취득한 중국 사람들이 있습니다. 어쨌거나 그들은 내국인이다 보니 조선족보다 통제를 덜 받습니다."

중국계 북한 인민이라. 그럴 수도 있었단 말인가. 채명석이 아니면 생각해 낼 수 없는 대책이었다.

"하면 우리 일을 도와줄 마땅한 사람이 있습니까?"

윤성욱이 물었다.

"탈북하기 전에 잘 알고 지내던 사람이 있습니다. 삼지연에서 사는 장지오랑, 조선이름은 강조량이라고 하는 젊은이인데 눈썰미가 있는 데다 행동도 민첩해서 일을 맡길 수 있을 겁니다."

"그렇습니까? 연락할 수 있습니까?"

안철준이 반색을 했다.

"국경지대에서는 북한과 휴대폰 통화가 가능합니다. 사실 나는 오래전부터 장지오랑과 연락을 주고받으며 삼지연 소식을 듣고 있습니다."

"그런데 장지오랑이……"

윤성욱이 말을 하다말고 안철준을 쳐다보았다. 거액의 보상을 요구하면 곤란하다. 사전답사 비용에는 없는 항목이다.

"무슨 생각을 하고 있는지 짐작이 가는데 걱정할 것 없습니다. 장지오랑은 경우가 없는 사람은 아닙니다. 내가 잘 얘기하면 그 문제는 크게 신경 쓰지 않아도 될 겁니다."

채명석이 윤성욱과 안철준을 안심시켰다.

"강두수고등중학교 교원 사택 문고실은 사람들이 별로 드나들지 않는 곳이라 물건을 빼 오는 데 큰 어려움이 없을 겁니다. 그리고 화교들은 비교적 자유롭게 국경을 넘습니다."

그렇다면 적임자를 만난 것이다. 그럼 이제 변방고를 손에 넣게 되는 것인가. 윤성욱과 안철준은 벌써부터 흥분이 되었다.

"일본에서도 변방고를 노리고 있다고 하니 서둘러야겠군요. 장지오랑은 제재소에서 일하고 있는데 지금쯤 일을 마치고 집으로 돌아가고 있을 겁니다."

채명석이 시계를 들여다보더니 몸을 일으켰다.

"우리도 가겠습니다. 차를 렌트해 놓았습니다."

윤성욱과 안철준이 따라서 몸을 일으켰다.

～☙～

협궤열차는 좌우로 심하게 요동쳤다. 도모나가는 이러다 전복되는 게 아닐까 겁이 덜컥 났지만, 북한 주민들은 아무 일도 없다는 듯 덤덤한 표정이었다. 조총련의 도움으로 사업가로 신분을 위장한 도모나가는 평양을 거쳐서 혜산에 당도했고, 협궤열차를 타고서 삼지연으로 향하고 있는 중이다.

고리가 떨어져 나간 문짝은 계속 덜컹거렸고 깨어진 유리창 틈에서는 찬 바람이 매섭게 몰아쳤다. 짐작은 했지만 상상했던 것보다 훨씬 낙후된 모습에 도모나가는 혀를 내둘렀다. 민둥산에 소달구지, 차가 거의 다니지 않는 좁은 비포장도로. 전근대적인 풍경들이 차창을 스치고 지나갔다. 도쿄 올림픽이 열렸을 때인 1964년의 일본도 이것보다는 나았을 것 같다.

"양수와 이명수를 지났으니 건창만 통과하면 삼지연에 당도합니다."

평양에서부터 따라온 일본어 통역 겸 안내원이 민망한 표정을 감추지 못했다. 외부인에게 북한의 속살을 드러낸 것이다.

"백두산을 품은 천지연은 천혜의 자연을 품은 땅이지요. 공해에 찌든 도시들에서는 찾아볼 수 없는 너그러움과 편안함을 느낄 수 있습니다."

안내원은 삼지연이 가까워지자 말이 많아졌는데 얼굴에 자부심이 가득했다. 북한 당국이 적극적으로 외자를 유치하면서 안내원은 선망의 직업이며, 엘리트로 꼽히고 있었다.

"삼지연에 비행장이 완성되면 접근이 훨씬 편해질 것입니다. 지금도 숙박 시설들이 활발하게 건설되고 있지요."

안내원은 상기된 얼굴로 계속 떠들어댔다.

"대부분 중국 자본이라고 들었소."

도모나가가 사업가 행세를 했다.

"당장은 그렇지만 앞으로 사정이 달라질 것입니다. 공화국에서 외자를 유치하기로 하면서 전 세계에서 삼지연에 관심을 보이고 있으니까요."

안내원이 환한 얼굴로 설명했다. 안내원뿐만 아니고 대부분의 북한 주민들도 외부인을 대할 때는 당신들이 우리를 어떻게 보든 우리는 행복하게 살고 있다는 것을 쉬지 않고 과시하려 들었다. 도모나가는 조총련의 조언대로 가급적 정치와 관련된 발언은 삼가고 있었다. 어차피 정치에는 관심도 없었다.

변방고는 예상대로 강두수고등중학교에 있을까. 강두수고등중학교는 도유호가 마지막으로 재직했던 곳이다. 알 수 없지만 여기까지 온 마당에 밀어붙이는 수밖에 없었다. 다행인 것은 변방고가 한국 사람들에게는 절대로 접근할 수 없는 곳에 있다는 사실이다.

덜컹거리며 달린 끝에 열차가 마침내 삼지연역에 도착했다. 역을 나서자 도모나가는 시간여행을 하는 게 아닐까 하는 착각 속에 빠져들었다. 까맣게 잊고 지냈던 어린 시절의 기억과 화보집에서 보던 오래된 풍경들이 눈앞에 펼쳐진 것이다. 아직도 이런 집에서 사는 사람들이 있다니.

"호텔로 가시지요."

안내원이 멍하니 서 있는 도모나가의 소매를 잡아끌었다. 읍내로 옮기자 새로 지은 건물들, 신축 중인 건물이 눈에 들어왔다. 외자를 끌어들여서 신축한 건물들 같았다. 도모나가는 그들 중에서 제일 번화한 호텔에 방을 잡았다. 말이 호텔이지 일본의 값싼 모텔만도 못한 곳이지만 여기서는 외국인만 드나들 수 있는 최고급 숙박 시설이다.

"앞으로 호텔과 위락 시설들이 계속 들어설 겁니다."

방까지 따라 들어온 안내원이 쉬지 않고 떠들어댔다. 일본말이 꽤나 유창했는데 혹시라도 도모나가가 돌출행동을 할까 봐 연신 안절부절못하고 있었다.

"우리도 호텔을 지을 계획이오. 부지를 선정하는 게 우선이니 삼지연 일대를 둘러보고 싶소."

도모나가는 한시라도 빨리 일을 마치고 일본으로 돌아가고 싶었다.

"도착하자마자 일을 시작하렵니까? 하긴 자본주의에서는 시간이 돈이라고 하니."

안내원의 말에 빈정거림이 섞여 있었다.

"자본주의를 받아들이기로 했으면 당신들도 속히 자본주의의 생리에 익숙해져야 할 것이오."

"그렇군요. 하면 차를 준비시키겠습니다."

"그럴 필요 없소. 충분히 도보로 돌아다닐 만하니까. 걸어 다니면서 자세히 살펴보겠소."

조총련 관계자를 통해서 강두수고등중학교의 위치를 대강 들었던 터였다. 도모나가는 일부러 그쪽으로 방향을 잡았다. 이중삼중의 경비가 펼쳐진 통제구역에 침투해서 기밀서류를 탈취했던 도모나가에게 그까짓 허술한 시골학교 문고실을 따는 것은 일도 아니다.

"거리도 대대적으로 정비될 것입니다."

안내원이 바짝 따라붙으며 쉴 새 없이 지껄였다. 이 자를 어떻게 따돌려야 하나. 성가시기는 하지만 방법은 있을 것이다. 아무튼, 교원 사택과 가까운 호텔을 잡았으니 곧 목표지가 나타날 것이다.

"어?"

지금쯤 교원 사택이 나타날 것으로 예측하며 모퉁이를 돌아서던 도모나가는 깜짝 놀랐다. 교원 사택 주위에 새끼줄이 쳐졌고, 출입금지 패가 표시되어 있었다. 사람들은 모두 옮겨갔는지 빈집처럼 보였다.

도모나가는 당황했다. 예상에 없던 사태가 발생한 것이다. 어떻게 이런 일이……

"뭐 하는 곳이오? 호텔 부지로 괜찮아 보이는데."

도모나가가 태연을 가장하며 물었다.

"이보오 동무!"

안내원이 관리인인 듯한 남자를 손짓으로 부르더니 이것저것을 물었다. 평양에서 왔다는 말에 현지 관리인은 공손하게 상대했다.

"본래는 고등중학교 교원 사택이었는데 중국 사람이 호텔을 짓기로 하고서 부지를 장기 임차했다고 합니다."

낭패였다. 이런 일이 생길 줄은 꿈에도 생각해 본 적이 없었다. 하지만 그냥 물러설 수는 없다. 도모나가는 시치미를 떼고 물었다.

"하면 살던 사람들은?"

"새로 지은 살림집으로 전부 이주했다고 합니다."

하면 문고의 도서들은? 도모나가는 재빨리 사택을 살펴보았다. 낡을 대로 낡은 단층 건물 4개 동이 나란히 서 있었고 마당 복판에는 세면대가, 그리고 마당을 지나서 공동화장실이 자리하고 있었다. 뒤쪽에 덩그러니 서 있는 건물은 창고일 것이다. 생김새로 봐서 나머지 3개 동은 사택이고 왼쪽 끝의 작은 방은 공용으로 쓰이던 건물 같았다. 그렇다면 문고는 저곳에 있을 것이다. 제발 문고가 아직 그대로 보존되어 있어야 할 텐데.

"흠 나는 여기가 마음에 드는데, 한 번 둘러봐야겠소."

도모나가가 성큼 새끼줄을 넘었다.

"조금 더 가면 훨씬 넓고 경관이 좋은 땅이 많이 있습니다. 굳이 다른 데서 이미 임차한 땅을 살펴볼 필요가 있겠습니까."

안내원이 못마땅해했지만, 출입을 막지는 않았고 따라오지도 않았다. 멋대로 제한구역을 벗어나면 안 되지만 제한구역 안에서 돌아다니는 것은 제지하지 말라는 지침을 받았던 터였다.

도모나가는 여기저기를 살피는 체하면서 문제의 동으로 접근했다. 현장관리인은 말도 통하지 않는 데 도모나가 쪽에서 괜히 이것저것 물어볼까 봐 멀찌감치서 지켜보기만 했다. 하긴 가져갈 만한 물건도 없을 것이다. 도모나가는 괜히 낡은 건물을 건드려보고, 두드려보기도 하면서 건물 안으로 들어섰다.

건물은 기거하는 사람들이 공동으로 쓰는 다용도실이었는데 짐작대로 먼지를 뒤집어쓴 책장이 구석에 비치되어 있었다. 그 안에 책이 가득했는데 대충 살펴보니 5단 서가가 좌우로 배열된 책장으로 서가당 20권씩 해서 장서는 대량 400권 정도 될 것 같았다.

도모나가는 가슴을 졸이며 책장으로 다가갔다. 대부분 낡고 오래된 책들로 표지는 한문과 조선말이 뒤섞여 있는데 개중에는 표지가 떨어져 나간 것도 있었다. 다행인 것은 선반에 일련번호가 매겨져 있는 걸로 봐서 도서마다 분류번호가 있는 것 같았다. 그렇다면 목록이 있을 것이다.

도모나가는 서가 옆에 매달려 있는 목록을 발견하고 즉시 한문으로 된 제목부터 살폈다.

'278 邊方考'.

도모나가는 하마터면 소리를 지를 뻔했다. 이와나미 교수의 추리가 정확하게 들어맞은 것이다.

책장은 걸쇠가 걸려 있었지만 도모나가에게 그따위 조악한 걸쇠는 있으나 마나였다. 손을 대자 금세 걸쇠가 풀렸고, 도모나가는 빠른 속도로 번호를 살폈다.

"······!"

이게 어떻게 된 일인가. 진열된 책은 277번에서 279번으로 건너뛰고 있었다. 그리고 선반에는 책을 꺼낸 자국이 선명했다. 누가 변방고를······? 누군지 알 수 없지만, 달랑 변방고만 없는 걸로 봐서 애초부터 변방고를 노린 것 같았다. 하긴 걸쇠가 맥없이 떨어져 나갈 때부터 조금 이상하다는 생각이 들었다.

"거기서 뭐 하십니까? 거기는 아무것도 없습니다."

시간이 지체되자 안내원이 따라서 들어왔다.

"살펴보는 김에 둘러본 것이오. 그런데 이주가 끝났는데 왜 공사가 진행되지 않는 것이오?"

도모나가가 딴청을 부리며 묻자 안내원은 현장관리인을 불렀고,

몇 마디 주고받더니 언짢은 표정을 지으며 답변했다.

"개발사업자로 선정된 중국인이 당 위원회의 허락도 없이 멋대로 다른 업자에게 개발권을 양도하는 바람에 당 위원회에서 공사를 중단시켰다고 합니다. 개발을 위해서 어쩔 수 없이 외국자본을 끌어들였지만 오로지 돈만 중시하는 자본주의의 못된 습성이 따라서 들어올까 봐 걱정입니다."

"그런 일이 있었군요. 조건이 맞으면 우리가 인수할 수도 있어서 하는 말인데 구체적인 것을 알고 싶으면 어디에 물어보면 되겠소?"

닳고 단 인간들을 상대하던 도모나가에게 북한 안내원은 너무도 순진한 사람이다. 도모나가가 그럴듯하게 연기를 하자 안내원은 금세 표정을 바꿨다. 기왕 일이 이렇게 된 마당에 조금이라도 좋은 조건에 부지를 임대하면 질책을 만회할 수 있을 것이다.

"부지 임대차업무는 양강도 인민위원회 소관이니까 혜산시로 돌아가서 인민위원회 담당자에게 알아보면 될 겁니다."

"그렇군요. 그런데 혹시 남조선에서도 삼지연에 투자를 하려고 합니까?"

도모나가는 설마 하면서도 확인해야 보고 싶었다. 중국에서 추방된 한국인 남녀는 윤성욱과 함윤희라고 했다.

"위에서 하는 일은 모르겠지만 남조선 사람들이 여기에 온 적은 없습니다."

"확실합니까?"

"중앙당의 지시 없이 남조선과 접촉하는 일은 절대로 없습니다."

안내원이 단언했다.

"혹시 조선족을 내세울 수도 있지 않습니까?"

도모나가는 철저하게 알아보기로 했다.

"왜 자꾸 남조선을 신경 쓰는지 모르겠지만 그런 일은 없을 겁니다."

안내원이 단언했다.

"그렇군요."

도모나가는 더 묻지 않기로 했다. 그렇다면 결론은 하나다. 부지를 임차했던 자가 변방고를 꺼내 갔을 것이다. 왜 가지고 갔을까? 혹시 처음부터 변방고를 노리고 덤벼든 게 아닐까. 누굴가? 알 수 없지만, 한국 사람은 아닐 것이다. 북한 당국도 아닐 것이다. 그들은 변방고의 존재를 모르고 있다. 하면…… 누구란 말인가.

✃

"저기가 내 고향 무봉입니다. 삼지연은 주변이 1,000미터가 넘는 산들로 둘러싸여 있어서 신호가 잘 잡히지 않지만 무봉까지 나오면 얼마든지 통화가 가능하지요."

채명석이 두만강을 쳐다보며 말했다. 갈수기의 강상류는 폭이 웬만한 개울에 불과했다. 마음만 먹으면 얼마든지 건널 수 있을 것 같았다. 오늘은 장지오랑으로부터 연락이 오는 날이다. 채명석은 일차 통화에서 전말을 간단히 전했고, 장지오랑은 흔쾌히 수락을 했다.

윤성욱과 안철준은 기다리는 것밖에 할 게 없는 현실이 안타까웠다. 과연 장지오랑이 변방고를 손에 넣었을까. 애를 태우고 있는 세 사람과는 대조적으로 멀찌감치 떨어져서 차를 지키고 있는 렌터카 기사는 연신 하품을 해대며 무료함을 달래고 있었다.

"하류로 가면 제법 큼지막한 모래톱들이 있는데 갈수기에는 중국에 붙기도 하지요. 그래서 막연히 중국 땅이려니 하고 그곳에 갔다가는 불법 월경한 것이 되어 곤욕을 치르는 경우도 있습니다."

두만강은 조그만 모래톱만 있어도 전부 북한 영토에 속했기에 주의를 하지 않으면 자신도 모르는 사이에 불법 월경을 하게 된다.

"연전에 북한에 억류되었던 서방 여기자들도 지류가 말라버리는 바람에 얼떨결에 월경을 하게 된 것이라고 하더군요."

안철준이 말을 받는데 채명석의 휴대폰이 울렸다. 장지오랑으로 부터 연락이 온 것이다.

"이보시오!"

채명석이 얼른 받았다.

"채 선생, 납니다."

스피커폰에서 장지오랑의 목소리가 들렸다. 윤성욱과 안철준은 긴장해서 두 사람의 대화에 귀를 기울였다.

"그래, 알아보았는가?"

"네. 마침 교원 사택이 중국인 투자가에게 임차되면서 출입이 쉬웠습니다. 전부 이주하고 텅 비어 있었거든요. 말씀하신 대로 책이 비치되어 있었는데 목록을 살펴보니 변방고가 있더군요."

변방고를 찾았다! 윤성욱과 안철준은 부둥켜안고 춤이라도 추고 싶었다. 그렇지만 환희는 오래가지 않았다.

"그런데 막상 책은 없었습니다."

"그게 무슨 소리야? 책이 없다니?"

채명석이 놀라서 물었다.

"달랑 변방고만 없었습니다. 누가 최근에 빼내 간 것 같습니다."

이게 무슨 소리인가, 누가 변방고를…… 윤성욱은 하늘이 무너져 내리는 것 같았다. 숱한 고비를 넘기고 여기까지 왔는데 변방고가 없다니.

"그런데 어제 일본인 투자가가 교원 사택을 방문했다고 합니다. 느낌이 이상해서 그가 묵고 있는 호텔 일꾼에게 은밀히 알아봤더니 이름이 도모나가 에이오라고 했습니다."

도모나가 에이오? 왜 하필 이럴 때 일본인이 그곳에. 윤성욱의 뇌리에 도모나가 에이오라는 이름이 각인되었다.

"하면 그 일본인이 변방고를 빼냈단 말인가?"

채명석이 황급히 물었다.

"그렇지는 않은 것 같습니다. 내가 갔을 때 이미 변방고가 없었습니다. 서가에 쌓인 먼지로 봐서 적어도 일주일은 지난 것 같았습니다."

하면 누가 일주일 전에 변방고만 빼갔단 말인가. 그가 누굴까? 윤성욱과 안철준은 멍한 표정으로 서로를 쳐다봤다. 공사는 그즈음에 중단되었다고 했다. 그리고 도모나가 에이오라는 일본인은 왜 그곳에 들렀을까. 혹시 변방고를 노리고 온 것일까. 생각이 거기에 미치자 윤성욱은 조바심이 극에 달했다.

"공사가 왜 중단된 거야?"

"부지를 임차했던 중국인이 개발권을 다른 사업자에게 넘겨버렸다고 합니다."

채명석이 묻고 장지오랑이 대답했다.

"혹시 땅을 본래 임차했던 중국인이 누군지 알아볼 수 있습니까?"

윤성욱은 어쩌면 그자가 변방고를 가지고 갔을지도 모른다는 생각이 들었다.

"자세한 것은 혜산에 가야 알 수 있습니다. 현장관리인은 단지 심양에서 온 종 사장이라고 사실만 알고 있었습니다. 다행히 현장관리인이 퇴직 교원이어서 '쇠북 종(鐘)'자라고 확실하게 알려주었습니다."

심양에 사는 종씨 성을 쓰는 중국인이라. 너무 막막했다. 그 이상 상세한 정보를 얻으려면 혜산에 가야 할 것이다.

"그곳에 살던 사람들은 한 달 전에 이주를 마쳤다고 합니다. 그러니까 그 사람들이 변방고를 가지고 가지는 않았을 겁니다. 그런데 이만 통화를 마쳐야 할 것 같습니다."

장시간 통화를 할 수 있는 여건이 못 된다. 장지오랑이 마지막으로 자기 의견을 보태고 전화를 끊었다. 심양에 사는 종 사장이라. 그가 변방고를 가지고 갔을까. 알 수 없지만, 심증이 강하게 갔다. 공사를 넘긴 것은 처음부터 변방고를 노리고 접근한 것인지도 모른다. 산 넘어 산이라더니 어째 이런 일이. 윤성욱과 안철준, 채명석은 풀이 죽어서 차로 향했다.

이도백하로 돌아오는 동안에 아무도 입을 열지 않았다. 전혀 예기치 못했던 상황이 발생한 것이다. 아무래도 도모나가는 변방고 때문에 삼지연에 온 것 같았다. 그들이 벌써 거기까지 손을 뻗었단 말인가. 어떻게 보면 변방고가 자취를 감춘 것이 차라리 다행이었다. 제 자리에 있었다면 꼼짝없이 일본인의 손에 들어갔을 것이다.

이도백하로 돌아왔을 때는 어둠이 완전히 깔린 후였다. 채명석은 풀이 죽어서 돌아갔고, 호텔 방에는 윤성욱과 안철준만 남았다.

"이젠 어떻게 하지?"

윤성욱이 허탈한 표정으로 물었다.

"심양으로 가서 종 사장을 찾아보는 수밖에."

허탈하기는 윤성욱도 마찬가지였다.

"심양은 큰 도시야. 달랑 성만 가지고 사람을 찾기는 힘들어"

안철준이 한숨을 쉬는데 휴대폰이 울렸다. 함윤희였다.

"어떻게 되었어요?"

"국경에서 현지인과 통화를 마치고 막 돌아왔어요."

윤성욱은 그간의 일을 간략하게 설명했다.

"정말 변방고가 그곳에 있었네요. 내 생각으로도 종 사장이 변방고를 가지고 간 것 같은데 혹시 중국 당국에서 파견한 요원은 아닐까요?"

함윤희가 자기 생각을 전했다. 그것은 윤성욱도 해봤던 추리다.

"글쎄요, 그것도 배제할 수 없겠지만 일단은 아니라는 판단이 듭니다. 중국 당국의 짓이라고 보기에는 왠지 어설픈 구석이 많으니까요. 아무튼, 심양으로 가서 종 사장을 찾아볼 생각입니다."

맥이 빠졌지만 여기서 주저앉을 수는 없다. 구한말 의병들은 모든 것이 불리한 상황에서도 끝까지 일제와 맞서 싸웠다. 그렇다면 역사의병도 쉽사리 물러서면 안 될 것이다.

"어쩐지 조심해야 할 것 같은 느낌이 드네요. 그런데 미국의 스티브 양으로부터 연락이 왔어요."

함윤희가 화제를 바꿨다.

"스티브 양이 어떻게 해서든 우리를 도울 생각으로 사립 탐정을 고용해서 변방고를 찾던 사람에 대해서 알아봤나 봐요. 그래서 줌웰트&롱 사무소에 의뢰한 일본인이 누군지 알아냈어요."

"의뢰인이 누군지 알아내는 게 쉽지 않았을 텐데 용케 알아냈군요."

"그에 상응하는 대가를 건넸겠지요. 스티브 양은 상당한 재력가니까요."

"혹시 도모나가 에이오라는 일본인이 아닌가요?"

윤성욱이 혹시나 해서 물었다.

"어떻게 그걸 알았어요?"

함윤희가 깜짝 놀랐다.

"방금 얘기했던, 우리를 도와주는 화교가 언급했던 일본인이 도모나가입니다."

"그렇군요. 그 사람들이 벌써 거기까지 손길을 뻗쳤군요. 그런데 스티브 양이 알아낸 정보가 더 있어요."

함윤희가 그동안에 있었던 일을 빠뜨리지 않고 전했다.

"내친김에 일본의 탐정 에이전트를 통해서 도모나가에 대해서 알아봤더니 그는 전직 경시청 수사관으로 지금은 신흑룡회 회장 구로다 타다시를 위해서 일하고 있다고 하더군요."

"신흑룡회?"

"흑룡회는 구한말 일제가 대륙 진출을 도모할 때 앞장서서 폭력을 행사하던 낭인 집단인데 신흑룡회는 흑룡회의 후예를 자처하는 극우단체라고 해요."

일이 그렇게 진행되고 있었단 말인가. 자신도 모르는 사이에 신흑룡회라는 일본의 극우단체와 싸움을 벌이고 있었던 것이다.

"극우단체에서 왜 변방고를? 이제 와서 일본에게 변방고가 무슨 소용이 있다고?"

안철준이 의문을 표했다.

"심 선생님은 중국과의 영토 분쟁에서 중국을 궁지로 몰아넣으려는 수단으로 활용하려는 것 같다고 하셨어요."

"중국이라면 댜오위다오, 그러니까 센카쿠 열도 말인가요?"

"네, 센카쿠 열도는 역사적으로나 지리적으로 볼 때 중국의 주장이 합리적이지만 일본이 지금 실효적 지배를 하고 있거든요. 그러니까 간도와는 정반대의 상황이죠."

"그렇군요. 그런데 변방고는 지금 제3자의 손에 있고, 일본은 우리보다 여러 면에서 유리한 입장입니다."

윤성욱이 솔직히 불리한 상황임을 알렸다.

"신흑룡회에서는 우리 그러니까 나하고 윤 선생님에 대해서도 이미 파악하고 있을 거예요. 나야 한국에 있지만, 윤 선생님과 안 PD님은 조심하셔야 할 것 같아요."

함윤희가 걱정을 했다. 함윤희 말대로 도모나가는 우리를 알고 있을 것이다. 그리고 신흑룡회는 큰 조직이며 자금력도 엄청날 것이다. 어쩌면 그 뒤에 정치세력이 있을지도 모른다. 그에 비하면 역사의병은 구한말 의병에 비해서 나을 게 하나도 없는 형국이었다.

함윤희는 무리하면 봉변을 당할 수 있으니 일단 귀국하는 게 어떻겠냐고 조언했고, 윤성욱은 잘 알았으니 너무 걱정하지 말라는 말로 통화를 끝냈다.

"갈수록 태산이군."

안철준이 한숨을 내쉬었다.

"서울에서 김 서방을 찾는 격일지 모르겠지만 일단 심양으로 가 보는 수밖에."

윤성욱은 당장이라도 달려가고 싶었다.

"종 사장은 누구길래 변방고를 가지고 갔을까?"

모든 정황이 종 사장을 지목하고 있었다.

"부딪혀보는 수밖에. 종 사장이라는 자를 찾아내면 자세한 것을 알 수 있겠지."

변방고와 이해관계가 있는 중국인이 누가 있을까. 그것을 알아내는 게 현재로서는 급선무일 것이다.

심양

"당장 입원하셔야 합니다."

모니터를 살피던 의사가 심각한 표정으로 중전타오鐘鎮濤에게 입원을 권했다. 암이 예상보다 빠르게 진행되고 있었다.

"솔직히 말해주십시오. 얼마나 더 살 수 있습니까?"

중전타오는 애써 의연한 태도로 물었다. 입원 권유가 뭘 의미하는지 잘 알고 있었다.

"정확한 건 모릅니다. 왜 말을 듣지 않고서…… 그때 수술했으면 훨씬 좋았을 텐데."

의사가 굳은 표정으로 소견을 전했다. 중전타오는 VIP 환자다. 일반 환자 같으면 엄히 꾸짖었을 것이다.

"주변을 마무리할 시간이 필요합니다. 다시 들리지요."

중전타오는 당장 입원하라는 의사의 권유를 무시하고 병원을 나섰다. 지금 입원하면 다시는 걸어서 병원을 나오지 못할 것만 같았다.

대기하고 있던 차에 오른 중전타오는 시트에 몸을 기댄 채 물끄러미 차창 밖을 바라보았다. 하룻밤 사이에 기온이 뚝 떨어진 거리에 치우지 않은 낙엽들이 어지럽게 날렸고 행인들은 때 이른 추위에 어깨를 움츠린 채 종종걸음을 서두르고 있었다.

차가 심양의 중심지인 태원가 신축 빌딩에 도착하자 중전타오는 아무 일 없었다는 듯 천천히 엘리베이터로 향했다. 중전타오는 췌장암에 걸렸다는 사실을 주위 사람들에게 알리지 않고 있었다. 진행에 비해서 증상은 심하지 않아서 주위 사람들은 일로 인한 스트레스려니 하고 넘어가고 있었다.

췌장암 판정을 받은 것이 6개월 전이다. 그때 중전타오는 하늘이 무너져 내리는 기분이었다. 아직 해야 할 일이 많은데…… 의사는 췌장암은 조기 발견이 어려운 병이라고 했다. 완치가 어렵다는 사실을 에둘러 전한 것이다. 왜 내게 이런 일이…… 밀려오는 두려움과 끓어오르는 분노를 달랠 겸 중전타오는 내몽골로 여행을 떠났다. 다시는 돌아오지 않으리라 다짐했던 땅, 꿈속에서조차 마주치기 싫었던 곳이지만 뜻하지 않았던 상황과 직면하자, 문득 지난 삶을 돌아보고 싶은 생각이 들었던 것이다.

그런데 내몽골의 광활한 대자연 앞에 선 중전타오는 여태 스스로를 속이고 있었음을 깨닫게 되었다. 끝없이 펼쳐진 초원과 파란 하늘. 유유자적 풀을 뜯고 있는 말들. 목동들의 순박한 얼굴과 때 묻지 않은 삶. 기억 저편에 묻혀 있었던 아련한 장면들이 고스란히 되살아나면서 중전타오는 고향에 돌아온 포근함을 느낄 수 있었다.

내몽골 여행에서 돌아온 중전타오는 병실에 누워서 구차하게 목숨을 이어가는 대신에 남은 삶을 의미 있게 마무리하기로 했다. 선친의 피맺힌 당부를 완수하는 걸 생의 마지막 목표를 정한 것이다. 그래서 투자를 가장해서 북한에 들어갔고, 목표로 했던 변방고를 손에 넣었다.

그런데 생각지 못했던 장벽이 앞을 가로막았다.

'공표는 안 됩니다! 당국에서 불허할 거고, 강행하면 변방고를 없애 버릴지도 모릅니다. 잘 보관하고 있다가 후일을 기약하는 게 좋습니다.'

비서 네전룽이 만류하고 나섰다.

네전룽을 만난 것은 중전타오의 삶에서 최대의 행운이었다. 심양에서 새 삶을 시작할 무렵에 만났던 네전룽과는 밑바닥부터 함께했는데 짧은 기간에 이만큼 성공한 것은 그의 성실성이 큰 도움이 되었기 때문이다.

창밖을 바라보던 중전타오는 침통한 표정으로 자리로 돌아왔다. 네전룽의 말이 맞다. 지금 변방고의 존재를 외부에 알렸다가는 당국에서 압수해 폐기 처분할 것이다. 댜오위다오와 관련해서 세상에 모습을 드러내서는 안 될 문건이다. 국제 정세 때문에 변방고가 위험한 물건이 될 줄이야. 그러면 언제 상황이 좋아질까. 마냥 기다릴 수 없는 처지다. 중전타오의 입술이 타들어 갔다.

눈을 감자 어린 시절의 기억들이 주마등처럼 뇌리를 스치고 지나갔다. 어둡고 암울한 색인데 그래도 40년도 더 지난 옛날의 일들인데 신기할 정도로 또렷하게 기억이 떠올랐다.

⁂

기억의 첫 자락은 인민학교에 입학했을 무렵이었다. 어깨에 붉은 완장을 찬 중학생 형과 누나들이 집에 들이닥치더니 부모님을 거칠게 끌어냈다. 저 형과 누나들이 왜 저러는 걸까. 불과 얼마 전까지만 해도 길림성 사회과학원 원사인 아버지를 존경하고 따르던 형과 누나들이었다.

아버지는 손을 묶인 채 홍위병들에게 끌려갔고, 군중들 앞에서 집단성토를 당했다. 그리고 가족은 내몽골의 시린궈러맹錫林郭勒盟으로 하방(下放)되었다. 당시 중국은 문화대혁명의 광기가 휩쓸고 지나가던 무렵이었다.

존경받는 사회과학원 원사에서 졸지에 흑방분자(黑幇分子)로 몰린 것이다. 왜 이런 일이 생긴 걸까. 아버지는 정치인도 아니고 군인도 아니고 학자일 뿐이다. 그런데 왜……? 중전타오가 그 이유를 알게 된 것은 보이는 것이라고는 초원과 하늘이 전부인 내몽골 시린궈러의 대초원에서 여름과 겨울을 세 번 넘긴 후였다.

중국 국무원 총리 주은래와 북한 내각 수상 김일성은 1962년 10월 12일에 조중변계조약에 합의했다. 그리고 2년 후에 중국 외교부장 천이와 북한 외무상 박성철이 전문 5개조, 21개 조항에 이르는 조중변계의정서를 체결하면서 두 나라는 압록강과 두만강에 걸쳐서 1,369km에 달하는 국경선을 확정 지었는데 중전타오의 부친은 그때 실무를 담당했었다.

국경조약은 전반적으로 북한에 유리했다. 당시는 중국과 소련이 공산주의의 정통성을 놓고서 헤게모니를 다투던 때여서 중국은 북한을 자기편으로 끌어들일 필요가 있었기에 대폭 양보했던 것이다.

그런데 문화대혁명이 일어나면서 그때의 일 때문에 단란했던 중전타오의 가족은 하루아침에 박살 나고 말았다.

'사령부를 폭파하라!'

수정주의 타도를 기치로 내건 모택동은 문화대혁명을 주도했고, 어린 학생들은 선동에 광분했다.

'조반유리(造反有利)!'

당국은 '홍위병들이 일어선 데는 그럴 만한 이유가 있다!'면서 폭동을 부추겼다. 광풍이 중국 전역을 휩쓸고 지나갔고, 홍위병들은 지식인들을 반혁명분자로 몰아서 인민재판에 회부했다. 선생은 물론 자기 부모도 고발하는 형국이었다.

불똥은 국경협상단에게도 튀었다. 북한에 영토를 내주었다는 것이 이유였다. 실무단장이었던 연변조선자치주 주석 주덕해는 옥사를 했고 자문위원이었던 중전타오의 부친은 가족과 함께 내몽골에서도 험지로 꼽히는 시린궈러맹으로 추방되었다.

망망대해의 무인도에 표류한 것과 별반 다를 것 없는 대초원에서 낙타와 양을 기르며 사는 낯설고 고된 삶이 이어졌다. 대초원의 겨울은 상상했던 것 이상으로 혹독했다. 길림성과는 비교가 되지 않았다. 갑자기 기온이 영하 30도 이하로 떨어지는 '쪼드'가 닥치면 미처 대피하지 못한 가축들은 피가 얼어서 선 채로 죽는다.

하루하루 살아남기도 힘든 여건에서도 아버지는 가르침을 게을리하지 않았다. 중학교가 있는 둬룬 현(縣)으로 가려면 낙타를 타고 10시간을 가야 하기에 중전타오는 학교에 다니질 못했다. 그래서 부친은 책을 구해서 직접 가르쳤고, 중전타오는 또래의 도시 아이들에 비해서 학업이 떨어지지 않았다.

세월이 흐르면서 혹독한 자연환경에 어느 정도 익숙해질 무렵 아버지의 병세가 악화되었다. 아버지는 시린궈러로 하방되었을 때부터 건강이 좋지 못했다.

"너도 이제 다 컸구나. 내 말을 똑똑히 듣거라!"

어느 날 아버지가 정색을 했다. 중전타오는 아버지의 그렇게 엄한 표정을 처음 보았다.

"영토를 넘겨주었다는 이유로 내가 이리로 하방되었다는 사실은 너도 잘 알 것이다."

중전타오는 잠자코 듣기만 했다.

"표면적으로는 중소분쟁 때문에 조선에 양보한 것으로 되어 있지만, 사실은 이유가 따로 있었다. 단순히 정치적인 이유였다면 그렇게 양보하지 않았을 것이다."

아버지가 크게 한숨을 내쉬었다. 무슨 말을 하려는 걸까. 중전타오는 몹시 당혹스러웠다.

"사회과학원 원사 때 조선을 방문했던 적이 있었다."

모처럼 아버지의 눈에서 빛이 일었다.

"그때 도유호라는 조선인 학자를 만났는데 그와는 북경의 연경대학문학원(燕京大學文學院)에서 함께 공부했던 사이다. 그런데 그가 변방고라는 지리지를 가지고 있었다."

부친은 힘이 드는지 숨을 거칠게 몰아쉬었다.

"변방고는 100여 년 전에 김정호라는 지리학자가 저술한 지리지인데 간도가 조선의 영토임을 부인할 수 없는 명백한 증거가 기록되어 있었다."

중전타오의 뇌리에 변방고 세 글자가 또렷이 각인되었다.

"국경조약 당시에 도유호는 백두산 기슭의 삼지연이라는 곳에 머무르고 있었다. 그때 우리가 조선을 세게 몰아붙였다면 도유호는 변방고를 공개했을지 모른다. 그렇게 되면 간도 전부가 조선으로 넘어갈 수도 있었다. 그래서 나는 서둘러서 조약을 체결할 것을 조언했던 것이다."

그런 일이 있었단 말인가. 중전타오는 비로소 부친 가슴속 깊은 곳에 자리하고 있는 원한의 실체를 파악하게 되었다.

"누명을 벗을 날을 기다리며 모진 세월을 참고 견뎠는데 아무래도 내 생전에 소원을 이루지 못할 것 같구나."

부친이 회한 가득한 얼굴로 장탄식을 내뱉었다.

"나는 그리 오래 살지 못할 것 같다. 그러니 네가 내 한을 풀어다오."

"왜 그런 말씀을 하세요."

중전타오는 두려웠다.

"내 몸은 내가 잘 안다. 좋은 날이 오거든 변방고를 찾아서 내 억울함을 풀어다오."

부친이 야윈 손으로 중전타오의 손을 꼭 잡았다.

그러고 얼마 지나지 않아서 아버지는 세상을 떠나셨다. 그리고 한 해가 지나 1976년이 되면서 중전타오는 내몽골을 떠날 수 있게 되었다. 그해 모택동 주석이 죽고, 문화대혁명을 주도했던 4인방이 쫓겨가면서 하방에서 풀려난 것이다. 그 사이에 중전타오는 청년으로 성장해 있었다.

중전타오는 길림 대신에 심양을 새 보금자리로 택했다. 가진 것 없고, 기댈 곳 없는 청년에게 대도시는 기회의 땅이었다. 무일푼의 이방인에게 대도시의 삶은 결코 녹록지 않았지만, 내몽골의 거친 환경에서 살아남은 중전타오에게는 넘지 못할 장애가 못되었다. 중전타오는 살아남기 위해서 몸부림을 쳤고, 하늘의 도움으로 자수성가의 발판을 마련하게 되었다. 등소평이 개혁개방을 주창하면서 도입된 자본주의 체계는 중전타오에게는 하늘이 내려준 기회였다. 중전타오는 열심히 일했고, 착실하게 재산을 늘려갔다. 성실하고 이재에 밝은 네전룽을 만난 것은 중전타오의 생애에서 제일 큰 축복이었다.

그러다 그만 불치의 병에 걸린 것이다. 하늘이 무너져 내리는 심정이었지만 낙담만 하고 있을 수는 없다. 삶이 허락하는 동안에 아버지의 당부를 들어 드려야 했다. 중전타오는 북한과 관련된 정보를 수집했고, 마침 북한이 삼지연 일대를 대대적으로 개발한다는 정보를 입수하게 되었다. 삼지연은 도유호가 살았던 곳이다. 그렇다면 그가 생전에 머물렀던 장소에 변방고가 보관되어 있을 가능성이 크다. 중전타오는 호텔 투자를 구실로 현지에 접근했고, 소원이던 변방고를 손에 넣었다. 사업권을 헐값에 넘기는 과정에서 적지 않은 손실을 입었지만 그건 중요한 게 아니었다.

❧

생각에 잠겨 있던 중전타오는 노크 소리에 제정신으로 돌아왔다. 네전룽이 집무실로 들어섰다.

"당신의 조언을 받아들이겠어."

중전타오가 무거운 표정으로 결심을 전했다. 어쨌거나 변방고가 완전히 사라지는 것은 막아야 한다.

"잘 생각하셨습니다."

네전룽의 얼굴이 환해졌다.

"다오위다오와 투바를 감안하면 변방고는 너무 위험한 물건입니다."

바이칼 호수 연안의 투바는 본래는 중국의 땅이었다. 그런데 소련이 민족자치를 구실로 독립시키라고 하더니 1961년에 슬그머니 소비에트연방에 편입시켜 버렸다. 소련이 해체된 지금은 러시아 연방공화국의 자치공화국이 되어 있었다. 중국은 강력하게 반환을 요구했지만, 러시아는 실효적 지배를 이유로 거절하고 있었다. 댜오위다오를 차지하고 있는 일본도 마찬가지다. 이런 상황에서 변방고는 중국 당국의 입장에서는 엄청난 몽니가 될 것이다.

"아예 없애버리는 게 좋을 것 같습니다."

중전타오는 이 자리에 오기까지 많은 적을 만들었다. 그들은 호시탐탐 중전타오의 약점을 노리고 있을 것이다. 이 세계에서는 여차하면 모든 것이 일순간에 물거품이 될 수 있다.

"그건 안 돼!"

중전타오가 언성을 높였다. 언젠가는 아버지의 누명을 벗겨드릴 수 있는 날이 올 것이다.

"하면 그 일은 재론하지 않겠습니다. 그렇지만 둑도 작은 틈으로부터 무너진다고 했습니다. 그동안에 쌓았던 것을 일시에 날려버리는 일이 없도록 각별히 주의를 해야 합니다."

네전룽이 중전타오의 눈치를 살피며 말을 이었다.

"혹시나 해서 삼지연에 매수해 놓았던 자를 통해 알아봤더니 일본인 사업가가 우리가 계약했던 부지에 눈독을 들였다고 하더군요."

"일본인 사업가?"

"투자하려고 삼지연 일대를 돌아보는 중이라고 하는데 이상하지 않습니까? 왜 하필 거기를…… 그래서 양도한 업체에 알아봤더니 연락이 온 게 없다고 합니다. 이상해서 알아봤더니 조총련에서 추천한 사업가라고 하더군요."

"조총련? 뭐 그럴 수도 있는 일 아닌가?"

중전타오는 별 관심을 보이지 않았다. 이미 변방고를 손에 넣은 마당이다.

"그렇기는 합니다만, 굳이 그 부지에 관심을 가질 필요가 있을까요? 훨씬 조건이 좋은 부지가 널려 있는데."

네전룽은 경계심을 거두지 않았다. 그것은 중전타오도 변방고 때문에 계약했을 뿐, 더 좋은 부지들이 널려 있었다.

"그렇게 마음에 걸리거든 그들에 대해서 자세히 알아보게."

변방고는 위험한 물건이다. 경계를 게을리하면 안 된다.

"알겠습니다. 그리고……"

네전룽이 탐색하는 듯한 눈초리를 중전타오를 쳐다봤다.

"뭔가?"

"아닙니다. 나중에 말씀드리겠습니다."

네전룽을 생각이 바뀐 듯 그대로 사무실을 나갔다. 중전타오는 그가 무슨 말을 하려고 했는지 충분히 짐작하고 있었다. 네전룽은 사업 전반에 걸쳐서 속속들이 관여하고 있다. 변방고도 마찬가지다. 그만큼 중전타오는 네전룽을 신임하고 있었다. 그렇지만 췌장암에 대해서는 아직 말하지 않고 있었다. 물론 네전룽도 뭔가 건강에 이상이 생겼다는 사실 정도는 짐작하고 있을 것이다. 다행히도 진행에 비해서 겉으로 드러난 병세며 통증은 심한 편이 아니어서 넘어가고 있지만 오래가지는 못할 것이다.

시간은 자꾸 가는데 여기서 뭘 어떻게 해야 한단 말인가. 중전타오의 입에서 진한 한숨이 새어 나왔다.

‿‿‿

"심양의 인구는 8백만 명이 넘습니다. 그렇다고 대규모 플랜트 사업도 아니고 작은 호텔을 짓는 일 아닙니까. 더구나 단독 투자도 아니고 투자자 8명이 공동 투자를 했다면…… 시간이 제법 걸릴 겁니다."

린리궈가 유창한 일본말로 도모나가를 상대했다. 곤란하다는 표정을 지었지만 그렇다고 거절할 뜻은 없어 보였다.

"당신 말대로 심양은 큰 도시야. 그렇지만 당신은 동북 일대에서 최고의 에이전트라고 하던데."

도모나가가 린리궈를 쏘아보았다. 돈은 얼마든지 줄 수 있지만 일은 반드시 성사시켜야 한다는 압박이 포함되어 있었다. 린리궈는 대답 대신에 도모나가가 들고 온 서류를 받아 들었다.

혜산과 평양, 북경을 거쳐 심양에 온 도모나가는 사설 정보 에이전트를 하고 있는 린리궈에게 일을 맡기기로 했다. 린리궈는 본시 사람을 찾고, 빚을 대신 받아주는 일을 하던 자다. 린리궈는 심양에 개발 붐이 일면서 외국 자본이 대거 유입되자 그들을 상대로 현지 정보를 제공하고, 현지 조사를 대행하는 일을 하면서 사업을 크게 확장시켰다. 정보수집 능력은 정부 기관에 버금간다고 했다. 그쪽 일을 하다 보면 자연스럽게 불법적인 추적과 감금, 폭행에도 손을 대게 마련이다.

구로다 회장은 필요하면 물리력도 불사하라는 지시를 내렸다. 비용이며 뒷수습 일체를 책임지겠다는 뜻이다. 혜산에서 알아낸 정보는 한정적이었다. 본 계약자는 심양에 소재지를 둔 석림유한공사(錫林有限公司)라는 것과 석림유한공사는 8인이 출자를 한 특수법인체로 이미 해산했다는 것이 전부였다. 석림유한공사는 사업권을 양도하는 과정에서 적지 않은 손실을 보았다고 했다. 도모나가의 촉각을 곤두세우기 충분한 처사였다.

"이 정도 규모의 투자자는 심양에 널려 있습니다. 무슨 단서가 없습니까? 조그마한 단서라도 있으면 큰 도움이 될 텐데.”

신흑룡회의 위상을 잘 알기에 린리궈는 도모나가를 최대한 정중하게 대하고 있었다.

“당장은, 그렇지만 우리를 돕기 위해서 지금 일본에서 사람이 이리로 오고 있소.”

도모나가가 시계를 힐끗 들여다보는데 누가 호텔 방을 노크했다. 벌써 도착한 모양이다. 도모나가가 얼른 일어서서 문을 열었다.

“이노우에 교수님이십니까?”

“그렇소. 회장님께서 심양으로 가서 당신을 도우라고 하셨소.”

이노우에가 주위를 둘러보며 자리를 잡았다.

“이노우에 교수님은 이 분야의 전문가여서 남들이 모르는 단서를 찾아내실 것이오.”

도모나가가 이노우에를 린리궈에게 소개했다.

“그렇습니까? 그럼 부탁드리겠습니다.”

린리궈가 웃음을 지으며 손을 내밀었다. 교수까지 동원하다니. 과연 신흑룡회라는 감탄이 새어 나왔다. 교수는 유창하지는 못하지만, 그런대로 중국말로 회화가 가능했다.

“방금 도모나가 선생과 얘기했지만, 정보가 너무 한정적입니다. 뭐라도 단서가 있으면 큰 도움이 될 겁니다.”

린리궈가 이노우에를 빤히 쳐다봤다.

“누가 변방고를 빼내 갔다고 하는데 혹시 한국인들이 먼저 손을 댄 게 아니오?”

이노우에가 대답 대신에 도모나가에게 질문을 던졌다.

“그런 일은 없었을 겁니다. 남쪽 사람들에게 북한은 금단의 영역이니까요. 그리고 삼지연은 외진 곳이어서 조선족이라도 낯선 사람이 나타나면 금세 눈에 띌 것입니다."

그럼, 누굴까. 이노우에가 생각하는데 도모나가가 조심스럽게 입을 열었다.

"그런데 신경이 쓰이는 일이 있습니다."

"무슨 일이오?"

"이 사람을 통해서 근자에 연길공항을 통해 들어온 한국 명단을 확인해 봤더니 그들 중에 윤성욱이 있었습니다. 며칠 전의 일입니다."

"윤성욱?"

"왜 일전에 간도를 찾는다고 설치다 중국에서 추방되었던 시민단체 있지 않습니까?"

"생각이 나는군. 하면 그자가 왜 연길에? 변방고 때문으로 보는 것이오?"

"그건 알 수 없지요. 그런데 이번에는 한국 방송국 직원으로 왔다더군요."

"뭐 다른 일로 왔겠지. 기관원도 아닌 자가, 더구나 중국에서 뭘 어떻게 하겠다고."

"그런데 신경 쓰이는 일이 또 있습니다. 줌웰트&롱 탐정사무소에서 연락이 왔는데 스티브 양이 탐정을 고용해서 우리 뒤를 캤다고 합니다."

하면 윤성욱은 스티브 양과도 연락을 취하고 있었던 말인가. 절도미수를 가지고 탐정을 고용하지는 않았을 것이다. 줌웰트&롱 탐정사무소는 책임을 모면할 요량으로 양쪽 모두에게 정보를 흘렸을 것이다. 혹시 윤성욱이 심양에 있는 게 아닐까. 도모나가는 동물적 감각이 발동했다.

"혹시 이 자가 심양에 있는지 알아볼 수 있을까?"

도모나가가 린리궈에게 시선을 돌렸다.

"호텔에 묵고 있다면 금방 찾을 수 있습니다."

린리궈가 휴대폰을 꺼내 들었다.

"구로다 회장은 가능한 한 신속하게, 그리고 조용하게 처리하라고 당부하셨네."

"물론 그래야겠지요. 그런데 8명의 신원을 추적하려면 시간이 조금 걸릴 것 같습니다."

도모나가는 이럴 줄 알았으면 현장관리인에게 좀 더 자세히 물어볼 걸 하는 후회가 일었다. 그렇지만 자꾸 캐물었다가는 의심을 받을 수도 있었다.

"내 생각에는."

이노우에가 조심스럽게 입을 열었다.

"심양에서 사업을 하는 자 중에서 혹시 내몽골과 관련이 있는 자가 있는지 조사해 보는 게 좋겠소."

"내몽골이요? 왜 갑자기?"

도모나가가 의외라는 표정을 지었다. 린리궈도 마찬가지였다.

"석림유한공사라는 이름이 마음에 걸려. 석림은 내몽골을 흐르는 뢰허灤河의 지류인 시린 강을 뜻하는 것 같은데 어쩌면 자신과 관련 있는 곳의 지명을 따서 회사명을 지었을 수 있거든."

"그렇습니까?"

도모나가가 눈을 휘둥그레 뜨고 린리궈를 쳐다봤다. 린리궈도 금시초문이라는 표정이었다.

"시린 강은 현지인이 아니면 모를 작은 지류에 불과해. 나는 오래전에 그 부근에서 발굴했었기에 알고 있는 거지."

이노우에가 설명하는데 노크 소리가 들렸다. 린리궈가 문을 열자 건장한 체격에 날카로운 눈매를 가진 남자가 안으로 들어왔다.

"어쩌면 이 친구가 필요할 것 같아서 불렀습니다."

린리궈가 남자를 소개했다.

"첸룽칸이라고 합니다."

남자가 절도 있게 인사를 올렸다.

"첸룽칸은 특수부대 출신인데 남들이 하기 힘든 일을 말끔하게 처리하지요. 이쪽 일을 하다 보면 여기저기 거치적거리는 일들이 생기게 마련이니까요."

그러면서 린리궈가 첸룽칸에게 윤성욱의 신상이 적혀 있는 메모를 건넸다.

"이 자가 심양에 있는지 알아봐."

"한국 사람이로군요. 알겠습니다. 그런데 알아내면 어떻게 합니까?"

첸룽칸이 표정을 담지 않은 얼굴로 물었다.

"글쎄…… 영원히 입을 다물게 할 수도 있습니다만."

린리궈가 도모나가를 쳐다보며 물었다.

"그건 곤란해. 쫓기는 빚쟁이가 아니고 한국 방송국 직원이야. 사망하면 공안에서 개입하게 될 거야. 시끄러운 일은 피하는 게 좋아."

"알겠습니다. 그럼 교통사고를 가장해서 팔다리를 부러뜨리는 걸로 하지요."

린리궈가 씩 웃으며 첸룽칸에게 시선을 돌렸다.

〜❧〜

심양 서탑가의 코리아타운은 그사이에 상당히 변해 있었지만 그래도 묵기로 한 호텔은 어렵지 않게 찾을 수 있었다.

"인테리어를 새로 했군. 3년 전보다 많이 고급스러워졌는데."

안철준이 3층 방을 둘러보며 만족을 표했다. 윤성욱과 안철준은 대강 짐을 정리하고서 그대로 침대와 소파에 벌렁 누웠다. 일시에 피로가 몰려왔다. 이도백하에서 연길을 거쳐, 심양까지 온 길이다. 두 사람은 금세 코를 골았다.

얼마나 잤을까. 시계를 들여다보니 3시간 이상 곯아떨어졌던 것 같았다. 함윤희가 연락을 기다리고 있을 것이다. 윤성욱은 휴대폰을 집어 들었다. 안철준도 소파에서 몸을 일으켰다.

"여보세요."

신호가 가자 함윤희가 곧 전화를 받았다.

"심양에 도착했어요."

"이제 어떻게 하실 건데요?"

"이제부터 계획을 세워야지요."

심양에 왔지만 막막할 따름이다. 종 사장을 어디서 찾는단 말인가. 그야말로 남대문에서 김 서방 찾는 꼴이었다.

"나도 합류할까요?"

함윤희는 당장이라도 달려올 기세였다. 적극적인 성품의 그녀가 서울에 남아 있으려니 몸이 달아올랐을 것이다.

"일단은 대기하는 걸로 하세요. 서울에서 할 일이 따로 있을 테니."

함윤희가 중국에 들어왔다가는 일이 꼬일 수도 있다. 함윤희도 그걸 알기에 더 이상 고집하지 않았다.

"그런데 종 사장을 찾는다고 해도 그가 순순히 변방고를 돌려줄까요?”

그것은 윤성욱도 장담할 수 없는 일이다. 아무래도 순순히 돌려주지 않을 것 같았다.

“일단 부딪혀보는 수밖에요.”

“그렇네요. 그런데 종 사장은 왜 변방고를 가지고 갔을까요? 중국 당국에서 보낸 사람은 아닌 것 같은데.”

“그것도 의문입니다. 그 이유를 알면 종 사장을 찾는데, 그리고 변방고를 돌려받는 데 큰 힘이 될 텐데.”

심양으로 오는 내내 그 생각을 해봤지만, 도무지 실마리가 풀리지 않았다.

“답답하네요. 제발 일이 잘 해결되었으면 좋겠는데. 무슨 일이 생기면 즉각 연락 주세요.”

함윤희는 아쉬움 가득한 목소리로 통화를 끝냈다. 윤성욱은 창가로 향했다. 어둠이 깔리기 시작하는 서탑가 거리를 사람들은 바삐 걸어가고 있었다. 어디서 실마리를 풀 것인가 생각을 하는데 누가 문을 두드렸다. 조심스럽게 문을 열자 30대 초반으로 보이는 젊은 남자가 서 있었다.

“연호재라고 합니다. 채명석 선생으로부터 연락을 받았습니다.”

젊은 남자가 문밖에 선 채 자기소개를 했다.

“들어오세요.”

이도백하를 떠날 때 채명석은 잘 알고 있는 심양의 조선족 청년을 길잡이로 소개시켜 주었다. 채명석의 추천이라면 믿어도 좋을 것이다. 윤성욱과 안철준은 연호재에게 자초지종을 설명해 주었다.

“달랑 성만 가지고 사람을 찾는 게 쉽지 않을 겁니다. 더구나 공안이며 관공서에 협조를 요청할 수 있는 상황도 아니지 않습니까.”

연호재는 탈북자들을 돕는 일을 하고 있다고 했는데 상황을 금세 파악했다.

"그런데 신경을 써야 할 일이 또 있습니다. 신흑룡회는 일본의 야쿠자 조직 같은데 그들이 변방고를 노리고 있다면 간단치 않을 겁니다. 어쩌면 이쪽 신분을 파악하고서 추적 중인지도 모릅니다."

윤성욱이 연호재에게 위험이 도사리고 있음을 환기시켰다.

"일본의 야쿠자 조직이라면 심양의 정보조직과 연계했을 가능성이 큽니다. 이렇게 한국 사람들이 모여 사는 곳에, 그리고 호텔에 있으면 금세 저들의 감시망에 걸려들 것입니다."

연호재가 자기 집으로 가자며 속히 짐을 쌀 것을 재촉했다. 겁이 덜컥 난 두 사람은 서둘러 짐을 챙겼고, 연호재의 뒤를 따라 호텔을 빠져나왔다.

"여깁니다!"

연호재가 차를 끌고 오더니 빨리 타라고 손짓을 했다. 두 사람은 누가 쫓아오기라도 하는 듯 얼른 차에 올랐고, 호텔을 빠져나온 차는 심양 외곽으로 내달렸다.

차는 심양 중심부에서 조금 떨어진 호젓한 곳에, 마당이 제법 널찍한 집에 도착했다. 연호재는 탈북자를 돕는 단체로부터 지원을 받으면서 탈북자들을 숨겨주기도 하고 필요한 물자도 대주는 일을 한다고 하는데 여기가 아지트인 모양이다. 지금은 아무도 없는 것 같았다.

"당분간 이 방에서 지내십시오. 불편하겠지만 그래도 안전할 겁니다."

연호재가 두 사람을 빈방으로 안내했다. 낡고 허름한 침대만 달랑 두 개 놓여 있었지만, 지금은 그런 걸 따질 계제가 못 되었다.

"채 선생에게는 빚이 있습니다. 좋은 일을 하는 것 같은데 나도 끼워주십시오."

연호재가 웃으면서 일에 합류할 뜻을 비쳤다. 믿음직한 우군을 얻었지만 막막한 것은 여전했다.

종 사장은 누굴까. 추적은 그 답을 찾는 데서부터 시작해야 할 것이다. 윤성욱은 눈을 감고 그동안에 전개되었던 사건들, 객관적인 정황들을 차례로 떠올려 보았다. 전후를 고려해 볼 때 종 사장은 처음부터 변방고를 노리고 삼지연으로 간 것 같았다.

그렇다면 그는 어떻게 변방고가 그곳에 있다는 사실을 알고 있었을까. 그리고 왜 이제 와서 손에 넣은 것일까. 아무리 궁리를 해도 생각은 거기서 쳇바퀴를 돌았다. 혹시 채명석이 무슨 단서라도 가지고 있지 않을까. 윤성욱은 시계를 들여다보고는 통화를 시도했다.

"여보세요."

신호가 몇 번 울리고서 채명석이 전화를 받았다.

"윤성욱입니다. 심양에 잘 도착했고, 지금 연 선생 집입니다. 이쪽이 안전하다고 해서."

"연 선생 판단을 따르는 게 좋을 겁니다."

"심양에 왔지만, 실마리가 풀릴 기색이 없습니다. 종 사장은 어떻게 변방고가 그곳에 있다는 사실을 알았을까, 그리고 왜 이제 와서 회수해 갔을까. 나이로 봐서 도유호 선생님과 친분이 있는 사람은 아닐 텐데…… 그래서 말인데 도유호 선생님에 관해서 아는 것을 전부 얘기해 주십시오."

"나도 곰곰 생각해 봤습니다. 선생님이 중국에서 학교를 나오셨으니 혹시 그때 관련이 있는 사람이 아닐까 하고. 그렇지만 윤 선생

말대로 나이로 봐서 그때 같이 수학을 했던 사람은 아닐 겁니다. 그런데 선생님이 삼지연에 오신 후로 선생님을 찾아왔던 중국인은 여러 명 있었습니다."

채명석이 옛일을 떠올리며 기억이 나는 사실들을 밝혔다. 도유호는 북경의 연경대학문학원에서 수학을 했으니 자연히 아는 중국인들이 여럿 있을 것이고 그들 중에는 삼지연까지 찾아왔던 사람들도 있었을 것이다.

"혹시 특별히 생각이 나는 사람이 없습니까?"

윤성욱은 지푸라기라도 잡는 심정으로 물었다.

"글쎄요…… 워낙 오래전의 일이라서."

채명석이 풀이 죽어서 대답했다. 하긴 애초부터 부탁이 무리였을 것이다. 윤성욱이 허탈해하는데 채명석이 조심스럽게 입을 열었다.

"그러고 보니 특별히 기억이 나는 사람이 한 명 있습니다. 찾아온 사람들 전부 선생님의 처지를 동정했고, 격려의 말을 전했지만 언성을 높이며 선생님과 다투었던 사람이 한 명 있었거든요."

"무슨 일로 다투었나요?"

"그것까지는 모르겠습니다. 아직 어리고 잔심부름이나 하고 있었으니까요. 그런데 이해할 수 없었던 것은 그로부터 몇 년이 지나서 선생님이 사진을 들여다보시며 몹시 침통해 하시길래 왜 그러냐고 물어봤더니 아까운 친구가 그만 광풍에 휘말려서 불행한 일을 겪게 되었다면서 한숨을 내쉬었어요. 그래서 슬쩍 들여다봤더니 그때 선생님과 다투었던 중국인이었습니다. 사진은 그때 같이 찍은 것이었습니다."

"그때가 언제인지 기억이 나십니까?"

"그건 똑똑히 기억하고 있습니다. 1968년이었습니다. 왜냐하면,

그리고 나서 얼마 안 있다가 아버지께서 돌아가셨으니까요."

아버지가 생각났는지 채명석이 잠시 말을 멈추었다.

"혹시 그 중국인 이름을 기억하십니까"

"아니요. 별 도움이 못 된 것 같아서 미안합니다."

채명석이 공연히 미안해했다.

"아닙니다. 아무튼, 채 선생을 만나서 큰 도움을 얻고 있습니다. 당장은 막막하지만 부지런히 알아보면 단서가 잡힐 것입니다."

윤성욱이 채명석을 위로하며 통화를 끝냈다.

위기

리스트를 살피던 린리궈가 심드렁한 표정을 지었다.

"몽골족 2명에 한족 2명이군. 이들이 전부인가?"

"그렇습니다. 심양의 건설업자 중에서 내몽골과 어떤 식으로든 관련이 있는 사람들을 전부 조사했습니다."

실장이 린리궈의 눈치를 살피며 조심스럽게 대답했다. 난쟁이를 떠올릴 만큼 키가 작은 사람인데 눈썰미는 매서워 보였다. 도모나가가 보기에도 사람의 뒤를 캐고, 뒷조사하는 데는 능할 것 같았다.

심양에 거주하면서 내몽골과 관련이 있고, 천지연 개발사업에 참여할 정도의 능력을 지닌 자들을 급히 수배해서 4명을 추렸다. 린리궈는 리스트에 다시 훑어보았다. 몽골족은 둘 다 10여 년 전에 심양으로 건너왔는데 한 사람은 도로보수를, 또 한 사람은 주택건설 쪽에 주력하고 있었다. 북한과 특별한 연관이 있을 것 같지 않고, 둘 다 최근에 북한을 다녀온 적도 없었다. 한족 두 사람은 시린궈러맹錫林郭勒盟에서 제법 규모가 있는 공사를 맡고 있는데 그들 역시 근자에 북한을 다녀온 적이 없고 규모로 봐서 북한에 투자할 만한 업체는 아닌 것 같았다. 그리고 그들 중에서 석림유한공사의 8인 투자자와 겹치는 인물은 없었다.

"재촉하시는 바람에 시린궈러맹에 한정해서 조사를 했습니다. 그렇지만 츠펑시赤峰市, 싱안맹興安盟, 또 후룬베이얼시呼倫貝爾市 쪽도 알아보면 마땅한 자가 나올지 모릅니다."

실장이 조심스럽게 의견을 전했다.

"그만둬! 내몽골 땅이 얼마나 넓은지 몰라서 그런 말을 해! 범위를 좁혀도 모자랄 판이야!"

린리궈가 핀잔을 주자 난쟁이 실장이 머쓱해서 고개를 숙였다.

"당신 말대로 내몽골 땅은 넓어. 그리고 심양에서 사는 몽골족도 많고. 그렇지만 우리가 찾고 있는 자는 몽골족은 아닐 거야. 몽골족이라면 지금 개발이 한창 중인 내몽골을 놔두고 굳이 북한까지 갈이유가 없으니까. 그리고 삼지연과 혜산 어디에서도 투자자가 몽골족이라는 말은 듣지 못했어."

도모나가가 자기의 의견을 밝혔다.

"내 생각도 같소. 한족일 가능성이 높아."

이노우에가 동의했다. 내몽골 및 북한과 관련이 있으며 심양에 사는 한족이라…… 린리궈가 상을 찡그렸다. 그것만 가지고는 일을 진행할 수 없다. 내몽골에 거주하는 한족은 천만 명에 달한다. 그럼 공동 투자자 8인을 차례로 조사해 보는 수밖에 없단 말인가. 시간이 상당히 걸릴 테고 요란을 떨면 공안의 귀에 들어갈 수도 있다. 세 사람이 침통한 표정으로 입을 다물고 있는데 문이 열리면서 첸룽칸이 들어섰다.

"어떻게 되었어?"

"서탑 호텔의 투숙객 명부에서 찾고 있는 자를 확인했습니다."

윤성욱을 찾았다는 말에 도모나가가 반사적으로 몸을 일으켰다. 혹시나 했는데…….

"말끔하게 처리했나?"

린리궈가 무표정한 얼굴로 물었다. 첸룽칸에게 그 정도 일은 아무것도 아니다.

"그게…… 간발의 차로 놓쳤습니다."

첸룽칸이 기어들어 가는 목소리로 보고했다.

"놓치다니! 호텔에 있는데 뭘 놓쳐!"

린리궈가 인상을 썼다. 그렇지 않아도 짜증이 나던 판이다.

"보는 눈이 많은 곳인 데다 건장한 남자 둘을 상대해야 했기에 아이들을 부르려고 잠깐 자리를 비운 사이에 달아났습니다."

"무슨 일을 그따위로 해!"

린리궈가 버럭 소리를 질렀다. 일을 말끔하게 마무리를 짓지 못하면 평판이 땅에 떨어질 것이다. 고객은 신흑룡회다. 절대로 소홀히 다룰 수 없는 상대다.

"그렇게 화를 낼 일이 아니야. 차라리 잘 된 것일 수도 있어."

도모나가가 린리궈를 진정시켰다. 그리고 눈을 감고 생각을 정리했다. 저들이 심양에 나타났다는 것은 우리가 모르는 단서를 가지고 있다는 뜻일 것이다. 남의 그물에 걸린 고기를 낚아채는 수도 있다.

'신흑룡회는 대륙을 도모했던 흑룡회의 후예다! 그 사실을 잊어서는 안 된다!'

일본을 떠날 때 구로다 회장은 그렇게 격려의 말을 건넸다. 구로다 회장의 뜻을 거스르면 이 일로 밥을 먹고 살기 힘들 것이다.

도모나가는 심호흡을 한 후에 이노우에와 린리궈, 첸룽칸 그리고 난쟁이 실장을 차례로 쳐다보며 생각을 전했다.

"도망치듯 사라졌다는 것은 우리가 자기를 노리고 있다는 사실을 눈치챘다는 뜻일 것입니다."

내내 잠자코 있던 이노우에가 고개를 끄덕이며 동의했다.

"저들이 허겁지겁 호텔을 빠져나간 것으로 봐서 현지에서 저들을 돕는 자가 있을 거야. 의심이 가는 사람이 없나?"

도모나가가 린리궈에게 고개를 돌렸다.

"심양에서 이쪽 일을 하는 자라면 내가 맡은 일에 끼어들지 않을 겁니다. 그렇다면 탈북자들을 돕는 조선족일 가능성이 큽니다. 나하고는 겹치는 일이 거의 없으면서 심양 지리에 밝고, 곳곳에 아지트를 마련해 놓고 있으니까요."

린리궈가 의견을 밝히자 첸룽칸이 얼른 고개를 끄덕였다. 도모나가가 보기에도 충분히 현실성이 있는 추리였다.

"하면 의심이 가는 자를 추려볼 수 있겠나?"

"그러지요. 그들은 우리하고 서로 부딪히는 일은 없지만, 조직은 대강 파악하고 있습니다. 어때? 신속하게 처리할 수 있지?"

린리궈가 고개를 돌리며 난쟁이 실장을 쳐다봤다.

"오래 걸리지 않을 겁니다. 몇 군데만 확인하면 누구 짓인지 알아낼 수 있습니다."

실장이 대답하고는 얼른 휴대폰을 꺼내 들었다.

"정황으로 봐서 한국인들은 변방고가 북한에 있었고, 심양의 사업가가 가지고 갔다는 사실까지 알고 있는 것 같습니다. 어쩌면 그가 누군지도 알고 있을지 모르지요."

"내 생각도 같소. 어떻게 보면 잘 되었군. 한국인들을 미행하면 변방고를 가지고 간 자를 찾을 수 있을지 모르겠는데."

이노우에가 그 말과 함께 몸을 일으켰다.

"늦지 않으려면 지금 공항으로 출발해야겠소."

도모나가와 린리궈가 얼른 따라 일어섰다.

"회장님께 곧 좋은 소식이 올 거라고 보고드려도 되겠소?"

이노우에가 엄한 표정으로 두 사람을 노려보았다.

"물론입니다. 절대로 빠져나가지 못할 겁니다."

도모나가가 큰 소리로 대답했다.

2~~~

"문화대혁명?"

안철준이 무슨 소리냐는 표정을 지었다. 윤성욱은 도유호를 찾아왔다는 중국인이 1964년에 북한과 중국이 국경을 정할 때 중국 측 실무자였을지 모른다고 판단했다. 그 중국인이 1968년에 비극을 겪었다는 말에서 힌트를 얻은 것이다.

"국경조약 때 중국은 북한에 많은 양보를 했어. 그래서 문화대혁명 때 실무자들이 홍위병들에게 큰 곤욕을 치렀지. 책임자였던 주덕해는 목숨을 잃었고 실무자들은 숙청되어 오지로 쫓겨갔거든."

"그러니까 그 중국인은 도유호가 변방고를 가지고 있다는 사실을 알고서 서둘러 협상을 체결했고, 나중에 그 일로 곤경에 처하자 도유호가 애석해했다. 스토리의 흐름은 일관성이 있지만 그래도 빈 공간이 너무 많아."

안철준이 자신 없는 표정으로 말했다. 세 사람은 지금 신흑룡회에게 쫓기는 중이다. 호텔에서 도망치듯 빠져나와서 지금 연호재의 숙소에 머물고 있는데 여기도 마냥 안전하지는 못할 것이다. 안철준이 조바심을 내는 것은 당연했다.

"그래서 확인을 해볼 참이야."

윤성욱도 추리에 무리가 있음을 시인했다.

"확인? 뭘 어떻게 확인한단 말인가?"

안철준과 연호재가 눈을 휘둥그레 떴다.

"도유호는 1930년대 초에 북경의 연경대학문학원에서 수학했어. 그 중국인이 도유호와 같이 공부를 했던 사람이라면 1930년대 초반에 연경대학문학원을 다녔던 사람들 중에 종씨가 있을 거야. 혹시 그와 관련된 자료를 구할 수 있습니까?"

윤성욱이 연호재에게 고개를 돌렸다.

"쉬운 일은 아니겠지만 해보겠습니다. 이래 봬도 우리 조직은 상당한 인맥과 정보망을 구축하고 있습니다. 탈북자들을 보호하고, 목적지까지 무사히 데려다주는 게 쉬운 일이 아니거든요."

연호재가 씩 웃더니 말을 이었다.

"북경에 믿을 만한 정보통이 있습니다. 그 사람에게 부탁하면 알아낼 수 있을 겁니다."

"가급적이면 빨리 알아봐 주시오. 그리고 혹시 종씨가 있거든 가족관계도 같이 알아봐 주었으면 좋겠습니다."

"무슨 말인지 알겠습니다. 최대한 서두르겠습니다. 그런데 일의 성질상 내가 직접 북경을 다녀와야겠습니다."

"땅만 살피고 다니는 줄 알았는데 추리에도 일가견이 있군. 작가로서 소질이 있어. 기회에 아예 진로를 바꿔보는 게 어때? 최성식 교수에게는 이미 찍혔잖아."

안철준이 웃으며 끼어들었다. 추리가 한결 명료해진 것이다.

"문화대혁명 당시 숙청된 지식인들이 어디로 쫓겨갔는지 알고 있습니까?"

"주로 내몽골 자치구나 신장 위구르 자치구 등 오지로 하방되었지요."

연호재가 대답하는데 그의 휴대폰이 울렸다. 발신자를 확인하니 호텔 지배인이었다.

"무슨 일입니까?"

"한국인 투숙객을 찾는 사람이 있었다고 합니다."

연호재는 호텔을 빠져나오면서 혹시 누가 두 사람을 찾거든 자기에게 연락해 줄 것을 프런트에 부탁했었다. 일의 특성상 연호재는 대부분의 호텔 프런트들과는 잘 아는 사이다.

하면 신흑룡회가 벌써 추적을 시작했단 말인가…… 연호재는 가슴이 철렁했다. 혹시나 해서 숙소를 옮겼던 것뿐인데. 신흑룡회는 심양 현지의 조직과 손을 잡은 것 같았다. 그렇다면 여기도 안전하지 못할 것이다.

"투숙 여부는 확인해 주었지만, 그 외에 대해서는 일절 함구했습니다."

프런트가 기어들어 가는 목소리로 말했다.

"혹시 아는 얼굴이었습니까?"

"첸이라고, 어쩌면 연 선생도 아는 자일 겁니다."

"그렇군요. 그게 언제쯤입니까?"

"연 선생이 호텔을 떠나고 얼마 후였습니다. 혹시 누가 연 선생을 본 사람이 있을지도 모릅니다."

프런트는 결국 저들은 당신의 정체를 알게 될 거란 사실을 에둘러 표현했다. 더 이상 정보를 제공했다가는 나중에 그들에게 봉변당할지 모른다. 이렇게 연락해 주는 것도 두렵기는 연호재도 마찬가지기 때문이다. 연호재는 사의를 표하고 통화를 끝냈다.

"무슨 일입니까?"

윤성욱과 안철준의 얼굴이 잔뜩 굳어 있었다.

"신흑룡회가 린리궈라는 자와 손을 잡았습니다. 린리궈는 동북지방 일대에서는 제일 큰 조직입니다. 그들이 추적에 나섰다면 여기도 안전하지 못할 겁니다."

첸룽칸이 동원되었다면 그 위에 린리궈가 있을 것이다.

"그럼 어떻게 합니까?"

안철준이 겁을 냈다. 다큐멘터리 PD로 오지와 험지는 마다하지 않았지만 이런 일은 처음이었다.

"저들이 쉽게 찾을 수 없는 곳으로 옮겨야지요. 린리궈 패거리는 사람을 죽이는 것도 예사로 하는 자들입니다. 거기라고 마냥 안전하지 못하겠지만 그래도 시간을 벌 수 있을 겁니다."

연호재가 짐을 챙길 것을 이르고는 주변을 살피려는 듯 밖으로 나갔다.

"설마 했는데…… 마치 첩보영화의 주인공이 된 기분이야."

안철준이 잔뜩 굳은 얼굴로 억지 여유를 부렸다.

"신흑룡회에서 우리 뒤를 쫓고 있는 것을 보면 저들은 아직 종 사장에 대한 정보를 가지고 있지 못한 모양이야. 그렇다면 차라리 잘됐어. 저들이 우리보다 먼저 종 사장을 찾는 일은 없을 테니까."

윤성욱은 스스로 생각해도 신기할 정도로 침착했다. 연호재가 돌아오더니 빨리 나오라고 손짓을 했다.

"지금 출발하는 게 좋겠습니다."

윤성욱과 안철준이 서둘러 짐을 챙겼고, 연호재는 즉시 차를 출발시켰다. 어쩌다 보장된 장래를 내팽개치고 목숨의 위협을 받으며 쫓기는 신세가 되었단 말인가. 중국 공안과 한국 영사관에 도움을 청할 수도 없는 처지다. 그렇지만 변방고를 지키고, 간도를 되찾는 일이다. 김정호의 열정과 양기문의 염원이 서려 있는 일이다. 역사 의병을 자처한 마당에 이까짓 일로 겁을 먹고 물러설 수는 없다. 윤성욱은 각오를 다지며 밀려오는 두려움을 떨쳐냈다.

차는 한참을 달려서 한적한 시골에 당도했고, 연호재는 빈집 문을 열고 들어갔다. 아마도 탈북민을 숨겨주는 곳 같았다.

"불편하겠지만 며칠 동안 참고 지내십시오. 비상식량은 준비되어 있습니다. 그사이에 나는 북경을 다녀오겠습니다."

"그렇게 하겠습니다. 우리 걱정 말고 다녀오세요."

윤성욱이 연호재의 손을 힘껏 잡았다.

❧

숨이 차오르면서 정신이 아득했지만 그래도 격렬한 통증이 오래 지속되지 않아서 그나마 버틸 수 있었다. 중전타오는 간신히 몸을 지탱하면서 힘겹게 걸음을 옮겼다. 의사는 더 이상 입원을 권하지 않았다. 이미 암세포가 퍼질 대로 퍼진 마당이다. 얼마나 더 살 수 있을까. 의사의 표정으로 봐서 남은 시간이 그리 많을 것 같지 않았다. 진통제로 극렬한 통증을 버티는 중인데 이것도 오래가지 못할 것이다. 죽는 것은 두렵지 않다. 후회 없이 살았고, 매 순간 최선을 다했다. 중전타오는 중환자실에 누워서 연명장치를 주렁주렁 꽂은 채 구차하게 목숨을 이어갈 생각은 추호도 없었다.

"사무실로 갈까요?"

운전사가 중전타오의 눈치를 살피며 물었다.

"아니, 집으로 가자."

중전타오는 힘없이 시트에 몸을 기댔다. 시간이 없다. 서둘러 주변을 정리해야 할 것 같았다. 남은 시간에 뭘 해야 할지는 이미 정해놓았다.

문득 인생은 참 묘하다는 생각이 들었다. 천신만고 끝에 변방고를 손에 넣었는데 이런 상황과 직면할 줄이야. 중전타오는 짧은 한숨을 내쉬었다.

끝내 부친의 피맺힌 당부를 들어 드리지 못하는 걸까. 변방고는 다시 세상과 등져야 하는가.

다른 방법은 없을까. 주인에게 돌려주는 것도 방법일 것이다. 그런데 변방고의 주인이 누구일까…… 조선은 둘로 갈라졌으니 어느 쪽에 돌려주어야 하나. 변방고는 그쪽에서는 환영을 받을까. 생각할수록 미로를 헤매는 기분이었다. 아무래도 나머지는 하늘의 뜻에 맡겨야 할 것 같았다.

중전타오는 눈을 감았다. 그러자 시린궈러를 다녀왔던 일이 떠올랐다. 30여 년의 세월이 흐른 지금도 시린궈러의 대초원은 별반 변한 게 없었다. 첫인상이 악몽 그 자체였던 황량한 들판, 겨울이면 사방이 온통 하얀색이었던 낯선 땅, 살을 파고드는 추위와 낯선 별에 홀로 고립된 것 같았던 두려움. 꿈에서도 마주치기 싫었던 풍경들이었다.

그런데 다시 찾은 시린궈러의 대초원은 뜻밖에도 더 이상 두려움과 외로움의 대상이 아니었다. 도리어 포근함이 전해졌다. 마치 고향에 돌아온 기분이었다. 중전타오는 대자연의 포근함을 느끼며 모처럼 마음의 평온을 느낄 수 있었다.

차가 저택에 당도하자 정원사가 달려오며 문을 열었다. 심양 교외에 자리한 중전타오의 저택은 넓은 정원이 잘 꾸며져 있었다. 심양의 신흥부호들이 태원가의 초호화 아파트를 선호하는 데 비해서 중전타오가 교외의 넓은 저택을 선택한 것은 드넓은 내몽골의 대초원에서 어린 시절을 보낸 영향도 컸을 것이다.

중후한 느낌의 서재는 공들여 수집한 도서들로 가득했다. 사회과학원 원사였던 부친은 내몽골로 하방되었을 때 장서(藏書)들을 가지고 오지 못한 것을 몹시 마음 아파하셨다. 중전타오는 부친의 영향을 받아서 책을 좋아했기에 틈틈이 책을 수집했고, 어느새 희귀한 서적들이 서가를 가득 메우고 있었다.

중전타오는 서가로 걸음을 옮겼다. 중전타오는 그동안 수집했던 책 중에서 제일 소중한 책, 변방고를 꺼내 들었다. 그리고 감회와 회한, 허탈감이 뒤섞인 표정으로 변방고를 펼쳐 들었다.

"네전룽 비서가 들었습니다."

집사가 고했다. 병원에서 곧장 집으로 가자 급히 달려온 모양이다. 중전타오는 의자로 향했다. 이제 네전룽에게 모든 것을 밝히고 나머지 일을 당부할 때가 된 것이다.

"급히 보고할 일이라도?"

"예, 아무래도 말씀을 드려야 할 것 같아서."

네전룽이 자택까지 찾아오는 경우는 드물다.

"전에 지시하셨던 일 말입니다."

내가 뭘 지시했더라. 중전타오는 퍼뜩 떠오르는 게 없었다.

"조총련에서 추천한 일본인 사업가에 대해서 알아보라고 하시지 않았습니까."

중전타오는 그제서야 생각이 났다.

"도모나가라는 자인데 알아봤더니 신흑룡회와 관련이 있는 자라고 합니다."

네전룽이 잔뜩 굳은 얼굴로 보고했다.

"신흑룡회?"

"일본의 극우단체로 20세기 초에 일본이 대륙을 침략할 때 앞장을 섰던 흑룡회의 후예를 자처하면서 우파 정치인들을 후원하고 있다고 합니다."

중전타오의 귀가 번쩍 띄었다. 그렇다면 경계해야 할 대상이다.

"하면 신흑룡회에서 변방고를 노리고 있단 말인가?"

"그런 것 같습니다. 저들이 어떻게 변방고의 존재를 알아냈는지는 몰라도 극우단체라면 변방고에 눈독을 들일 이유가 충분합니다."

흑룡회의 후예를 자처하는 자들이라면 충분히 그럴 것이다.

"그런데 도모나가라는 자가 지금 심양에 있습니다."

벌써 여기까지. 중전타오는 비로소 사태가 얼마나 심각하게 돌아가고 있는지 알게 되었다.

"신흑룡회가 린리궈라는 자와 손을 잡은 것 같습니다. 린리궈는 외국인들을 상대로 정보에이전트 일을 하는 데 필요하면 불법적인 일도 마다하지 않는 자입니다."

그렇다면 미국의 마피아와 홍콩의 삼합회가 손을 잡은 꼴이다. 맞설 수도 없고 숨을 수도 없는 상황이다. 그런데 공안에 도움을 요청할 일이 아니다.

"린리궈가 나섰다면 결국 누가 변방고를 가지고 있는지 드러날 것이고, 여기도 안전하지 못할 겁니다."

네전룽이 몹시 불안해했다.

"출입자를 철저하게 살피고, 경비를 늘리도록 해."

"일단 거기까지는 조치를 해 두었습니다. 그렇지만 만약의 경우에 대비해서 안전한 곳으로 옮겨놓는 게 좋겠습니다."

그렇지 않아도 변방고를 아무도 찾지 못하는 곳으로 가지고 갈 생각이었다. 그런데 상황이 예상보다 급박하고 돌아가고 있었다.

"마음에 걸리는 일이 또 있습니다."

네전룽이 중전타오의 안색을 살피고는 화제를 바꿨다.

"며칠 전에 린리궈의 부하들이 서탑 일대의 호텔들을 뒤지고 다녔다고 합니다. 한국 사람을 수배했다고 하던데 채무자를 찾으려고 그 소동을 벌이지는 않았을 겁니다. 그렇다면 변방고와 관련이 있는 인물이 아닐까요?"

한국인? 중전타오의 귀가 번쩍 띄었다. 변방고를 찾는 한국인이 심양에 있단 말인가. 그런데 누구길래 막강한 신흑룡회를 상대로 위험한 게임을 벌이고 있는 걸까.

"실은…… 진작부터 물어보려고 했습니다."

네전룽이 정색을 하면서 화제를 바꿨다. 중전타오는 그가 뭘 물어보려고 하는지 충분히 짐작이 갔다.

"뭐 말인가?"

"병원에 다녀오셨다고 하는데…… 무슨 병이 어떻게 진행되고 있는지 궁금합니다."

웬만한 일에는 먼저 나서는 법이 없는 네전룽이 따지듯 물었다.

"그렇지 않아도 얘기를 하려던 참이었어. 의사는 당분간 조용한 곳에서 요양할 것을 권하더군. 권유를 따를 참이네."

서재에 침묵이 흘렀다. 네전룽의 얼굴이 돌처럼 굳어졌다. 중전타오는 일 자체가 삶인 사람이다. 그런 사람이 쉬겠다는 것이 무엇을 의미하는지 네전룽은 짐작이 가고도 남았다. 애써 부정하고 싶었던 예측이 현실로 나타난 것이다.

"조용한 곳이라면 어디를……"

"시린궈러의 파란 하늘이 문득문득 그리웠어."

시린궈러의 파란 하늘과 하얀 대지가 파노라마처럼 중전타오의 뇌리를 스치고 지나갔다. 물론 다시는 심양으로 돌아오지 못할 것이다.

"하면 연락은 어떻게……"

"필요한 일이 있을 때마다 내가 연락하겠네."

그 이상 알면 네전룽이 위험해질 것이다. 회사는 네전룽이 잘 알아서 경영할 것이고 늦은 나이에 얻은 부인과 이제 세 살이 된 아들의 상속은 고문변호사가 알아서 잘 처리해 줄 것이다.

중전타오는 몸을 일으켰다. 이제 떠날 때가 된 것이다.

"차를 준비시키겠습니다."

네전룽이 굳은 얼굴로 말했다. 말린다고 들을 사람이 아니다.

"아니, 혼자 떠나겠네. 조용히 여행을 하고 싶어."

중전타오가 네전룽을 손을 힘껏 잡았다. 손끝에서 끈끈한 정과 신뢰가 생생하게 전해지면서 중전타오는 모처럼 마음이 편해졌다.

❧

연호재는 나흘 만에 돌아왔다. 이제나저제나 일각이 여삼추의 심정으로 그를 기다리고 있었던 윤성욱과 안철준은 얼른 그의 표정을 살폈다. 표정이 밝은 것으로 봐서 소기의 성과를 거둔 것 같았다.

"윤 선생의 예측이 정확하게 맞았습니다."

연호재는 흥분된 목소리로 북경에서의 일을 전했다.

"연경대학문학원은 그동안에 여러 차례 교명이 바뀌었지만 지금도 명문 학교로 건재하고 있습니다. 다행히 1930년대의 학적부도 보관하고 있었습니다."

윤성욱의 입에서 휴하는 소리가 새어 나왔다. 혹시 추적이 불가능하면 어떻게 하나 걱정을 하고 있던 차였다.

"그 무렵에 연경대학문학원을 다녔던 사람 중에서 종씨 성을 찾았더니 중창지鍾昌濟라는 인물이 있었습니다. 행적을 추적해 보니 1960년 초반에 길림성 사회과학원 원사를 지내다 문화대혁명 때 내몽골로 하방되었더군요."

윤성욱은 가슴이 뛰었다. 종씨 성에 길림성 사회과학원 원사, 그리고 문화대혁명 때 추방이라면 정확히 추리와 일치했다.

"그래서 중창지는 어떻게 되었습니까?"

안철준이 다급하게 물었다.

"내몽골의 시린궈러맹에서 사망한 것으로 되어 있습니다."

연호재가 지도를 펼쳐 들었다.

"그런데 그에게 아들이 한 명 있었습니다. 이름이 중전타오더군요."

연호재가 사본을 내밀었다. 종창제(鍾昌濟)와 종진도(鍾鎭濤)가 차례로 기재되어 있었다.

"하면 중전타오가 우리가 찾고 있는 종 사장일 가능성이 커. 부친으로부터 변방고에 대해서 들었겠지."

안철준은 당장이라도 달려갈 기세였다.

"중전타오에 대해서도 알아봤습니까?"

이럴수록 침착해야 한다. 윤성욱이 차분한 목소리로 물었다.

"심양에서 상당한 규모의 투자사업을 하고 있더군요. 하방이 풀리면서 심양에서 자리를 잡은 것 같습니다. 주소지도 알아냈습니다."

짧은 시간에 그 많은 것을…… 윤성욱과 안철준은 감탄의 눈으로 연호재를 바라보았다.

"중전타오는 부친의 누명을 벗길 목적으로 변방고를 손에 넣었겠군. 그런데 우리가 찾아가면 순순히 내줄까?"

흥분을 감추지 못하고 있던 안철준이 문득 생각났다는 듯이 물었다. 윤성욱이라고 답을 알 길이 없었다. 이제부터는 연호재의 도움도 바랄 수 없다.

"일단 부딪혀보지 뭐."

달리 도리가 없는 상황이다. 그의 입장을 들어본 후에 어떻게 해서든 설득해야 한다.

"쉿!"

갑자기 연호재가 조용히 할 것을 일렀다. 윤성욱이 놀라서 눈을 뜨니 붉은색 경계등이 빠르게 점멸하고 있었다. 센서가 침입자를 감지한 모양이다.

"설마 했는데 벌써 여기까지 쫓아왔군요."

연호재가 골목 초입에 설치되어 있는 CCTV를 작동시키자 검은색 중형 SUV가 코너를 도는 모습이 비쳤다. 신흑룡회에서 보낸 자들일 것이다. 윤성욱과 안철준은 사색이 되었다.

"이리로!"

연호재가 재촉을 했다. 벽 한쪽을 밀치자 작은 문이 나왔다. 창고로 쓰고 있는 방으로 통하는 문 같았다. 탈북자들의 숙소로 쓰였던 만큼 비상구가 마련되어 있었다. 윤성욱과 안철준은 허리를 굽히고 연호재의 뒤를 따랐다. 당장이라도 폭력배들이 뒷덜미를 낚아챌 것 같은 공포에 다리가 후들거렸다. 죽여서 암매장해 버리면 끝이다. 잡동사니들이 쌓여 있는 창고를 지나자 지하 주차장으로 통하는 계단이 나왔다.

"빨리!"

연호재가 재빨리 지프의 시동을 걸었다. 두 사람은 날 듯 지프에 올라탔고 세 사람을 태운 SUV는 전속력으로 아지트를 빠져나갔다.

"뭐야!"

도모나가 일행이 차에서 내리려 하는데 SUV가 빠른 속도로 주차장을 빠져나갔다.

"쥐새끼 같은 놈, 벌써 눈치챘군. 뭐해, 빨리 쫓아가지 않고!"

린리궈가 이를 갈며 부하들을 다그쳤다. 그렇지만 좁은 골목길이어서 차를 돌리는 데 시간이 걸렸다.

"잠깐!"

도모나가가 허둥대는 부하들을 제지했다.

"지금 쫓아가 봐야 잡을 수 없을 거야. 요란을 떨면서 추격전을 펼칠 처지도 아니니까."

"하면 여기서 일을 접자는 말입니까?"

린리궈가 뜻밖이라는 표정을 지었다.

"그럴 리가 있나. 이럴수록 냉정해야지."

도모나가가 손을 내저었다. 포기는 절대로 있을 수 없는 일이다. 도모나가는 아지트 안으로 향했다. 급히 도주하느라 챙기지 못한 단서가 있을지 모른다.

"탈북자들을 숨겨주는 곳이로군요."

뒤따라 들어온 린리궈가 주위를 둘러보며 말했다. 간단한 침구와

식기가 놓여 있는 작은 탁자가 가구의 전부였다.

　방 안을 샅샅이 훑던 도모나가의 눈에 탁자 아래로 떨어져 있는 작은 지도가 눈에 들어왔다. 도모나가는 지도를 집어 들었다. 그리고 린리궈에게 전했다.

　"시린궈러맹 지도입니다."

　린리궈의 눈이 빛났다. 중요한 단서를 찾은 것이다.

　"이노우에 교수가 내몽골 얘기를 꺼냈을 때 솔직히 귓전으로 흘려들었는데 예측이 정확한 것 같습니다."

　"시린궈러의 중심지가 어디지?"

　"시린하오터시錫林浩特市가 시린궈러맹의 중심지입니다. 그곳에도 우리 협력업체가 있습니다."

　린리궈가 지도에서 시린궈러맹을 가리켰다.

　"그럼 협력업자에게 연락해서 방금 놓친 토요타 랜드크루저 SUV가 호텔 주차장에 들어오는지 확인하라고 해. 그리고 최대한 빨리 시린하오터로 가는 수단도 마련하고."

　"알겠습니다. 한국인들을 찾아서 그들을 미행하면 필요한 것을 손에 넣을 수 있겠군요. 그런데 한국인들은 어떻게 하실 겁니까?"

　"그걸 왜 나한테 물어? 내몽골은 땅은 넓고 인적은 드물다면서?"

　도모나가가 내내 말이 없는 첸룽칸을 보며 쏘아붙였다.

　"차라리 잘된 것 같습니다. 시린하오터에 간 다음에 뭘 어떻게 해야 할지 막막하던 차였는데."

　린리궈가 말한 그대로다. 그렇다면 이제부터는 전적으로 내 공이다. 저들이 어떻게 여기까지 오게 되었는지 몰라도 정황으로 봐서 더 상세한 정보를 가지고 있는 듯했다. 여태까지 늘 한발 앞서 있었다. 그렇지만 이제부터는 아니다. 정체가 드러난 이상 추적을 뿌리

치지 못할 것이다. 차에 오르는 도모나가는 먹이를 발견하고서 맹
렬한 속도로 급강하하는 독수리의 눈을 하고 있었다.

대설원

하북성을 벗어나자 주변의 풍경이 확연하게 달라졌다. 마침내 내몽골에 접어든 것이다. 내몽골은 이미 한 겨울이었고, 천지가 온통 하얀색으로 변해 있었다. 윤성욱과 안철준을 태운 토요타 랜드크루저는 끝없이 펼쳐진 설원 사이로 가늘게 이어진 도로를 따라 빠른 속도로 내달렸다.

"비서가 거짓말을 한 것 같지는 않지만, 내몽골은 엄청나게 넓습니다. 이제부터 어떻게 해야 할지 걱정입니다."

운전대를 잡은 연호재가 걱정을 했다. 심양에서부터 줄곧 운전하느라 상당히 피곤할 텐데도 조금도 내색하지 않고 있었다.

세 사람이 중전타오의 저택에 당도했을 때는 중전타오는 이미 떠난 다음이었다. 혹시 신흑룡회에서 먼저 들이닥친 것은 아닐까. 오는 내내 조마조마했는데 다행히 그건 아니었다.

"사장님은 내몽골로 가셨습니다. 조용한 곳에서 장기 요양하실 생각입니다."

비서는 중전타오가 중병에 걸렸음을 우회적으로 시사했다. 이것으로 모든 게 확인되었다. 또 한발 늦었지만 중전타오가 변방고를 가지고 있는 것을 확인한 이상 실망하기는 이르다.

"신흑룡회가 아니고 한국 사람들이 올 줄 알았으면 그렇게 서두르지 않으셨을 텐데……."

네전룽이 아쉬워했다.

"자세한 것을 알 수 있습니까?"

"사장님은 어린 시절 내몽골에 살았는데 그 시절 일을 잘 얘기하지 않아서 시린궈러맹이라는 것밖에 모릅니다."

네전룽은 그 이상 아는 게 없는 것 같았다. 세 사람은 즉시 내몽골로 향했다. 막막하지만 부딪혀보기로 한 것이다.

"현지 폭력단체는 사람을 죽이는 일도 서슴지 않는 자들이에요. 조심하세요."

휴대폰을 통해서 불안해하는 함윤희의 마음이 생생하게 전해졌다. 윤성욱은 심양을 떠나면서 함윤희에게 일이 어떻게 진행되고 있는지를 상세하게 설명했다.

"알고 있어요. 하지만 저들과 마주치기 전에 일을 마칠 테니 너무 걱정하지 말아요. 구한말 의병들은 맨주먹으로 일제의 총칼과 맞섰습니다. 꼭 변방고를 가지고 서울로 돌아가겠습니다."

윤성욱은 불안해하는 함윤희를 안심시키며 통화를 끝냈다. 그리고 그 길로 내몽골을 향해 장정에 오른 것이다. 그런데 이 넓은 데서 무슨 재주로 중전타오를 찾는단 말인가. 당장은 간발의 차로 신흑룡회를 따돌렸지만 오래 걸리지 않아서 저들은 다시 쫓아올 것이다. 그 전에 중전타오를 찾아야 한다.

"이런 일로 내몽골을 다시 찾게 될 줄이야. 덕분에 말로만 들었던 설원을 볼 수 있게 되었군. 그때는 여름이었거든."

조수석의 안철준이 감회에 젖은 얼굴로 차창 밖을 바라보았다. 안철준은 수년 전에 내몽골의 츠펑과 시린궈러, 그리고 후룬베이얼 일대를 돌며 요하문명의 중심을 프로그램으로 제작했던 적이 있었다.

"요하문명은 동북공정과 탐원공정을 촉발시킨 계기가 되었지. 그런데 간도 때문에 요하문명의 발상지를 다시 찾게 될 줄이야. 왠지 운명이라는 생각이 드는걸."

안철준이 감탄하더니 이내 정색을 했다.

"내몽골은 면적이 무려 대한민국의 11배에 달하는 넓은 땅이야. 시린궈러맹만 해도 면적이 한반도와 맞먹을 만큼 넓은 땅이지. 더 이상의 정보를 어디서 구하지?"

"시린하오터에 가면 무슨 단서를 찾을 수 있을지 몰라. 아무튼, 여기까지 왔으니 끝까지 최선을 다해야지."

중전타오가 하방된 곳은 어디일까. 그와 관련된 기록이 시린하오터시에 남아 있기를 바랄 뿐이었다.

"곧 쑹산구松山區에 들어섭니다. 거기서 하루 자고 가는 게 좋겠습니다."

연호재가 뒤를 둘러보며 말했다. 그러는 게 좋을 것이다. 쑹산구는 츠펑시赤峰市에서 제일 번화한 곳이어서 숙박할 장소를 찾기 쉬울 것이다. 밖을 살피니 끝없이 펼쳐진 지평선 너머로 해가 사라지려 하고 있었다. 가히 장관이었다. 사진작가라면 놓치고 싶지 않은 장면일 것이다.

〰️

중형 프로펠러기가 기류에 요동칠 때마다 도모나가는 혹시 추락하는 게 아닐까 가슴을 졸였다. 비행기는 숱하게 타봤지만 이렇게 작은 비행기는 처음이다. 그렇지만 동승을 한 린리궈와 첸룽칸은 아무렇지도 않은 듯 심양에서 츠펑까지 오는 동안 내내 태연자약했다.

다행히 비행기는 츠펑공항에 무사히 착륙했고, 도모나가 일행이 일본의 간이역을 연상시키는 아담한 공항을 서둘러 빠져나오자 대기하고 있던 린리궈의 협력업자가 달려왔다.

"헬리콥터장으로 가시지요. 즉시 출발할 수 있게끔 조치시켰습니다."

개발이 본격화되면서 그에 따른 서비스산업도 덩달아 발전해서 민간용 헬리콥터 서비스가 성행하고 있었다. 비행장이 없는 소도시와 오지를 운항하는 헬리콥터 서비스는 시간이 없는 사업가들이 주요 고객이다. 세 사람은 서둘러 차에 올랐다.

"시린하오터 지부에 연락해서 성능 좋은 4WD 차량을 준비하라고 해."

린리궈는 협력업자를 부하 다루듯 했다.

"혹시 모르니까 피스톨도 챙기라고 하십시오. 라이플은 필요 없고."

총을 요구하는 첸룽칸의 눈매에 살기가 가득했다. 사람을 처치하는 일이라면 심양보다 내몽골이 더 편할 것이다.

"알겠습니다. 지부에 연락하겠습니다."

"그리고 따로 알아보라고 한 것은 어떻게 되었어?"

"문화대혁명 때 내몽골로 하방된 사람들은 일단 시린하오터시로 보내졌고, 그 후에 시린궈러와 후룬베이얼의 오지로 분산 수용되었다고 합니다."

"시린궈러와 후룬베이얼은 내몽골에서도 오지 아닌가? 그런데 시린하오터 인민위원회에 가면 당시 하방되었던 사람들의 소재지를 확인할 수 있을까?"

도모나가는 긴장해서 린리궈와 지부 직원의 대화에 귀를 기울였다.

"그건 기대하기 어려울 겁니다. 아시지 않습니까? 문화대혁명과 관련된 일은 기록으로 남기지 않는다는 사실을. 아마도 전산화 작업 당시에 누락시켰을 겁니다. 그런 이유로 중전타오를 조기에 찾아내지 못했던 것입니다."

그럴 가능성이 크다. 중국에게 문화대혁명은 잊고 싶은 과거사다. 보복이 꼬리를 물고 일어나는 일은 피하기 위해서다.

※

도모나가 일행은 예정보다 조금 늦게 츠펑에 도착했다. 심양을 출발하려고 하는데 용의자를 찾았다는 연락이 온 것이다. 난쟁이 실장이 공동 투자자 8명의 행적을 일일이 뒤진 끝에 중전타오를 찾아낸 것이다.

도모나가는 득달같이 중전타오의 저택으로 달려갔지만 한발 늦었다. 저택을 지키고 있던 비서는 중전타오가 변방고를 가지고 있다는 사실, 내몽골로 갔다는 사실, 그리고 한국인들이 먼저 찾아왔다는 사실을 숨기지 않고 전했다. 한발 늦었지만 헛짚은 것은 아니다. 그렇다면 이제부터 시작이다. 도모나가는 먼저 가서 기다리기로 하고선 항공편을 통해서 츠펑으로 향했고, 츠펑에서 헬리콥터로 갈아타고서 시린하오터시로 날아가려고 하는 중이다.

"그런데 저들은 종 사장이 어디에 있는지 알고 있을까요? 비서도 모르고 있던데."

"재주껏 찾겠지. 우리는 기다리고 있다가 먹이를 낚아채면 돼."

도모나가는 불안해하는 린리궈를 안심시켰다.

"시린하오터에 연락해서 은색 토요타 랜드크루저를 찾으라고 해."

도모나가는 서둘러 은신처를 빠져나가는 토요타 랜드크루저를 똑똑히 기억하고 있었다.

"알겠습니다."

린리궈가 대답하는데 휴대폰이 울렸다.

"포드 익스플로러를 헬리포트로 보내겠습니다. 그리고 지시하신 피스톨도 준비했습니다."

"시린하오터의 숙박 시설에 은색 토요타 랜드크루저가 있는지 살펴보도록. 남자 셋이 타고 있을 것이다."

시린하오터라면 호텔을 포함해서 숙박 시설 전부를 뒤지는데 하루면 충분할 것이다. 저들은 설마 우리가 시린하오터까지, 그리고 이렇게 빨리 쫓아왔으리라 예상하지 못하고 있을 것이다.

"알겠습니다. 발견하면 어떻게 할까요?"

"나하고 합류할 때까지 잘 감시하고 있어."

"혹시 그 전에 떠나면 어떻게 합니까?"

"놓치지 말고 따라가."

"혹시 저항하거나 놓칠 우려가 있을 때는 어떻게 합니까?"

"상황이 부득이하다면……"

"붙잡아서 감금해 놓고 있어. 우리가 당도하기 전에는 절대로 죽이면 안 돼!"

도모나가가 끼어들었다.

헬리포트에 이르자 낡은 헬리콥터가 요란하게 로터를 회전시키며 이륙 준비를 하고 있었다. 도모나가와 린리궈, 첸룽칸은 고개를 숙이고 헬리콥터로 접근했다. 저들은 랜드크루저로 이동했을 것이다. 그렇다면 우리가 먼저 시린하오터에 도착할 수 있다. 신흑룡회가 한국의 아마추어들에게 질 수는 없다. 도모나가는 이를 갈았고, 낡은 헬리콥터는 심하게 요동을 치며 하늘로 솟아올랐다.

꿍산구의 중급 모텔에서 하루를 묵은 윤성욱과 안철준, 연호재는 날이 밝기가 무섭게 체크아웃을 하고 모텔을 나섰다. 상대는 신흑룡회다. 그리고 현지의 거대조직이 돕고 있다. 무사히 심양을 빠져나왔지만 결코 안심할 수 없다.

"일단 요기를 면한 후에 옷가게에 들릅시다."

안철준이 차창 밖으로 살피며 말했다. 세 사람은 급히 오느라 방한 장비를 제대로 갖추지 못했던 터였다. 이런 옷차림으로는 겨울로 접어든 내몽골 초원을 여행할 수 없다. 하절기였지만 안철준은 내몽골을 취재했던 경험이 있었기에 현지 실정을 어느 정도 알고 있었다. 윤성욱은 쉬지 않고 주위를 살폈다. 꼭 어디선가 도모나가 일행이 뛰쳐나올 것만 같았다.

"아직 여기까지 쫓아오지 못했을 겁니다."

연호재가 윤성욱을 안심시켰다.

"시린하오터에 가면 도움을 받을 수 있는 사람이 있어."

안철준이 밝은 표정을 지었다.

"아유브는 내몽골을 취재했을 때 코디였는데 지리에 밝은 데다 성실해서 큰 도움을 받을 수 있을 거야."

"다행이군요. 초원에서는 지리에 익숙한 사람이 없으면 길을 잃기 십상인데."

연호재가 반색을 했다.

"아마도 중전타오 가족은 오지로 하방되었을 텐데…… 찾을 수 있을까요?"

안철준은 연호재에게 시선을 돌렸다. 문화대혁명 당시 내몽골로 하방되었던 사람들은 시린하오터에 집결했다가 거류지를 배정받았다는 사실만 알고 있다.

"솔직히 막연합니다. 문화대혁명과 관련된 기록은 관청에 남아 있지 않을 겁니다. 잊고 싶은 역사니까요."

연호재가 어두운 표정으로 대답했다.

"막막하지만 그래도 현지에 가면 무슨 단서가 있을지 모를 거야."

윤성욱은 그렇게 대답하고 눈을 감았다. 추적에 추적을 거듭한 끝에 여기까지 왔다. 여기서 포기할 수는 없다.

식당에 들러 간단하게 요기를 하고, 옷가게에서 방한 복장을 갖춘 세 사람은 시린하오터시를 향해 차를 몰았다. 토요타 랜드크루저에 연료를 가득 채운 것은 물론이다.

설원을 한참을 달린 끝에 세 사람은 시린궈러맹에 들어섰고, 해가 지평선으로 넘어가려고 할 무렵에 시린하오터시에 당도했다. 시린하오터시는 예상했던 것보다 크고 번화했다. 설원 한복판에 이렇게 커다란 도시가 있을 줄이야. 종일 하얀 눈만 보고 달렸던 윤성욱은 마치 신기루를 대하는 기분이었다.

세 사람은 중급 수준의 모텔을 찾았다. 푹 쉬고 내일부터 중전타오를 찾아야 한다. 여정이 길어지고, 이것저것을 마련하면서 예산이 거덜 나게 생겼다. 빨리 마무리 짓지 못하면 한국으로 돌아가야 할 판이다.

방을 잡고 샤워를 하자 살 것 같았다. 피로가 몰려왔지만 속 편하게 쉴 상황이 못 되었다. 윤성욱은 심호흡을 하고서 생각을 정리해 보았다.

"통화가 됐어. 아유브가 이리로 온다고 하네."

안철준이 엄지손가락을 치켜세웠다. 와중에 믿을 만한 길잡이를 구했으니 한가지 고심은 해결된 셈이다. 창밖을 내려다보니 방한복을 입은 사람들이 종종걸음으로 거리를 걷고 있었다. 윤성욱은 비로소 추운 땅에 왔다는 사실이 실감 났다. 그동안 그런 걸 느낄 여유조차 없었던 것이다.

"어쨌거나 여기까지 왔는데 술은 한잔해야 하지 않겠어?"

안철준이 프런트에 전화를 했다. 보드카가 배달되었고 옆방의 연호재가 건너왔다. 예산도 빡빡한 마당에 술은 무슨, 하며 만류하던 윤성욱은 뜨듯한 기운이 목을 타고 내려가면서 그 이상 말리지 않기를 잘했다는 생각이 들었다. 이럴수록 여유를 가져야 한다. 조급해한다고 해결될 일이 아니다.

각자 두 잔씩 마셨을 무렵에 누가 문을 두드렸다. 안철준은 긴장을 하는 연호재에게 괜찮다는 신호를 보내며 문으로 향했다.

"안!"

"아유브!"

두 사람은 환하게 웃으며 서로를 껴안았다. 아유브는 나이가 제법 있는 남자였는데 한눈에도 한족과 구별되었다. 안철준이 여기까지 오게 된 경로를 간단하게 설명했고, 연호재가 통역을 맡았다.

"그런 일이 있었군요. 이런 일로 안과 다시 일하게 될 줄은 몰랐습니다."

아유브가 흔쾌히 길 안내를 수락했다.

"그런데 너무 막막합니다. 시린궈러맹으로 하방된 사람들은 수니터쥐기芬尼特左旗나 아바가기阿巴嘎旗, 둥우주무친기東烏珠穆沁旗 등 시린궈러맹에서도 변방으로 보내졌지요. 거기는 이웃집에 가려면 차를 타고 한 시간을 달려야 하는 오지입니다. 게다가 일부는 후룬베이얼시나 아라선맹阿拉善盟으로 보내지기도 했으니까…… 솔직히 난감합니다. 시린하오터시 인민위원회에 가도 별로 얻는 게 없을 겁니다. 50여 년 전에는 호구조사도 제대로 돼 있지 않았을뿐더러 문화대혁명과 관련된 자료들은 전부 폐기시켰으니까요."

아유브가 난색을 표했다. 한 가닥 희망을 걸었던 아유브가 어두운 표정을 짓자 윤성욱은 절망감에 빠졌다. 정녕 방법이 없는 걸까. 이제 막다른 골목에 이른 것일까. 변방고는 영원히 손이 닿지 않는 곳에 있는 신기루와도 같은 존재일까.

"그리고 그동안에 행정구역도 여러 차례 개편되었습니다."

아유브가 조심스럽게 입을 열었다. 엎친 데 덮친 격이었다. 침통한 분위기에서 아무도 입을 열지 않았다. 그럼 현실을 인정하고 발길을 돌려야 하는가. 안철준과 연호재가 말없이 윤성욱을 응시했다. 마치 최종 재가를 기다리기라도 하듯이.

"……!"

그 순간 윤성욱의 뇌리를 스치고 지나가는 것이 있었다.

"방금 얘기한 행정구역 개편은 문화대혁명과 관련이 있는 것입니까?"

"그런 셈이지요. 문화대혁명 때 소수민족들은 탄압을 받았습니다. 소수민족 탄압책의 일환으로 내몽골 일부가 인근의 다른 성(省)에 편입되었던 적이 있었습니다."

아유브가 어두운 표정으로 예전의 일을 회상했다.

"조선족도 그때 박해를 많이 받았다고 어른들로부터 들었습니다. 제사를 비롯한 고유풍습도 금지되었고 월요일, 화요일, 수요일도 중국식으로 성기일, 성기이, 성기삼으로 부르라고 강요당했다고 했습니다."

연호재가 끼어들었다. 1966년부터 1976년까지 지속된 문화대혁명은 중국에 큰 변화를 가져왔고 많은 폐해를 낳았다. 악습 타파라는 명목으로 많은 문화유산들이 파괴되었고, 지식인들은 추방되었으며 소수민족은 탄압을 받았다.

"후룬베이얼시도 한때 흑룡강성이었다고 들었습니다."

윤성욱이 뭔가를 골똘히 생각하면서 물었다.

"그렇습니다. 후룬베이얼시, 당시는 맹이었지만, 1969년부터 1979년까지 10년간 흑룡강성에 속했었습니다. 그러면서 한때 내몽골 땅이 크게 줄었던 적이 있었지요."

"왜? 뭔가 집히는 게 있어?"

안철준이 윤성욱을 살폈다.

"중창지는 길림성 사회과학원 원사 출신의 역사지리학자야. 그렇다면 행정구역 개편 때 동원되었을 가능성이 커. 행정구역 개편은 정치적인 이유로 단행되었지만 그래도 그에 합당한 역사지리적 근거를 마련해야 했을 테니까."

윤성욱이 조심스럽게 의견을 밝혔다.

"가능성이 있는 얘기입니다. 틀림없이 인민위원회에 소환돼서 필요한 작업을 했을 것입니다. 그렇다면 그와 관련된 기록이 시 인민위원회에 남아 있을지 모릅니다."

아유브가 윤성욱의 추리에 찬동하고 나섰다.

"그렇군요. 충분히 단서가 될 수 있을 것 같습니다."

연호재도 반색을 했다.

"내 생각도 같아. 중창지가 관여했을 가능성이 커."

안철준이 환한 얼굴로 동의했다.

"그런데 인민위원회에서 자료를 보여주겠습니까? 그런 일이라면 중앙정부에서 지시가 내려와야 가능할 텐데."

연호재의 표정이 다시 흐려졌다.

"그 일이라면 걱정할 거 없습니다."

안철준이 나섰다.

"일대일로와 관련해서 한국 방송국에서 취재를 하겠다고 하면 적극 협력할 겁니다."

"하긴 일대일로는 중국 당국에서 심혈을 기울이고 있는 사업이니 협조를 얻어낼 수 있겠군요."

연호재가 고개를 끄덕였다.

"지옥에서 부처를 만난 심정이로군. 그런 의미에서 한 병 더할까?"

안철준이 좌중의 동의를 구했다.

"오늘은 여기서 그치는 게 좋겠습니다. 날이 밝는 대로 서둘러야 하니까요."

연호재가 손을 내저었다. 윤성욱도 그러려던 참이었다.

"좋아, 그럼 축하주는 변방고를 손에 넣은 다음으로 미루지. 아유브는 연 선생이란 같이 방을 쓰도록 해."

"그러지요. 인민위원회는 여기서 멀지 않은 곳에 있습니다."

아유브가 연호재를 따라서 나섰다. 아직도 넘어야 할 산이 남아 있겠지만 그래도 큰 산은 넘은 기분이었다. 윤성욱은 불을 끄고 침대로 향했다.

그렇게 네 사람이 내일을 위해서 잠자리에 들 무렵에 모텔 주차장을 서성이며 주차된 차를 확인하던 남자가 구석에 주차된 차 앞으로 가더니 이내 휴대폰을 꺼내 들었다.

"은색 토요타 랜드크루저 발견."

❧

시린하오터시 홍보담당자는 의외라는 표정을 지었지만, 이유는 묻지 않고 자료보관실을 호출했다. 한국을 대표하는 방송국에서 일대일로 관련 프로그램을 제작하기 위해서 사전취재팀이 방문할 것이니 적극 협조하라는 지시가 중앙에서 내려왔던 것이다.

"한국인 관광객들이 나날이 늘어나고 있습니다. 그와 관련해서 내몽골 자치구에서는 다양한 볼거리와 즐길 거리를 마련하고 있습니다. 기존의 대초원 게르에서의 야영과 승마 체험 외에도 새로운 프로그램을 개발 중이지요."

홍보담당자는 PD와 작가인 안철준과 윤성욱에게 내몽골 여행을 적극 홍보하고 나섰다. 그의 말대로 내몽골을 찾고 있는 한국인 여행객들이 날로 늘어나고 있었다. 시린하오터시로서는 앉은자리에서 홍보의 기회를 얻은 셈이다. 관광객 유치와 관련해서 내몽골 자치구 당국은 뿌리를 같이 하는 몽골공화국을 경쟁자로 의식하고 있는 것 같았다.

"찾으시는 자료입니다."

자료보관실 직원이 서류를 들고 들어왔다. 홍보담당자는 계속해서 윤성욱과 안철준을 상대로 장황하게 홍보를 늘어놓았고, 윤성욱과 안철준은 연호재의 통역에 귀를 기울이는 척하면서 리스트를 살피고 있는 아유브에게서 눈길을 떼지 않았다. 할 수 있는 것은 다 했다. 이게 마지막이다. 여기서 단서를 찾지 못하면 빈손으로 돌아가는 수밖에 없다. 홍보담당자는 신이 나서 연신 떠들어댔지만 두 사람의 신경은 온통 아유브에게 쏠려 있었다. 리스트를 넘기는 아유브의 손이 가늘게 떨렸다. 어떤 상황인지 잘 알고 있기 때문이다.

"······!"

윤성욱과 안철준은 아유브의 눈가가 파르르 떨리는 것을 감지했다. 찾아낸 것이다! 윤성욱과 안철준은 하마터면 소리를 지를 뻔했다. 그렇다면 소란을 떨 이유도, 여기서 시간을 지체할 이유도 없다.

"그렇군요. 참으로 다양한 아이템들입니다. 한국 관광객들의 흥미를 끌 것 같군요."

안철준과 윤성욱은 웃음을 지으며 몸을 일으켰다.

"그럼 이제는 직접 현지를 살펴보겠습니다."

두 사람은 안내를 자처하는 홍보담당자에게 정중히 사양하면서 인민위원회 건물을 나섰다. 연호재가 얼른 차를 가져왔고 길 안내를 맡은 아유브가 앞자리에 앉았다.

"확인했어?"

"그럼요. 똑똑히 확인했습니다. 솔직히 조마조마했는데 중창지라는 이름이 나오더군요. 소재지도 확인했습니다."

아유브가 환한 얼굴로 대답했다.

"어딘지 찾을 수 있겠어?"

"알만합니다. 시린 강을 따라 쭉 올라가면 됩니다. 예전에는 석탄을 채굴했지만, 폐광된 후로는 사람의 왕래가 거의 없는 외진 곳입니다."

어느새 시내를 벗어나서 사방이 온통 하얀색이었다. 가는 길이 곧게 뻗어 있는데 곧 따로 길이 없는 초원 지대로 접어들 것이다. 흐린 날은 동서남북조차 구분이 힘들 텐데 어떻게 길을 찾는 걸까. 아유브를 믿는 수밖에 없었다. 11월로 접어든 대초원은 하얀 설원으로 바뀐 지 오래였다.

"요즘은 GPS가 있어서 어지간해서는 길을 잃지 않지만, 예전에는 현지민들도 종종 길을 잃고 헤매곤 했습니다. 폭설이 내리면 익숙한 길도 구분하기 힘드니까요."

더 설명하지 않아도 충분히 수긍이 갔다.

"전에는 풀도 있고 강도 흘러서 그런대로 사람 사는 냄새가 났는데 지금은 보이는 것이라고는 눈뿐이군."

안철준은 창밖을 바라보며 중얼거렸다.

"그런데 왜 초원의 강은 똑바로 흐르지 않고 양곱창처럼 구불구불 흐르는 거야?"

안철준이 초조한 심사를 달랠 겸해서 물었다. 그러고 보니 초원의 강들은 전부 구불구불 흐르는 것 같았다. 윤성욱은 역사지리와 지구과학은 다른 학문이라고 대답하려다 생각을 바꾸었다.

"글쎄, 물이 귀하다 보니 물과 접하는 면적을 늘리기 위해서 사행(蛇行)을 하는 게 아닐까."

"하긴, 가이아 이론에서는 지구도 생명체로 보니까. 나름대로 생존본능을 발휘하고 있는 셈이로군."

생각나는 대로 대답한 것인데 안철준이 심각한 표정으로 맞장구를 쳤다. 리히트호펜은 지구를 생명체를 지닌 존재로 봐야 한다고 설파했다. 그리고 김정호는 같은 이치를 바탕으로 사라진 물줄기를 찾아냈고, 변방고를 저술했다. 그런데 이제 변방고를 만나러 가는 길이다. 윤성욱은 두 사람의 영혼이 도와줄 거라 믿으며 불안한 마음을 달랬다.

"지금이 제일 위험한 때입니다. 12월은 되어야 안심하고 강을 가로지를 수 있지요. 아직은 곳에 따라서는 결빙이 약해서 자칫 차가 강물에 빠질 수 있습니다."

아유브가 이리저리 방향을 지시하면서 말했다. 아무리 살펴도 온통 눈으로 덮인 설원인데 아유브는 용케도 땅하고 얼어붙은 강을 구분하고 있었다.

"얼마나 더 가야 하는 거지?"

시린하오터시를 출발한 지 어언 3시간이 흘렀다. 단조로운 풍경이 이어지자 윤성욱과 안철준은 긴장이 풀어지기 시작했다.

"지금까지 온 만큼 더 가야 합니다."

아유브가 히쭉 웃었다. 이 정도 거리는 내몽골에서는 아무것도 아닐 것이다. 운전을 바꿔줘야 하는 것 아닌가. 윤성욱이 그렇게 생각하는데 연호재가 먼저 입을 열었다.

"이상합니다! 아까부터 우리를 쫓아오고 있습니다."

누가 우리를 쫓아오고 있단 말인가. 윤성욱이 고개를 돌려서 확인하니 한참 떨어진 곳에서 검은색 SUV가 부지런히 쫓아오고 있었다.

"그냥 지나가는 차 아냐?"

안철준도 SUV를 확인했다. 드넓은 설원을 꼭 우리만 달리라는 법은 없다.

"시린하오터시 외곽을 벗어날 때부터 줄곧 일정한 거리를 두고 따라오고 있습니다."

그렇다면 3시간 가까이 같은 방향으로 달리고 있다는 말이다. 경계를 하는 게 좋을 것이다.

"속도를 높여보겠습니다."

연호재가 액셀을 힘껏 밟자 랜드크루저는 요란한 엔진음을 내면서 속도를 높여갔다.

"따라오는데!"

안철준이 소리를 질렀다. 과연 검은색 SUV도 속력을 내기 시작했다.

"방향을 틀어보시오!"

윤성욱이 지시했다. 아유브가 있으니 길을 잃을 염려는 없을 것이다. 연호재는 오른쪽으로 핸들을 꺾었고, 길을 벗어난 랜드크루저는 눈을 휘날리며 설원을 질주했다. 우연의 일치라면 따라오지 않을 것이다.

"옷!"

안철준이 비명을 질렀다. SUV도 급격히 방향을 틀더니 속도를 높였다. 쫓아오고 있는 게 분명했다. 하면 신흑룡회? SUV는 설원에서의 추격전에 미리 대비했는지 눈밭을 거침없이 내달리고 있었다.

"설마 했는데 그예…… 정보 에이전트들은 거미줄 같은 조직망을 갖추고 있습니다. 그리고 항공편을 이용하면 우리보다 빨리 시린하오터에 도착할 수 있습니다."

연호재가 잔뜩 긴장한 얼굴로 생각을 전했다.

"우리를 노리는 자들이 아니라면 이리로 차를 몰 이유가 없습니다. 여기는 사람들이 사는 곳이 아니거든요."

아유브도 바짝 긴장을 했다. 저들을 따돌릴 수 있을까. 모든 면에서 불리했다. 그렇다고 누구에게 도움을 청할 수도 없는 상황이다.

눈길용 타이어를 장착한 익스플로러는 굉음을 울리며 설원을 질주했고, 랜드크루저와의 거리는 점점 가까워지고 있었다.

"좋아, 머지않아 따라잡겠군."

린리궈가 흡족한 웃음을 지었다. 맹렬한 추격전을 펼치고 있는 포드 익스플로러의 앞자리에는 첸룽칸이, 뒷자리에는 린리궈와 도모나가가 타고 있었다.

"멋진 장면 아닙니까? 백색의 대설원에서의 추격전이라…… 이렇게 짜릿한 일은 나도 처음인데."

린리궈가 키득거렸다. 길목을 지키는 전술이 보기 좋게 들어맞은 것이다. 무용담은 명성으로 이어질 것이고, 차후 보수와 연동될 것이다.

"그렇지만 아직 안심할 수 없어."

한껏 들떠있는 린리궈와 대조적으로 도모나가는 집중해서 목표물을 응시하고 있었다.

"사방을 둘러봐도 보이는 것이라고는 우리와 저들뿐입니다. 아무런 흔적도 남기지 않고 끝을 낼 수 있습니다."

린리궈가 자신감을 보였다. 하긴 지나치게 몸을 사리는 것도 바람직하지 않다. 그럼 이제 흑룡회와 총독부 특고가 그렇게 애를 썼던 변방고를 손에 넣게 되는 건가. 생각이 거기에 미치자 웬만한 일에는 감정을 드러내지 않는 도모나가의 입가에도 웃음이 지어졌다.

"얼마나 남았어?"

"10분이면 따라잡을 수 있습니다. 저들은 눈길용 장비를 갖추지 않아서 속력을 낼 수 없습니다."

운전자가 대답했다. 그다음은 내 차례라는 듯 첸룽칸이 피스톨을 꺼내 들었다.

바퀴가 눈길에 푹푹 빠지면서 랜드크루저의 속력은 점점 떨어졌다. 이러다 헛바퀴 도는 게 아닐까. 윤성욱은 덜컥 겁이 났다. 하얗게 질리기는 안철준도 마찬가지였다.

"만약을 대비했어야 하는 건데."

연호재가 뒤늦은 후회를 했다. 여기까지 와서 변방고를 일본의 극우세력에 빼앗기게 된다면 너무도 원통한 일이다. 차라리 그대로 묻어두느니만도 못할 것이다. 피할 수도, 도움을 청할 곳도 없는 마당에 저들은 사람을 죽이는 것도 서슴지 않는 자들이다. 그러는 동안에도 거리는 점점 가까워졌다.

"익스플로러로군."

안철준이 중얼거리는데 저 앞에서 펄썩하면서 눈이 튀었다. 총을 쏜 모양이었다.

"50미터 정도 떨어졌군요. 거리가 더 좁혀지면 조준 사격도 가능하겠습니다."

연호재가 뒤를 돌아보며 말했다. 이제 결심을 해야 한다. 저들을 중전타오에게 데리고 갈 것인가. 아니면 끝까지 입을 다물 것인가. 나하고 안 PD는 의병을 자처했으니 무슨 일을 당해도 상관이 없지만 연호재와 아유브는 아니다. 무고한 사람들까지 죽음으로 내몰 수는 없다.

"어!"

윤성욱이 연호재에게 차를 세우라고 하려는데 랜드크루저가 썰매처럼 미끄러졌다. 얼어붙은 강물 위로 들어선 모양이었다. 사방이 온통 하얗다 보니 어디가 땅이고 어디가 강인지 구별이 되질 않았다.

"저리로!"

내내 말이 없던 아유브가 연호재에게 오른쪽으로 틀 것을 지시했다. 랜드크루저는 곧 설원으로 올라섰고, 다시 눈을 헤치며 달리기 시작했다.

"끈질기군. 차를 세울 의사가 없는 모양입니다!"

린리궈가 힘겹게 설원을 내달리고 있는 랜드크루저를 잡아먹을 듯 노려보았다. 거리는 불과 30미터. 조준 사격이 가능한 거리다.

"어!"

피스톨을 겨냥하던 첸룽칸이 주춤했다. 차가 얼음판에서 미끄러진 것이다. 그렇지만 익스플로러는 곧 다시 땅 위로 올라섰고, 거리를 좁히며 랜드크루저를 쫓아갔다. 열린 창을 통해서 한기가 맹렬하게 밀려왔다.

"정보를 알아낼 때까지는 다치면 안 되니까, 조심해!"

도모나가가 첸룽칸에게 주의를 주었다. 하지만 정보를 알아낸 후에는 간섭할 생각이 없었다.

첸룽칸이 냉소를 짓더니 피스톨을 겨냥했다. 거리는 25미터. 충분히 맞출 수 있는 거리다.

"이쪽으로!"

아유브가 이번에는 왼쪽으로 방향을 틀 것을 지시했다. 랜드크루저는 급선회를 했다. 뒤를 확인하니 익스플로러가 따라서 선회하고 있었다. 네 사람이 타고 있는데 조수석에서 총을 겨누고 있는 것도 똑똑히 눈에 들어왔다. 아유브에게 무슨 대책이 있는 걸까. 윤성욱이 물어보려고 하는데 '퍽'하는 소리와 함께 사이드미러가 날아갔다.

"도리 없잖아! 차를 세우시오!"

사색이 된 안철준이 윤성욱을 쳐다보고는 연호재에게 정차할 것을 지시했다.

"왼쪽으로!"

그렇지만 아유브는 못 들었다는 듯이 다시 방향을 틀 것을 지시했고, 연호재는 굳은 표정으로 그의 지시를 따랐다. 또 강 위로 들어섰는지 랜드크루저가 쭉 미끄러졌다. 고개를 돌리니 익스플로러가 맹렬한 속도로 쫓아오고 있는 게 눈에 들어왔다. 아유브는 어쩌자는 걸까. 속도도 떨어지는 판에 이렇게 지그재그로 달아나면 머지 않아 두 차가 나란히 달리게 될 판이다.

도대체 무슨 속셈일까. 거리는 점점 좁혀져서 차간거리가 10미터에 불과했다. 윤성욱과 안철준, 핸들을 잡고 있는 연호재는 사색이 되었는데도 아유브는 아무것도 보이지 않고, 들리지 않는다는 듯 앞만 바라보면서 수시로 방향을 틀 것을 요구하고 있었다.

익스플로러의 창문이 열리면서 추격자의 얼굴을 드러냈다. 잡아먹을 듯 노려보고 있는 저자가 신흑룡회의 도모나가일 것이다. 앞좌석의 중국인 조직원은 살기 등등한 얼굴로 피스톨을 겨누고 있었다.

"이쪽으로!"

아유브가 차를 왼쪽으로 틀 것을 지시했다. 랜드크루저는 뒤집힐 듯 요동치면서 급선회를 했다. 그렇지만 익스플로러는 따라서 급선회를 하면서 위기가 계속되었다.

"타이어를 맞추게!"

도모나가가 운전자를 겨누고 있는 첸룽칸을 만류했다. 행선지를 알아낼 때까지는 죽이면 안 된다. 첸룽칸은 못마땅한 표정을 지으며 피스톨을 아래로 겨누었다.

"……!"

그 순간 첸룽칸은 몸이 급격하게 쏠리면서 하마터면 앞창에 머리를 부딪칠 뻔했다. 익스플로러가 갑자기 정지한 것이다. 뭐야 하고 운전자를 쳐다보는데 우지끈하는 소리가 들리면서 익스플로러가 밑으로 가라앉기 시작했다. 얼음이 깨졌단 말인가. 그렇다면 빨리 탈출하지 않으면 물귀신이 될 판이다. 도모나가 일행이 허둥대며 문을 열려고 했지만 반쯤 잠긴 익스플로러의 문은 쉽게 열리지 않았다.

"얼음이 깨졌어!"

안철준이 소리쳤다. 살았다는 생각과 함께 그럼 우리는 안전한 것일까. 그 의문에 답하기라도 하듯이 랜드크루저는 설원을 힘차게 달렸다. 강에서 벗어났는지 미끄러지는 일도 없었다.

"구불구불 흐르는 시린 강은 지형에 따라 물 흐름이 빠른 곳도 있고, 멈춘 듯 천천히 흐르는 곳도 있지요. 12월이라면 모를까, 11월은 아직 결빙이 완전치 못해서 빠르게 흐르는 곳은 차가 진입하면 깨질 겁니다. 뭐 빨리 빠져나오면 빠져 죽지는 않을 겁니다."

아유브가 비로소 랜드크루저를 이리저리 몰았던 이유를 밝혔다. 다른 사람들 눈에는 그저 하얀 설원으로밖에 보이지 않는 데도 그는 강줄기의 굴곡을 읽어내는 능력이 있는 모양이었다.

"저들을 뿌리치느라 많이 돌았습니다. 해가 떨어지기 전에 도착하려면 서둘러야 합니다."

아유브가 속도를 낼 것을 권했다.

~~~

또 하루해가 저물려 하고 있었다. 일대를 붉게 물들이며 설원 너머로 지고 있는 해를 물끄러미 바라보던 중전타오는 집안으로 걸음을 돌렸다. 추위에 노출되면 고통이 더 심해진다. 통증이 점점 길게 지속되었고, 강도는 심해졌다. 머지않아 진통제도 별 효과가 없을 것이다.

안으로 향하던 중전타오는 아쉬운 듯 고개를 돌렸다. 저 일몰을 몇 번이나 더 볼 수 있을까. 그리 많이 남아 있지 않을 것이다. 체중이 급격히 줄고 있었다. 결국 이렇게 되고 마는 것인가. 많이 아쉽고 슬프지만, 후회는 없었다. 매 순간 성실했고, 최선을 다했던 삶이었다.

서재로 돌아온 중전타오는 변방고를 꺼내 들었다. 천신만고 끝에 내 손에 들어왔고, 먼 길을 돌고 돌아서 여기까지 온 소중한 물건이다. 그런데 아무래도 여기까지인 것 같았다.

중전타오는 상대가 누가 되었건 먼저 찾아오는 쪽에 미련 없이 변방고를 넘길 마음이었다. 그게 하늘의 뜻이라고 믿고 있었다. 그런데 여태 아무도 오지 않고 있었다. 그 또한 하늘의 뜻일 것이다.

그렇다면…… 중전타오는 마지막 길에 변방고를 가지고 가기로 했다. 그래서 부친에게 이렇게밖에 할 수 없었음을 고하고 용서를 구할 생각이다 그런데 그날이 예상했던 것보다 빨리 찾아온 것 같았다. 병세가 급격하게 악화되고 있었다. 중전타오는 수발을 들던 현지 여인을 돌려보냈다. 혼자서, 조용히 대자연의 품으로 돌아가기로 한 것이다.

"……!"

여태 겪어보지 못했던 격렬한 통증이 밀려왔다. 자주, 오래 지속되면 운신을 못할 것이고, 의식을 잃게 될지 모른다.

하면 때가 된 것일까. 아무래도 더 늦기 전에 결심을 실행해야 할 것 같았다. 중전타오는 변방고를 들고 다시 밖으로 나왔다. 그사이에 해는 지평선 너머로 넘어가 버렸고, 밤하늘에 별이 하나둘씩 빛을 밝히기 시작하고 있었다. 중전타오는 변방고를 소각로에 놓았다. 이제 휘발유를 붓고 불을 댕기면 변방고는 한 줌의 재로 변해버릴 것이다.

'아무렴 어떤가. 최선을 다했고, 본시부터 내 책도 아니었는데.'

모질게 마음을 먹었지만, 막상 변방고가 이 세상에서 사라질 거라 생각하니 아깝다는 생각이 들었다. 하지만 걸음을 옮길 힘이 남아 있을 때 일을 마무리 지어야 한다. 중전타오는 휘발유 통을 집어들었다. 하늘을 올려다보니 무수한 별들이 쏟아져 내릴 것 같았다.

"……!"

그때 저 멀리 어둠 속에서 두 줄기 빛이 빠른 속도로 다가오고 있는 것이 눈에 들어왔다. 자동차 헤드라이트 불빛 같은데 그렇다면 누가 이리로 오고 있단 말인가. 중전타오는 굳은 얼굴로 헤드라이트 불빛을 응시했다.

머지않아 차가 도착했고, 문이 열리면서 건장한 남자 네 명이 차에서 내렸다.

저 사람이 중전타오인가. 윤성욱은 아무런 표정도 드러내지 않은 채 바짝 마른 얼굴로 자신을 응시하고 있는 중년 남자를 향해 천천히 걸음을 옮겼다.

　"우리는 한국에서 왔습니다."

　윤성욱이 중전타오를 똑바로 쳐다보며 말했다.

　"오! 한국! 그렇게 되었군. 잘 오셨소. 내가 중전타오요."

　중전타오가 웃는 얼굴로 윤성욱 일행을 맞았다. 근자에 이렇게 환한 표정을 지어본 적이 없었던 것 같았다.

　"어서 오시오. 먼 곳까지 용케 찾아오셨소."

　"중전타오 선생이 변방고를 가지고 있다는 사실을 알고 있습니다. 돌려주셨으면 좋겠습니다."

　중전타오가 거부를 해도 힘으로 제압할 수 있다. 명분도 충분하다. 그렇지만 윤성욱은 정중하게 요청했다. 어쨌거나 변방고를 찾아낸 것은 그의 공이다. 그런데 지금 중전타오가 뭘 하려고 있던 걸까. 비로소 그의 손에 휘발유 통이 들려 있는 것을 확인한 윤성욱은 긴장이 되었다.

　"결말치고는 제일 바람직하게 되었군. 그대들이 조금만 늦게 도착했어도 한 줌의 재로 변할 뻔했는데."

　중전타오가 휘발유 통을 내려놓더니 소각로에서 변방고를 집어 들었다.

　"기꺼이 돌려드리겠소. 간도는 본시 그대들 땅이었고, 변방고도 조선인이 저술한 책이니 한국에서 온 당신들에게 돌려드리는 게 마땅할 것이오."

　중전타오가 웃는 얼굴로 낡은 책자를 내밀었다. 윤성욱은 얼른 받아 들었다. 이것이 고산자가 심혈을 기울여 저술했고, 많은 사람들이 목숨을 걸고 지키려고 했던 변방고란 말인가. 손에 들고 있으면서도 실감이 나지 않았다. 옆에서 지켜보고 있는 안철준이나 통역을 맡고 있는 연호재, 그리고 아유브 모두 긴가민가하는 표정이었다.

"여기까지 왔다면 내가 왜 변방고를 손에 넣었고, 왜 소지하고 있는지 짐작했을 것이오. 좋은 세월이 와서 변방고가 세상에 모습을 드러낼 수 있을 때까지 잘 보관해주시오."

중전타오가 윤성욱에게 당부했다.

"그렇게 하겠습니다. 당장은 힘들겠지만, 변방고가 빛을 볼 날이 반드시 올 것입니다."

"고맙소. 비로소 마음 편히 부모님을 뵐 수 있게 되었소."

중전타오가 환하게 웃었다.

"병세가 깊은 것 같습니다. 속히 병원으로 가는 게 좋겠습니다."

윤성욱이 차에 오를 것을 권했다.

"호의는 고맙지만 사양하겠소. 내 몸은 내가 아니까. 소임을 다 했으니 이제 그만 대자연의 품으로 돌아가겠소."

중전타오는 네 사람과 차례로 악수를 나누었다. 그 어떤 미련, 아쉬움도 없는 편안한 표정이었다.

"먼 길을 오셨는데 제대로 대접을 못 할 것 같소. 피로가 몰려오니 그만 들어가서 쉬어야겠소."

중전타오는 그 말을 남기고 등을 돌렸다.

"그냥 돌아가지요. 조금 피곤하겠지만 대설원에서 별이 가득한 밤을 감상하는 것도 쉬운 경험이 아닐 겁니다."

연호재가 차에 오를 것을 권했다. 그러는 게 좋을 것이다. 윤성욱은 변방고를 소중하게 품에 안고서 랜드크루저로 향했다.

작가의 말

'잃어버린 대지'는 간도 영유권을 소재로 하는 역사 팩션이다. 역사적 사실에 근거하면서 기록이 따로 전하지 않는 부분과 일관성 있는 스토리 전개를 위해서 구체적인 장면은 '충분히 사실일 수 있는' 허구를 기반으로 하는 작가의 상상력으로 메웠다.

간도는 1964년에 북한과 중국 사이에 체결한 조중변계조약에 따라 중국의 영토가 되었지만, 우리 역사와 깊은 관계가 있는 두만강 너머의 북간도에는 지금도 조선족이 많이 살고 있다.

1964년의 조중변계조약은 1909년에 일본과 청나라가 체결한 간도협약에 기초했고, 간도협약은 을유년(1885년)과 정해년(1887년)에 조선과 청나라가 국경을 정한 감계를 참고했다. 그리고 두 감계는 1712년의 정계비에 기반을 두고 있다.

정계비는 압록강과 토문강을 두 나라의 국경으로 정했는데 토문강의 위치를 어디로 보느냐에 따라 간도가 조선 땅인가 중국 땅인가가 결정된다.

간도협약을 주도했던 시노다 지사쿠篠田治策는 나중에 줄기차게 '간도는 조선 땅'임을 역설했다. 지사쿠는 당시 통감부 간도파출소 총무과장이었으면 후일 경성제국대학 학장을 역임하는 저명한 일본의 역사지리학자다.

그렇다면 시노다 지사쿠는 당시 일본의 국익을 위해서 사실과 다르게 간도협약을 이끌었다는 말이 된다. 하면 을유년과 정해년의 감계에서는 토문강의 위치를 어떻게 해석했을까.

'잃어버린 대지'는 이와 관련해서 김정호의 대동지지 중에서 일실된 '변방고'와 중국의 '동북공정', '탐원공정', 그리고 제국의 부활을 꿈꾸는 일본의 극우세력과 간도가 우리 땅이었음을 확인하려는 사람들이 어우러지며 스토리를 이끄는 팩션이다.

실효적 지배를 하고 있는 독도와 국제법상 엄연히 중국 영토인 간도는 같을 수 없다. 그러나 세상일에, 국제관계에 영원한 것은 없다. '남의 땅'과 '본래의 우리의 땅'은 엄연히 다르다.

을유년 당시 감계를 관장했던 이중하는 으름장을 놓던 원세개의 강압에도 굽히지 않고 '간도는 조선 땅'임을 설파했다. '잃어버린 대지'는 팩션이지만 간도와 관련된 흩어진 기록을 찾고, 관심을 모으는 계기가 되었으면 하는 바람이다.